西藏岁月 系列丛书

彩霞东来

焦东海 著

大连出版社
DALIAN PUBLISHING HOUSE

图书在版编目(CIP)数据

彩霞东来 / 焦东海著. —大连:大连出版社，2014.4
(西藏岁月系列丛书)
ISBN 978-7-5505-0651-0

I. ①彩… II. ①焦… III. ①新闻采访－作品集－中国－当代 IV. ①I253

中国版本图书馆CIP数据核字(2014)第057997号

丛书题字:策墨林 · 单增赤列（藏文）
汪象华（汉文）
总 策 划:德吉措姆 张彦丽
出 版 人:刘明辉
策划编辑:张 波
特约编辑:扎西卓玛
责任编辑:李 萤
封面设计:樊志国 吴尚夫
版式设计:张 波
责任校对:胡 序
责任印制:徐丽红

出版发行者:大连出版社
地址:大连市西岗区长白街10号
邮编:116011
电话:(0411)83620442/83621075
传真:(0411)83610391
网址:http://www.dlmpm.com
E-mail:dlszhangbo@163.com
印 刷 者:山东鸿杰印务集团有限公司
经 销 者:各地新华书店

幅面尺寸:170 mm×230 mm
印 张:16.5
字 数:248千字
出版时间:2014年4月第1版
印刷时间:2014年4月第1次印刷
书 号:ISBN 978-7-5505-0651-0
定 价:30.00元

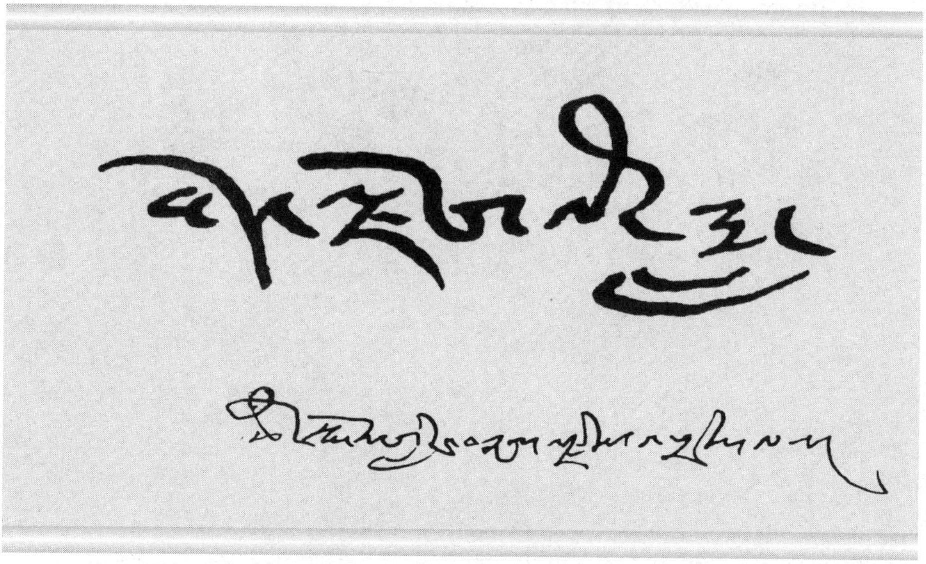

西藏岁月——策墨林·单增赤列题字

策墨林·单增赤列，男，藏族，1950年9月生，西藏拉萨人，无党派人士，1956年10月参加工作。现任政协第十届西藏自治区委员会副主席，第七届、八届、九届、十届全国政协委员。

汪象华题字

汪象华，少将，博士，1959年5月生于湖北黄冈，中国书法家协会会员，中国书法家协会维权鉴定委员会副主任，武警部队首任书画研究院院长，西藏书法家协会名誉主席。曾任武警广东省总队政治部副主任，武警宁夏总队政治部主任，武装警察部队政治部宣传部部长，现任武警部队西藏自治区总队政委。

《人民日报》、《解放军报》、《光明日报》、《中国文化报》、《中国书画报》、《解放军生活》等数十家报纸杂志曾多次刊登汪象华将军的书法作品。2011年10月，荣宝斋出版社出版发行了《汪象华书法作品集》。汪象华将军的作品曾获全国第十四届群星奖书法金奖，并多次获全国、全军书法作品展大奖，被多家机构和个人收藏，还被作为国礼送往日本、美国等国家和地区。

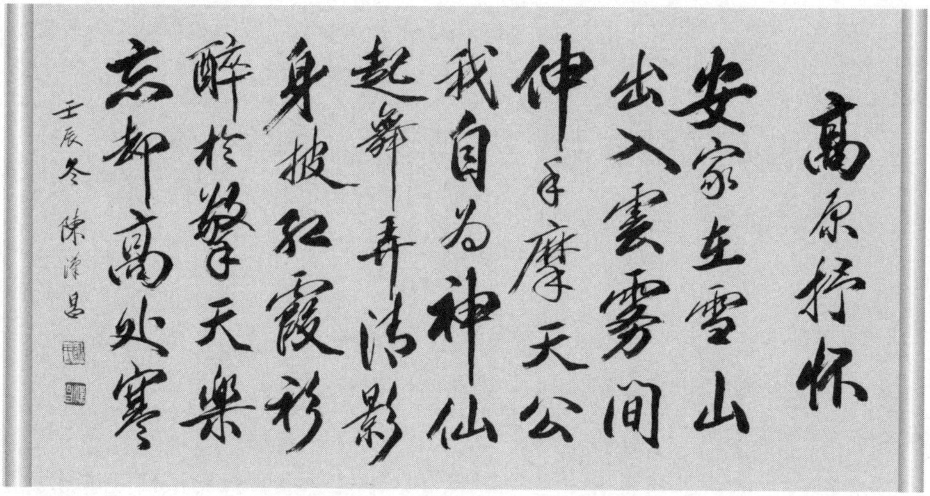

陈汉昌，1939年10月生，重庆市荣昌县人。政协第七届西藏自治区委员会副主席。西藏党校、西藏大学名誉教授。1994年受聘任全国思想政治工作科学专业委员会特邀研究员、常务理事。所写文章先后入编《中国社会科学文库》、《邓小平理论研究文库》等丛书，《谈谈我区精神文明建设的若干问题》获自治区优秀论文奖。主持编辑的《汉藏小伙伴手拉手，相约在二十一世纪》获得全国“五个一工程”奖。现为中国书法家协会理事，西藏书法家协会名誉主席。作品曾入选“中国名家书法作品邀请展”、“第二届国际书画家艺术交流大展”，先后入编《中国书法选集》、《世界书画家名录》，并先后荣获金奖艺术家、世界书画艺术名人、当代百名优秀文艺家等称号。出版有《中国当代著名书画家系列丛书·陈汉昌书法作品集》。

总序

难忘西藏岁月　弘扬老西藏精神（序一）

阴法唐

2010年金秋九月，雪域高原最美的时节，为纪念西藏和平解放60周年、中国共产党成立90周年，张彦丽同志来到我家，将筹备成立西藏岁月文学艺术工作者协会及出版《雪山的眷恋系列丛书》（即《西藏岁月系列丛书》）等事向我作了详细的介绍。张彦丽同志是1976年大学毕业进藏的知青，这个满族的后代和那些热血青年一样，在祖国挑选他们的时候，胸怀壮志，自愿报名去西藏当农民，后来又当教师、当干部，在西藏一干就是37年，是在西藏工作时间比较长的“老西藏”。介绍起他们在拉萨、成都召开《雪山的眷恋系列丛书》座谈会的情形，她特别激动。那些健在的十八军老同志，怀着极大的热情参加了座谈会，甚至有些人带病到会。他们谈到当年进藏时的情景，好多人热泪盈眶，感慨难抑。座谈会上，有的还拿出自己多年积累的文稿，希望通过西藏岁月文学艺术工作者协会这个平台，回忆建设西藏历史，弘扬“老西藏精神”，抒发他们对西藏的眷恋和关怀。

谈起一些老战士、老作家、老记者的现状，听到那些耳熟能详的名字时，我感慨良多。60多年前我们在进军西藏和雪山筑路时，战士们都是20来岁的小伙子，十七八岁的小姑娘。他们不但要完成长途跋涉、开山修路那些超强度劳动，还要承受高山缺氧、交通不畅、供给不足等原因造成的常人无法想象的困难，不少人提前结束了他们宝贵的年轻生命，有幸活下来的人也大多疾病缠身，但他们毫无怨言，青春无悔。作为进军西藏主力部队的一位领导成员，作为上世纪80年代的西藏自治区党委第一书记，我为这些老战士骄傲。他们当年听从党的指挥，进军祖国大陆最后一块未解放、条件艰苦的领土，为把西藏改造为人民民主的西藏，为西藏人民流血流汗，一不怕苦、二不怕死，与西藏人民一起长期建藏，努力奋斗，无私奉献。今天看到这些充满革命激情的战友们还像当年一样，心里始终想着西藏，爱着西藏，并为宣传西藏、为弘扬“老西藏精神”笔耕不辍，仍然在继续努力奋斗，我从心里往外高兴。张彦丽同志向我介绍完情况后，我建议她在协会成立后，要尽量多抽出时间去各地走访一下当年的老十八军战士，尽早地将老同志们的文集与采访记录搜集上来，她答应了。我也表示，为了这些老战士，为了蓬勃发展的西藏事业，我愿意为西藏岁月文学艺术工作者协会做顾问，我老伴、首批进藏女兵李国柱同志也愿意多参与协会的一些工作，共同组织回到内地的“老西藏”们继续为建设西藏、为西藏人民贡献余热。

2010年9月20日，我和夫人李国柱应邀参加了在北京召开的丛书座谈会。会上，在京30位老同志为丛书编撰提出了很好的建议和意见。时隔三年之后的2013年5月，张彦丽同志带着样书设计稿再一次来到我家，兴致勃勃地告诉我，西藏岁月文学艺术工作者协会正式成立了，并特别提到在原自治区党委常委、自治区政协副主席德吉措姆同志大力支持和积极协调下，得到了北京市政府的援助，期待已久的系列丛书可以面世了。虽然我已91岁高龄，但听到这个消息仍精神振奋，心里如同炎热的酷暑，热情洋溢、豪气顿增。协会尽管在经费困难、人手有限的情况下做了大量工作，可还是有许多同志没采访到，他们深表遗憾。但我相信，有这么多热心同志的支持与关注，尤其是藏族同胞的高度重视，西藏岁月文学艺术工作者协会这个平台，一定会为弘扬“老西藏精神”，为热爱西藏、宣传西藏、服务西藏做出更多、更有意义的事情。

一想到西藏的岁月，我的心里热乎乎的，这个序我不能不作，战友们的心愿我应该满足。

回忆起1950年进军西藏时，我是十八军五十二师副政委。在解放西藏昌都的战斗中，我们十八军五十二师分左中右三路进攻、迂回、包围昌都，我和师参谋长带着五十二师一个步兵团（一五四团）、两个直属连及青海一军骑兵支队，横跨四川、青海、西藏三个省区，15天在海拔四五千米的风雪高原上急行军1500华里。那个艰苦想起来就心颤。毛主席说“进军西藏不吃地方”，为此，我们进攻、迂回、包围昌都的各路战士，除了背上武器，还要背上春夏秋冬的衣服、半个月的食品、帐篷及些许烧火的燃料或代用品，每人负重70斤，高原反应，几步一喘。部队断粮后几天吃不上东西，战士们被迫吃累死饿死的牛马，喝牛马血，吃生肉，最后吃兽皮，甚至连骨头和角都烧成灰烬填进肚里。因冻、累、病、饿等多种原因，许多战士痛苦之状难以描述，不少同志遗尸高原，活下来的也是九死一生。差不多有一半战士患上雪盲，短时间失明，无法看路，他们便把绑腿连起来互相牵着走；过河时，冰块在湍急的水流中划破皮肉，血流不断；有的战士腿伤化脓坏死，被迫锯断腿肢。一五四团和青海骑兵支队有不少是非战斗减员，骑兵支队的马死了一半多，骑兵变步兵。那真是冰山雪峰掩忠骨，马革未能裹尸还。但全师将士心里都明白：只要堵住敌军后撤拉萨的路口就是胜利。10月18日，我们100余名骑兵和100余名步兵比敌人早4个多小时抢先到达昌都以西的恩达，切断了敌军的西退之路，奠定了和平解放西藏的基础。我们终于取得了解放祖国大陆最后一片领土的全面胜利。

翻书阅卷，历史风云一幕幕闪过。60年一甲子，岁月洗去了多少人世铅华，但“老西藏”们忠于祖国，热爱共产党，热爱西藏人民，长期建藏、边疆为家，一不怕苦、二不怕死，自觉遵纪守法，自力更生、艰苦创业（简称“长期建藏，两不怕；艰苦创业，守法纪”），加上以后中央提出的“五个特别”的“老西藏精神”，却代代相传，生生不息。先烈回眸应笑慰，擎旗自有后来人。

理念和实践说明，“长期建藏”的“老西藏精神”，不仅适用于外地去西藏的同志，也适用于西藏本地区的同志。去西藏的同志，无论是解放西藏去的，或是调进西藏去的，还是支边去的，援藏去的，都统称是进藏干部吧。“长期建藏”除本地区多数同志外，不是一定要干一辈子，一定要死在西藏，是根据党和人民的需要，由组织决定的，时间有长有短。但无论在藏多久，都不要抱临时观点，应付差事，混日子，当一天和尚撞一天钟；都要从热爱祖国、热爱西藏出发，在思想上长期着眼、长期打算，行动上老老实实、兢兢业业，艰苦奋斗，无私奉献。

我第二次调离西藏后，虽然还在解放军第二炮兵、全国人大常委会工作和执行中央领导机关交办临时任务共一二十年，但仍和那些“老西藏”一样，念念不忘西藏。并想在有生之年，在可能的情况下，继续为西藏做点事，首先对几件遗留问题要设法解决。其中最重要的是要求和呼吁给西藏修一条铁路。这是从在西藏任自治区党委第一书记时起就呼吁的。没有铁路，西藏便没有发展，就“大富”不起来。在党中央的英明决策和筑路大军的努力下，在全国各地特别是西藏人民的支持下，这个愿望实现了，也圆了我几十年来想坐着火车回西藏，看望西藏父老乡亲的梦。二是从自己做起，调动各方力量不断支持西藏教育事业发展，目标是为追赶先进地区的教育事业尽微薄之力。文化教育是民族文明和民族素质的基本要素，西藏发展缺少的是本民族的科学文化人才。为此，我从自己家做起，多方筹措资金成立“阴法唐西藏教育基金会”，我们的家庭也继续在这方面再做贡献。

第三件事，就是我们这些进藏时间早，经历过进军西藏、解放西藏、建设西藏、巩固国防甚至以后阶段的实践者，很想把自身亲历、耳闻目睹及手中掌握的或能查到的资料，筛选、整理成文，作为出版物献给读者，使更多人了解那段真实的历史，并解疑释惑。2008年，在中央党史研究室和西藏自治区党委等领导机关、领导同志支持下，由中共党史出版社出版了《解放西藏史》一书。这部著作已先后三次获得中央和国家机关大奖。现在，我和其他同志，愿意继续为党和西藏人民做贡献，我在这里借用进藏先遣连党代表李狄三的话，以表达我的心声：“我们活下来的人，只有更好地活着，至少是要争取活得更久一些，才能完成他未竟的事业。活着，已不是为了别的，而是为了完成我们共同肩负的使命。”

祝愿《西藏岁月系列丛书》能够鼓舞更多的人，不忘革命前辈，弘扬“老西藏精神”，希望同志们继续组织编写出更多记录那些令人追忆、感人肺腑、具有震撼力的征程的优秀作品来。

2013年8月于北京

阴法唐，1922年7月生于山东省肥城市桃园镇张里庄，中共党员。1955年被授予上校军衔，并荣获二级独立自由勋章、二级解放勋章。1962年晋升大校军衔。1988年被中央军委授予中将军衔，并荣获独立功勋荣誉章。曾任中共西藏自治区党委第一书记，同时被军委任命为成都军区副政委兼西藏军区第一政委。在此期间被选为西藏军区党委第一书记、西藏第三届政协主席。中共第十二、十三届代表大会代表，第十二届中央委员，第五、第六、第七、第八届全国人大代表，第七、八届全国人大常委会委员。原中国人民解放军第二炮兵副政委。

带家人牵头，多方筹措资金成立“阴法唐西藏教育基金会”，为西藏教育事业再做贡献；2008年，在中共党史研究室和西藏自治区党委等领导机关、领导同志支持下，牵头组织编写的由中共党史出版社出版的《解放西藏史》，先后获得中央和国家机关三次大奖。

圆　梦（序二）

张跃平

2010年，阳光明媚的4月，我收到《雪山不会忘记系列丛书》编委会的丛书策划案送审文件。详细看过之后，心情非常激动，当时就签署了支持意见。后来，在书稿的编撰过程中，《雪山不会忘记系列丛书》改名为《西藏岁月系列丛书》更符合选题内容。

一晃就是三年。今年4月，《西藏岁月系列丛书》编辑委员会邀约我为丛书写序。欣喜是自然的，担心亦在情理之中。我深知这绝非一般意义上的工作，因为，不论是作者还是编辑委员会的工作者，大多已退休离开了工作岗位，此次又重新走到一起，在西藏自治区党委、人大、政府、政协领导的高度重视和相关部门的大力支持下，用他们的真诚和热情，用他们的智慧和能力，组建了西藏岁月文学艺术工作者协会，协会组建的同时，丛书编撰工作也正式启动。为倾诉一生都无法割舍的西藏情缘，为报答西藏高天厚土给予的养育之恩，为实现大家共同的夙愿和高原梦，他们依旧那么执着，那么敬业，那么坚定，就像高山上的雪莲花，默默地绽放着永恒的绚丽。

我知道，他们约我写序，并非因为我的职务，而是因为我与丛书作者们有着同样的西藏情结，有着同样的高原梦。这份情谊，这份默契，这份梦缘，没有西藏生活经历的人永远无法想象、无法理解。

但，我懂他们。

丛书中所记录的西藏岁月，是英雄们的战斗史，是前辈们的奋斗史，是西藏文明的发展史。作者们都是“老西藏”和“老西藏”的接班人，每一位我都似曾相识，每一段述说我都非常熟悉。因为，37年前，我和这些热血青年一样，身背行囊，怀揣理想，义无反顾地踏上了这片土地，成为继十八军之后支援西藏社会主义建设大军中的一员。那时，我们很年轻，就像籽粒饱满的青稞，耐受着高寒缺氧的环境，执着地生长；就像苍劲的雄鹰，迎着风霜雨雪，勇敢地飞翔；就像健壮的牦牛，承载着重负与寂寞，倔强地前行。在我三十余载的西藏岁月中，半生青春一生爱，半生血汗一生情，我已无法分清藏族与汉族的界限，无法分清藏地与故乡的区别，如同无法分割的血脉一样。在《西藏岁月系列丛书》中，我看到了自己，又回到了那个年代。

工作之余，我酷爱摄影，特别享受按动快门的瞬间带给精神上那种欣慰的满足，特别渴望所有的经历都能成为永恒。我希望以这样一种方式，纪念我的西藏岁月，纪念我人生旅程中最有意义的时刻，纪念西藏翻天覆地的变化，纪念西藏各族人民团结奋斗、建设美丽家乡的辉煌成就。

心有多大，梦就有多大，照片和文字是一样的，不论是现在还是将来，都在向人们讲述着一个永恒的主题——圆梦。

与“老西藏”们相比，我们是幸运的，因为，我们是沿着他们以“老西藏精神”开创的那条“天路”走进高原的，我们是“特别能吃苦，特别能战斗，特别能忍耐，特别能团结，特别能奉献”的“老西藏精神”的传承者，所以，我们自豪，我们自信，我们自强。

光阴荏苒，一代又一代西藏人，览尽风雨苦亦甜；岁月如梭，一代又一代西藏人，于岁月的车轮里一刻也没有停歇；青稞酒的甘甜，酥油茶的醇香，锅庄舞的厚重，把我们的西藏岁月，永远镌刻在人生的长河里。今天，《西藏岁月系列丛书》为我们再现了这一切。其中记录的，不仅仅是作者自己的生活和经历，更宝贵的是记录了西藏和平解放中勇敢而无畏的人们，西藏建设中坚强而无私的人们，西藏发展中勤劳而智慧的人们。不论是谁读懂了其中的情感，感受了其中的真诚，领略了其中的风采，都会被感染，被触动，被洗礼，被震撼，而后，也会有一种冲动，那种背起行囊上路的冲动。

这就是《西藏岁月系列丛书》给予我们的启迪，这就是“老西藏精神”给予我们的力量。

忍不住，抬头仰望《喜马拉雅丰碑》上镌刻的《高原的记忆》，深切感受着不朽的《高原魂》；以真诚和执着《守望》着《我们的西藏岁月》、《源》，领略《墨竹河》的斑斓与阳光相聚，汇成《彩霞东来》的绮丽风光，用我们的青春，骄傲地展示着《雪域风华》，用我们的双手，创造着高原奇迹，在鲜花、掌声和《金质的哈达》涌向我们的时候，我们没有停下，坚强与自信深深地刻在前行的脚印上。因为，我们是“老西藏”们的接班人！

人生如船，梦想是帆，每个人都有一个只属于自己的梦，因为我们同属一个国家，所以我们的梦与国家民族的兴衰荣辱紧密相连。我们只有继续保持激情、坚持科学发展，中国梦才够美丽；我们只有不断完善和谐稳定、民生改善、民族团结的新局面，中国梦才够坚实。

我们的梦在西藏。

西藏的梦是繁荣昌盛，在西藏的奋斗圆了我们的梦，党的领导和各民族大团结圆了西藏梦。如今，中华民族正在用自己的勤劳与智慧圆一个梦，那就是坚定共产主义远大理想的信仰，忠实于有中国特色的社会主义共同理想的实践，实现国家富强、民族复兴、人民幸福的“中国梦”。

《西藏岁月系列丛书》正是从梦开始的地方讲起，还将继续沿着梦的思绪，在雪域高原，圆一个团结、民主、富裕、文明、和谐的社会主义新西藏梦。

2013年4月30日

张跃平，1950年5月生，辽宁北票人，中共党员。历任西藏军区生产建设师彭波农科所技术员，西藏自治区农垦厅生产技术处副处长，西藏自治区政府办公厅秘书一处处长，西藏自治区“一江两河”开发建委办综合处处长，西藏自治区拉萨市委常委、组织部部长，西藏自治区纪委副书记（正厅级），西藏自治区监察厅厅长，西藏自治区人大常委会党组副书记、常委会副主任。

序 三

德吉措姆

正当全国各族人民托起中国梦，为实现中华民族伟大复兴而奋力拼搏之际，《西藏岁月系列丛书》应运而生了。这不仅是系列丛书的作者们渴望已久的大事喜事，也是为丛书出版工作而奔波不停的工作人员十分高兴的事情，对于广大读者来说，无疑也是一次共享“老西藏精神”的丰硕成果，进一步了解真实西藏的难得机会。

为《西藏岁月系列丛书》写序，我一方面感到很荣幸，另一方面心理压力比较大，担心写不好。因为丛书的作者中有我十分熟悉的、十分敬重的“老西藏”、老领导，加上作者们每个人的作品分量很重，不仅承载着凝重的历史轨迹和社会责任，而且真实反映了那个年代广大指战员保卫祖国边疆、维护祖国统一的坚定信念，真实反映了新西藏的发展变化，处处闪耀着“老西藏精神”的光辉。

我想从以下三个方面，简单谈谈对系列丛书（10本）的初步认识，与读者共勉。一是系列丛书体现的五个基本特点；二是作者当年进军西藏时的历史概述；三是“老西藏精神”是我党我军光荣传统和优良作风的继承与发展。

一、系列丛书体现的五个基本特点

一是作者们晚年笔耕不辍，给后代留下了宝贵的精神财富。整整10本书，洋洋300多万字，字字都是作者们用心血和汗水写成的。其间所遇到的困难和问题，他们从不叫苦，从不给组织和领导找麻烦，处处以“老西藏精神”严格要求自己。他们的作品，无论是报告文学、纪实文学、诗词集或文集，还是长篇小说，都凝聚了对党对祖国的无限热爱，凝聚了对西藏人民的深情厚谊，凝聚了对生活、对西藏这片高天厚土、美丽风光的无限眷恋，骨子里透着浓浓的“西藏情结”。这是“老西藏”晚年献给党、献给西藏人民、献给新一代的又一份厚礼！

二是丛书的作者们，是一生奉献边疆的“老西藏”。

摆在读者面前的10本书的作者，大多数已是年过七旬的老革命、老前辈、老领导、老作家，还有当年参军时年龄不满15岁的女战士。虽然他们现在已退休多年，却坚持做到了老有所乐、老有所养、老有所学、老有所为，退休不褪色。他们不仅把自己一生最美好的青春时光献给了西藏，献给了西藏人民，而且到了晚年仍然在默默无闻地奉献着。西藏人民永远不会忘记“老西藏”为捍卫祖国边疆，为西藏人民的翻身解放和幸福生活而做出的牺牲和奉献。

三是作品内涵深刻，意义深远。

作者们从不同角度，用不同形式，深刻描绘了西藏和平解放、进军西藏、解放西藏、建设西藏的重大历史变革，以及改革开放、现代化建设时期，中央如何继续关心西藏、全国无私支援西藏，使西藏飞速发展变化的可喜局面。其强烈的时代感和社会责任感，必将使广大读者深入了解那个年代的沧桑巨变和那个年代造就的英雄人物，了解今天的幸福生活是无数英雄用生命和鲜血换来的，从而更加激发爱国热情，更加珍惜今天的幸福生活，更加发奋图强，努力建设家乡，自觉维护祖国统一。

四是作者深入调研、充实内容，保证作品质量。

多年来，丛书的作者们有的不顾年老体弱、疾病缠身，有的不顾家庭生活条件不够宽裕，年复一年、日复一日坚持创作，有的不顾路途遥远，交通不便，坚持走出家门访亲问友，有的结伴到离家很远的地方和城市，采访健在的英雄，寻找英雄的足迹，采集英雄的事迹。他们这种对作品负责、精益求精的态度，这种对党负责、对社会负责、对英雄负责，也对读者负责的精神，不仅让我们敬佩，更值得我们学习和发扬。

五是作品客观翔实，文风朴实无华。

丛书的作者们，无论作品反映的是哪个历史阶段，哪个具体事件，都认真坚持文化传承和文化信仰的深刻内涵，每一本书字里行间折射出的崇高境界、理想信念，让正能量传达得更鲜明、更可信、更有效。书中虽然没有更多华丽的辞藻，但娓娓道来的每一个故事、每一个人物、每一个事件，都弘扬了时代主旋律，都是为子孙后代留下的宝贵的精神财富和力量源泉。一本本耐人寻味的厚书，一段段真实可靠的经历陈述，对当代西藏进一步筑牢反对分裂、维护稳定的思想，巩固和发展民族团结，繁荣边疆地区文化建设都将产生积极而深远的影响。

二、作者当年进军西藏时的历史概述

1959年之前，也就是民主改革前的旧西藏，是一个又落后又黑暗的封建农奴制社会。在那时的社会里，广大农奴没有自己的土地和牲畜，没有人身自由，却要遭受残酷的压迫和剥削，终年挣扎在贫困、饥饿的死亡线上。党中央毛主席对西藏情况早已明察秋毫，在1949年10月1日中华人民共和国成立前后，针对国外敌对势力与西藏地方政府中的分裂主义分子加紧勾结从事分裂活动的严峻形势，做出了进军西藏的英明决定。同时，把进军西藏、经营西藏的任务具体落实给了以十八军为主力的进藏部队。另一方面，党中央毛主席从西藏特殊情况出发，制定了争取和平解放西藏的方针，说服西藏地方政府派代表赴京，促使地方政府坐下来谈判。1951年5月23日，中央人民政府和西藏地方政府在北京签订了具有历史意义的《中央人民政府与西藏地方政府关于和平解放西藏办法的协议》，简称“十七条协议”。从此，西藏人民摆脱了帝国主义的侵略和压迫，西藏和平解放，西藏历史翻开了新的篇章。1951年5月25日，毛主席发布了人民解放军进军西藏的命令。十八军等各路进藏部队，分别从西康、云南、新疆、青海向西藏进发，经过一年多的千辛万苦、英勇奋斗，终于完成了党中央毛主席交给的光荣的历史任务。西藏人民也从此开始认识了解放军，认识了共产党。

1959年3月，西藏上层反动集团悍然撕毁“十七条协议”，发动了全面的武装叛乱。人民解放军坚决平息了叛乱，西藏实行了民主改革，彻底废除了封建农奴制度，百万农奴翻身得解放，当家做了主人。1965年9月西藏自治区正式成立，宪法赋予的民族区域自治权利得到了实现，有力推动了西藏的社会进步和经济发展。改革开放和现代化建设时期，党中央又制定了新时期西藏工作的一系列方针政策和发展措施，安排部署了全国支援西藏的重大决策，使西藏很快实现了经济发展、社会稳定、民族团结、边防巩固、向全面建设小康社会目标前进的美好前景。60多年的实践证明：只有在党的领导下，只有在祖国的怀抱中，只有走中国特色西藏特点的社会主义道路，西藏才会有光明的前途和幸福的未来。

三、“老西藏精神”是我党我军光荣传统和优良作风的继承与发展

“老西藏精神”是上世纪50年代进军西藏的广大指战员和领导干部、工作人员及后来的驻藏解放军和地方各族干部在极其艰苦、极其特殊的环境下，以大无畏的英雄气概共同创造的高原之魂。也就是当年江泽民总书记在中央召开

的第四次西藏工作座谈会上提出的“特别能吃苦，特别能战斗，特别能忍耐，特别能团结，特别能奉献”的精神，就是长期建藏、一不怕苦二不怕死、艰苦创业、认真执行政策、守纪律的高尚品格。“老西藏精神”是我党我军光荣革命传统的重要组成部分，有力地继承和丰富了中华民族传统美德和精神财富。

回顾当年进藏部队广大指战员和工作人员所遇到的艰难险阻和特殊复杂的困难局面，想到他们最终如何把五星红旗插上喜马拉雅山时，人们不得不相信“老西藏”们就是一群特殊材料制成的人！“老西藏精神”就是他们用鲜血和生命铸就的不朽丰碑！

他们热爱党，忠于祖国，一切听从党安排。这是战胜一切困难，最终夺取胜利的根本保证。例如，中华人民共和国刚成立不久，十八军在成都的战役也结束了，上级已任命张国华军长、谭冠三政委等领导到地方工作，官兵们好不容易从长期的战争环境中走出来，准备接受相对稳定的地方工作时，突然接到上级命令，进军西藏，并明确以第十八军为进藏主力。当时部队内部的思想波动可想而知，但是，经过战争锻炼的英雄部队经受住了严峻的考验，在张国华军长和谭冠三政委“舍小家顾大家，要把忠骨埋西藏”精神鼓舞下，部队统一思想，提高认识，增强信心，决心坚决完成党中央交给的任务。只要党需要，一声令下，打起背包就出发。“到边疆去！”“到祖国最需要的地方去！”这就是进藏部队勇往直前的英雄本色，充分体现了大局意识、服务意识和高度的政策纪律观念，充分体现了革命军人崇高的理想信念。

他们进军西藏遇到的艰难险阻，是今天的人们无法想象的。无论是十八军各部队，还是新疆骑兵独立师先遣连等进藏部队，都经历了同样的高寒缺氧、风雪交加、忍饥挨饿、缺医少药、物资供应缺乏等困难考验。但他们靠双脚走出了雪山、草地，战胜了自然环境的无情磨难和反动势力的阻挠破坏。如果没有“让高山低头，让河水让路”的英雄气概，没有“以苦为荣，以苦为乐”的艰苦奋斗、无私奉献精神，没有“长期建藏，边疆为家”的长远计划，就不会有“老西藏精神”独特的优良品质和高尚情操。

他们严格执行党的民族政策和宗教政策，赢得了广大僧俗群众的衷心拥护。“十七条协议”签订后，毛主席对张国华军长特别叮嘱：“你们在西藏考虑任何问题，首先要想到民族和宗教这两件大事，一切工作必须慎重稳进。”毛主席一针见血地指出了民族、宗教、统战工作在西藏整个工作中的重要性，给部队各项工作指明了方向。在当时那种条件艰苦、情况十分复杂的形势下，张经武、张国华、谭冠三等领导模范地贯彻执行了毛主席关于民族、宗教等一系列方针政策，并且制定了许多切实可行的具体措施。如把关于尊重宗教信仰、尊重藏族风俗习惯也作为一项重要准则写进了守则等。总之，上世纪五六十年代，西藏民族团结、军民团结、军政团结，出现了前所未有的可喜局面。

经过60多年的沧桑巨变，“老西藏精神”已成为高原各族儿女团结友爱、拼搏进取、全心全意为人民服务、加快西藏发展的力量源泉。新时期新阶段，在“老西藏精神”激励下，一茬茬高原官兵、一茬茬进藏干部和一批批援藏干部中，涌现出了许许多多优秀代表。如张经武、张国华、谭冠三、天宝、慕生忠、李狄三、布德、蒋英、仁增旺杰、孔繁森、陈金水、轮祖、洛松朗加、祁爱群、李素芝等英雄模范人物。继续理解并弘扬“老西藏精神”，对高举中国特色社会主义伟大旗帜，维护祖国统一，维护民族团结，反对分裂，确保西藏经济跨越式发展和社会长治久安，全面建设小康社会，具有重大的现实意义和深远的历史意义。

《西藏岁月系列丛书》经过三年的努力终于和广大读者见面了。借此机会，我以西藏岁月文学艺术工作者协会主席、《西藏岁月系列丛书》编辑委员会主任的身份，首先向北京市政协党组书记、主席，市政法委书记吉林同志表示衷心感谢！向北京市表示衷心感谢！如果没有吉林同志的热情支持，没有北京市的慷慨解囊，没有北京市援藏拉萨指挥中心的具体协助，此次丛书的出版工作不可能顺利完成。同时，也要感谢为丛书出版辛勤工作的封面设计、责任编辑等工作人员！还要感谢大连市委组织部、宣传部及大连市援藏干部的大力支持！

2013年6月1日

德吉措姆，藏族，1947年11月生，西藏拉萨人，中共党员。中央党校研究生学历。历任西藏农牧学院附中副校长、学院教务处副处长，西藏自治区党委宣传部教育处处长，西藏自治区山南地委宣传部部长，西藏自治区党委副秘书长，西藏自治区文化厅党组书记、厅长，西藏自治区党委常委，西藏自治区政协党组副书记、政协副主席。是西藏第一位藏族女作家。1977年发表处女作《骏马飞奔》。1980年发表代表作《漫漫转经路》，获西藏自治区优秀作品创作奖。1986年发表《采蘑菇的少女》等等，是军民鱼水情深之歌，一时传为美谈。

东海采撷　珠玑累累

我在数十年的报业生涯中,结识过许许多多德高望重、才华横溢、诲人不倦、令人仰慕的老新闻工作者，焦东海老师就是其中突出的一位。焦老师送来他的文集《彩霞东来》，让我给他写几句话，推辞再三，盛情难却，只好从命。

我第一次拜见焦老师是在1964年春天。那时，刚刚大学毕业的我因一篇小稿被西藏军区党委机关报《高原战士》报社的编辑看中，我便被分配到报社当了见习编辑。焦老师是这家报社的创办人之一，当然是资深编辑了。

3月的一天，雪域圣城拉萨风和日丽，春天已经来到了西藏高原。我怀着喜悦的心情，穿上佩有中尉军衔的崭新军装，来到我就要效力的报社报到并拜见各位编辑。来到编辑室，焦老师给我的第一印象，这是一个很有学问的人。

到报社后，我如饥似渴地学习编辑业务，恭恭敬敬地向老编辑请教。也常常到焦老师的办公室，看他编辑稿件，看他组版，看他审大样。

这年冬天，报社领导有意安排焦老师带我到日喀则驻军采访。这使我有了向焦老师学习的好机会。

关于这次采访，我在20多年后写的一篇文章中有这样一段回顾：

日喀则是西藏第二大城市。在《高原战士》报社当见习编辑时，我曾随焦东海编辑来这里学习采访。驻在城边的班禅警卫营是我们采访的重点单位。焦编辑带着我来到警卫二连，我们和藏族战士们同吃糌粑，同喝酥油茶，工作得十分开心。我们还到驻日喀则的第八医院采访闻名全军的模范军医刘孝贤。我们采访的稿件被《高原战士》报和《西藏日报》同时刊登。

日喀则海拔四千米，这里几乎天天都是晴空万里。采访之余，焦老师常常带我到雅鲁藏布江畔观光。我们席地而坐，看蓝天白云，看雪山农田。焦老师一边给我讲西藏的历史和藏区的风土人情，一边讲他在西藏采访和办报的故事。我当时虽是报社的一名见习编辑，但我想，几年之后，我一定会成为一名正式编辑，因为我从小就喜欢新闻报道，对编辑工作十分憧憬。所以对焦老师的话特别能听得进去。晚上，我常常把他的话记在我的采访本上。

渐渐地，我就对焦老师有了更多的了解。

1948年，焦老师还是一位正在家乡河南开封求学的热血青年。这年秋天，焦老师随学校南迁浙江常山。第二年5月，常山解放。他参军到了十八军五十二师当了一名记者。十八军接受进藏任务后，焦老师和战士们一起，开始了从乐山到拉萨两千多公里的长途跋涉。途中，他写了大量反映进藏部队艰苦开进的新闻报道，对鼓舞部队的士气起了很好的作用。1956年10月，西藏军区党委机关报《高原战士》创刊时，他便成为最先调来参与创刊的几位编辑中的一员。

《高原战士》报创刊后，焦老师满腔热情地投入到工作中去。他经常扛起背包，下到部队，和战士促膝谈心，写了不少脍炙人口的好新闻，把真实生动的战斗生活奉献给读者。

“文化大革命”中，报社同志既要参加政治学习又要按时出报，工学矛盾很大。焦老师责任心很强，即使学习任务再忙，他也要把编稿的任务完成好。所以，常常是夜已很深，他的办公室还亮着灯光……

焦老师心底无私，和同志们关系很融洽。1964年年初，我刚到报社。那时，全国掀起学习宣传焦裕禄的热潮。有一天，焦老师对我说：我们焦家出了一个模范。以前，有人给我打电话，问我贵姓，我说姓“焦”，人家老是听成姓“萧”。现在好了，谁再要问我贵姓，我就说姓“焦”，焦裕禄的“焦”，人家再也不会听成姓“萧”了。说罢，哈哈大笑起来，我也被他那爽朗的笑声深深感染了。

1968年12月，西藏军区调整为省级军区，《高原战士》报终刊。相处多年的报社同仁，怀着依依不舍的心情走向新的工作岗位。焦老师更是含泪离开，他忘不了20年前，自己就是从这里踏上进军西藏高原征途的，《高原战士》创刊和终刊都有他在场，苦苦耕耘了整整13年，转业后的焦老师随着编辑部到了乐山。他在工厂里办工人夜校，辅导工人学马列和毛主席著作，还经常给地委办的学习班讲新闻课。这期间，他还写了不少新闻作品，有些作品还被收录到向海外发行的图书中。

1984年，对西藏高原一往情深的焦老师接受了西藏自治区党委党史资料征集委员会的聘请，负责主编西藏党史刊物。焦老师编了一辈子党报，现在编党史，这也是顺理成章的。昨日的新闻，今天的历史。作为一名老新闻工作者，他像热爱党报一样，工作非常投入，他觉得能编写自己经历过的这一段历史很光荣，很欣慰，一干就是十年。

1997年5月，西藏军区党委批准编辑出版一本反映《高原战士》报社历史的书，取名《雪山号角》。作为《高原战士》报社的元老，焦老师心中充满了喜悦，他成为了编辑部成员之一。从研究编写大纲到搜集资料、编辑稿件，他都极为认真，充满干劲。他多次在编辑工作会上讲：西藏党委批准编辑这本书，是充分理解了我们这些老报人的感情。我们一定要编好这本书，让党委满意，让部队满意也让报社所有的老同志满意。后来的事实证明，这本书，确实受到了大家的好评。

岁月匆匆，当年的热血青年，现在已年逾古稀。焦老师从他半个世纪的作品中选出数十篇，编成《彩霞东来》一书，这是焦老师所写的文稿的精华。重新阅读这些在西藏写的和写西藏的作品，我们仿佛又回到了令自己梦牵魂绕的雪域高原，回到了那指点江山激扬文字的激情年代。

在焦老师的这本文集中，可以说，每篇都写得真切感人。

焦老师文笔流畅，是有目共睹的。

焦老师的文集内容很丰富，除新闻作品和党史文章外，还有札记和诗歌，都写得饱含哲理，给人诸多启迪。读者只有细心品味，才能略知真谛。

我和焦老师共事数十年，对他的为人处事，都有很多了解。现在重读他的文章，回顾和他共事的难忘岁月，我感到对我有很好的启示，说出来愿与读者共勉。

一、焦老师一生默默耕耘，不为名，不为利，埋头苦干。毛主席说过，一个人做点好事并不难，难的是一辈子都做好事，几十年如一日，这才是最难最难的。焦老师正是按照毛主席的教导去做的，在这方面，他的确是我们的榜样。

二、焦老师工作十分严谨认真。他在新闻战线几十年，后又长期从事党史工作，养成了一丝不苟的作风。在新闻报道上，他最反对“客里空”。在编写党史工作中，他最主张“信史”。所以，凡经过他过手的文稿，都是很负责任的文稿。几十年来，我见到他的文稿，全是用稿纸誊写的。那秀气的字体，也可以说是一部书法作品。

三、焦老师诲人不倦的精神也是难能可贵的。他对新闻战线、党史战线一些年轻的同志，总是循循善诱，热情地帮助他们提高业务能力。今天，仍有许多同志十分敬佩和怀念焦老师。

历史的车轮已经进入辉煌的21世纪。从东海之滨到青藏高原，到处是一日千里的建设景象。俯瞰大江南北，铁流纵横，大厦林立，稻谷飘香；遥望雪域圣地，昔日乱石杂立的荒原，建起一座座新兴的城市。边防部队的营区，更是鲜花盛开，欢声笑语。看到这一切，早期进入西藏工作的老同志们心中充满激情。在这个时候读到《彩霞东来》，无疑会再一次勾起我们对过去时光的美好回忆，这无疑是一件令人赏心悦目的事。

我衷心地祝贺《彩霞东来》出版，祝已进入古稀之年的焦老师为党为人民再做贡献。我想，焦老师的这本书也如他的人品一样，会给人们留下很多很多的启示。

成都军区政治部编研室原主任

四川省新闻学会副会长

王富荣

2013年3月16日

为《彩霞东来》序

读者只要打开这本书，从字里行间中可以看到，所有的篇章，都充满了爱党、爱人民、爱国家、爱社会主义共产主义的理想和革命英雄主义的事例。读这些作品，能给人以很大的享受和鼓舞。品味了人生，树立了榜样。

集子中最完整的榜样是张国华，他由一个农民的儿子、井冈山的司号员，在反围剿、长征、抗日战争、解放战争、进军西藏、平叛改革的历史性行动中，逐步成长为人民共和国的将军。特别是他指挥了中印边境自卫反击战，伸张了正义，弘扬了国威，使包括藏族同胞在内的中华民族扬眉吐气于世界民族之林，功劳可谓大矣。当时，我正在中共西藏工委机关工作，由衷地写了一首《张将军赞》，现录之于下：

挥兵直下捣鹰巢，敌帅魂飞弃卒逃！
我未犯人人敢犯？尔能缴械械还交！
令传深谷俘犹赞，威动高山将不骄！
帷幄运筹操胜算，战神惊叫见头遭！

为什么做如此评价？因为西藏是世界屋脊，众水之源，众山所仰，是世界战略制高点，掌握了这一制高点，可以保证对落后的封建农奴制度的改造成功，并引导进入先进的社会主义社会的胜利过渡，达到巩固边防、长治久安的目的。事实证明，自进军西藏、和平解放西藏以来，在党中央、国务院、中央军委领导下，在张经武、张国华、谭冠三、陈明义等首长的指挥下，全体指战员、干部与西藏人民一道，忠实执行各项政策，在维护民族团结，反对分裂，粉碎“藏独”阴谋，巩固国家统一的斗争中，建立了不可磨灭的历史功勋。而焦东海同志尽了自己毕生之力，将首长和战士以及群众在其中表现的光辉亮点记录下来，供后人纪念、学习，也是“功莫大焉”的。

西藏，向来以其神秘的风采吸引人，以其高危的地势考验人，以其艰苦的生活培育人，谁能适应它的存在、超越它的境界，不仅能立于不败之地，而且能感悟人生之乐，甚至攀登上理想之峰。

我读了焦东海同志的作品之后，感悟最深的是，他在世界屋脊上生活得很好，好在他的思想得到了升华。这里，不必具体述说他所记录的真人真事，而是想指出他们这些真人真事所表现出的除“老西藏精神”之外的处世待人的历史唯物主义和辩证唯物主义态度。焦东海同志在人生旅途中感悟了哲学。哲学是科学的科学，是科学发展的基础，也是以“天下为公”的人的基本信条之一，以至渗透到了他笔触所涉及的全部领域，从而也引起了我的共鸣。

孔子曰“七十而从心所欲，不逾矩”，焦东海同志80岁了，因感悟了人生哲学，所以他的道德、情操、品质，都达到了社会共同标准的较高境界，不愧是一个共产党人。

读他的作品，真是受益匪浅。

是为序。

2009年7月15日

于成都六月花苑

萧蒂岩

（本序作者系国家一级作家、诗人、十八军离休干部）

一位老战地记者不了的高原情结

半个世纪前，活跃在进军西藏途中的一位战地记者，他就是当年西藏军区党委机关报《高原战士》创办人之一的焦东海同志。而今，年事已高的焦老，虽身体欠佳，但却并未旁观生活，依然活跃在文坛上。他新作不断，与文友切磋频繁，交往密切。

翻开焦老的书，卷首的叙述深深地吸引着我。因为正是这些篇章弥补了我在西藏工作20年中未曾经历过、可以说是曾经震惊世界的几件大事的缺憾。而且是从更高的视角了解了始末，比我当年听到的支离破碎的传闻更具真实性。

焦老是幸运的，因为发生在西藏的这几件大事，他都亲历过。特别是和平解放西藏时，作为当时十八军的一员，接受进军西藏的任务后，他与众多指战员一道背上背包、扛上枪。作为战地记者，他又比别人多了一支笔。他带着“双枪”，完成了从乐山到拉萨的两千多公里的行军任务。并且在进军途中，写了大量反映人民解放军不断挺进的新闻报道，大大地鼓舞了士气，功不可没。他还用生动的笔触，记录了他亲身经历的和平解放西藏关键的一战——昌都战役的一些片断，使我们仿佛身临其境、看到解放军指战员在补给十分困难的情况下，趴冰卧雪、昼夜兼程，取得了昌都战役的伟大胜利。

拉萨平叛时，焦老作为《高原战士》报的记者，深入作战部队，与战士们同甘共苦、浴血奋战，好多战事报道，都是从战壕里发出的。1959年3～4月间，冒着枪林弹雨完成的采访任务，读后使人惊心动魄。

硝烟虽早已散去，过去的一切也早已成为历史，而为这一页历史付出鲜血乃至生命代价的战士或指挥员，绝大多数也早已作古；但是通过焦老朴实无华的笔触，使他们的音容笑貌却变得依然是那么鲜活，令今天享受欢乐祥和幸福生活的我们，实难将他们忘怀。

1984年，焦老又相继受命负责主编《西藏党史资料》和反映《高原战士》报历史的《雪山号角》一书，使他对西藏过去的一些人和事有了更深层次地了解和认识，这在其新作中都有所反映。正如他本人所讲："几十个春秋，满怀情思，高原的山山水水都在我心头。假若真有来世，也许我还要回到那青藏高原再做一次'牛'，再奋斗一生。"我相信，所有"老西藏"都会有这样一个心愿，这大概就是我们不了的高原情结吧。

十八军战士　陈光裕

活着就是一种幸福

——一位战地记者的如烟往事

他从硝烟中走来

“1959年3月，冬天的寒意还没有在早春的暖阳里完全退去，战斗的阴影却开始笼罩在这座城市的上空。很多地方已经戒严，平时繁忙的大街上变得冷冷清清，偶尔有一两个行人也是行色匆匆。”

坐在我面前的，是一位79岁的花发老人。回忆起那场战斗，他的语气里充满了平静，仿佛那些硝烟与枪声在岁月的冲刷之下已经遥远得不再真实。但关于那场战斗的每一个细节，作为战地记者的焦东海老人却记得清清楚楚。

战斗很快打响，经过两天两夜激战，随着叛军宣布投降，枪声终于稀疏起来，但仍有部分叛匪凭借坚固的工事顽抗，子弹从某些地方出其不意地“嗖嗖”飞来。老人回忆说：“我们在政治部后院紧靠后勤部的一片树林里卸汽车上的东西，对面楼上突然打来一梭子机枪子弹，几乎擦着我的脑门儿飞了过去，头顶的树枝哗哗啦啦掉下来，落了一身。”

战斗刚刚结束，焦东海就接到前往北郊步兵一五九团采访的任务。坐车到了郊区，焦东海沿着僻静的小街小巷，猫腰往前走，一会儿钻墙洞，一会儿翻围墙。街上弥漫着烟雾与硫黄味儿，横七竖八躺着十几具硬邦邦的尸体，街两边的建筑被枪击得满目疮痍，一些房屋上的余火还在噼噼啪啪地蔓延。

焦东海小心地跨过尸体，不时抬头观察周围的工事，躲避着空中的流弹。终于来到一个小巷，进入一幢民房。采访是在二楼一间小屋里进行的，这里是副团长邸计和的临时指挥部，不时有工作人员进进出出汇报工作。焦东海在窗前坐下，拿出纸笔准备采访，副团长却一把将他拉了过去，说："你不要命啦，刚才窗外还飞进一颗流弹！"回忆到这里时，焦东海突然提高声音，模仿起了邸副团长的语气，并抓住我的胳膊，做了一个拉的动作。

副团长的担心并非多余，就在他们靠着墙角交谈时，参谋进来报告说，一名排长在打扫战场时中弹牺牲了。几乎与此同时，在一五五团，二营营长张凤臣带着一位姓刘的参谋和通讯员在打扫战场时，同样遭遇了冷枪，刘参谋当场牺牲。说到这里，刚才还一脸笑容的焦东海老人沉默了，失神地盯着前面洁白的墙壁，仿佛这里是时光隧道，可以回到那段消失的战争岁月，可以再现战友们那一张张生动活泼的脸。

写日记改变他的命运

"很多战士都在战场上牺牲了，一些人甚至连名字都没有留下来。我能活着，并且活到今天，很知足了，我觉得自己很幸福。"这是焦东海老人常挂在嘴边的一句话，也是他在采访中反复强调的一句话。只有经过战争的洗礼，在战争中出生入死的人，才有这份豁达与彻悟。

如今，儿女各自成家，耄耋之年的焦东海与相依为命的老伴住在成都玉林小区一套小单元房里，过着简单而幸福的生活。他的晚年保留了很多部队生活的印迹。家里虽然陈设简单，却被他收拾得整整齐齐，书、纸、笔，都有固定的摆放位置，家里人一旦动了他的东西，哪怕只移动一点儿他也知道。生活极有规律，散步和午睡是退休后的保留"节目"，一天的时光大部分在散步中愉快度过。不过，每到晚上，当坐到那张被磨得光洁的老式写字台前时（写字台跟随他已经近30年了，与那张老式木床一样，都是他从乐山搬过来的），焦东海便会自然而然地进入工作状态。这两年，由于年岁渐大，文章写得少了，但他还是坚持写日记。这个从读书时代开始的习惯，一直保留到现在。而正是这一雷打不动的习惯，改变了他的一生。

1948年，20岁的焦东海是一位正在家乡河南开封求学的热血青年。这年秋天，他随学校南迁至浙江常山。第二年5月，常山解放，焦东海毅然参军，但这没有改变他的书生本色。行军途中，焦东海经常利用休息时间写日记。他随身背着一个挎包，包里放着文房四宝——那时，硬笔还很少见，写字得用毛笔。

焦东海回忆说："行军过程中，吃过午饭大家都休息了，我就从挎包里拿出纸和笔，在路边上写日记。本子是用那种粗糙的草纸自己装订的，外面加了一层油布做封皮。晚上住在老百姓家里，再累也要在油灯下写几笔，记录当天的见闻与感受。"可以想象，在路边，在灯下，那个年轻人心无旁骛的样子。

1949年12月，二野十八军五十二师一五五团在兄弟部队配合下，在沙坪（峨边）歼灭了国民党军宋希濂兵团余部，一五四团主力则在吴忠师长的率领下从犍为西北之泉水出发，向峨嵋方向进发，在消灭敌人另一支部队后挺进成都。焦东海随部队参加了成都战役，真刀真枪地与敌人面对面进行搏斗。那是他第一次到成都，他没有想到，多年以后这里竟成为他颐养天年的地方。

成都战役之后，十八军接受进藏任务，焦东海跟随部队开始了两千多公里的长途跋涉。此时，部队为了宣传需要，急需随军记者，平时写写画画的焦东海便成为最佳人选之一。从此，焦东海便开始了长达20年的战地记者生涯，与文字结下了不解之缘。

珍藏一段往昔岁月

从河南到常山，从常山到四川，再从四川到西藏，焦东海几乎用脚丈量了半个中国。但他表示："印象最深的还是西藏。"焦东海在西藏待了整整20年，他人生中最宝贵的青春就绽放在美丽的雪域高原。采访中，焦东海老人从卧室里拿出一本精心保存的影集。这本影集是他青春岁月的定格，是他对西藏岁月的珍藏。对焦东海来说，往事已经被风干成一张张发黄的照片。而每一张照片背后，都有一段刻骨铭心的记忆。

焦东海老人小心翼翼地翻动着影集，生怕惊扰了照片上的亡灵——这本影集里的多数战友已经驾鹤西去。老人从影集里取出一张合影，那是1957年，他在采访西藏军区政委谭冠三时，新华社摄影记者袁克忠抓拍的。

1957年"八一"建军节前夕，《解放军报》要西藏军区报社为他们撰写一篇长期建藏的典型人物通讯。作为军区报社的老牌编辑、记者，又随十八军征战多年，这个任务自然落到了焦东海头上。经过认真考虑，焦东海准备报道政委谭冠三。十八军进藏一年多时，中央号召十八军将士长期建设西藏。年近半百的谭冠三率先响应号召，提出"我们要在西藏安家落户，世代相传，死在西藏，埋在西藏"。

今天的人很难想象那个时候“扎根西藏”是怎样的艰苦，又是怎样一种崇高境界。据焦东海老人称：“那时进藏女同志少，很多战士长期单身。结了婚的又愁孩子没法照顾。西藏气候差，孩子不易养活，大都送回内地了。那时交通不发达，回一趟内地不容易，坐汽车得半个月。公路未通前，还得骑马，一个兵站一个兵站地走，一个多月才能到，要是冬天大雪封山就更困难了。很多人好几年才能回内地一次，孩子长到五六岁了连父母亲长什么样都不知道。”

谭冠三就是在这样的背景下反复强调“死在西藏、埋在西藏”的。他首创了藏干校，加强藏语学习；为了改变拉萨的气候，他又率先学习培植树苗。焦东海说：“1957年我采访他时，他已培养树苗几万株，送给机关、部队种植。有一次我去他的住处，他正在种一棵胡桃树，见我来了，笑呵呵地说：‘桃三、杏四、李五年，想吃胡桃十八年。这棵树的果实我是吃不上了，这是给你们种的。’”

那次拉家常式的采访，对焦东海触动很大，也坚定了他长期建藏的决心。从此以后，他经常去拉萨西郊的烈士陵园，不仅仅是与埋葬在这里的战友叙旧，也是在吟唱一首“风萧萧兮易水寒，壮士一去兮不复返”的慷慨悲歌。在焦东海的意识中，在某个不可预知的日子里，今天，或者明天，自己可能就会血洒疆场，也许自己在战争中幸存下来，但最终会成为这里的一抔黄土。让人欣慰的是，有那么多熟悉的战友长眠于此，葬在这里不至于太孤单。

不过，焦东海到底没有吃上老首长亲手栽种的胡桃，而拉萨烈士陵园也不是他最终的归宿。1968年12月，西藏军区由直属中央军委的大军区缩编为省级军区，军区机关报《高原战士》终刊。作为该报创办人之一的焦东海，含泪离开了苦苦耕耘了13年的报社，服从组织调动，调回四川工作——20年前，他正是从这里踏上进军西藏征途的，人生总是充满了戏剧性。

李　华

雪山情

打开焦东海老人家的书稿，浓厚的西藏情结扑面而来。作者在西藏战斗和生活了二十个春秋，老人家说："那里是我生命的圣地，我永远也离不开西藏。"

西藏的山山水水也钟情于他，因为他一生中最美好的岁月、青春、智慧和汗水及生命的精华都挥洒给了这片热土。

他参军就在二野十八军，随大军挺进祖国大西南，随后又走进西藏，用双脚丈量那两千多公里的雪山冰河。当年，他既是人民战士，又是战地记者，既扛枪又拿笔。行军途中他这样写道："我们白天行军搜集稿件，晚上宿营后就趴在烛光下编稿件。背包放在积雪上当桌子，再用几个背包堆起来就是椅子。正在工作时突然会有一片乌云压过来，雪粒夹着冰雹从天而降，打在脸上像刀割一般。第二天还要提前出发，把编辑印好的报纸发给前面的部队。战士们都说：'在雪山上出报纸，实在不简单。'我现在回想起来，还是觉得很自豪的。"

在解放和建设西藏的过程中焦东海对西藏有着一定的贡献：他参加修筑康藏公路，随着战斗部队打昌都战役，到拉萨后垦荒生产……特别是在西藏平叛斗争中，他不顾自己的生命危险，迎着枪林弹雨，曾三次到前线采访。那时的叛乱分子虽然在逃窜中但却很隐蔽，不时趁人不备放冷枪伤及我部队战士与百姓。焦老对我说："有一次，我们的对面突然打来一梭子子弹，打得我们隐蔽的地方头上的树叶和树枝哗哗啦啦落了一地，差一点打着我们。”

丰富的人生阅历，西藏的冰雪风霜，给焦东海馈赠了丰厚的精神粮食和取之不尽的文学精华。因此，他的文章有自己独特的风格，有一定的深度和广度。长期的记者生涯，使他的文笔严谨而精当，朴素不失优美，平实蕴含深刻。他写的东西多数时候采用白描手法，虽无浓墨重彩的绚丽但却有感人至深的力量。多年的军旅生涯使他对人民军队有着至诚深沉的爱。不论是高级将领还是普通战士，在他的笔下都形象真实生动，人物栩栩如生，让人读后犹如身临其境之感，自然会引发读者的共鸣。在他的这部书稿中，对我十八军军长张国华的描写令人印象深刻。焦东海先生在述说张国华将军在西藏生活战斗时，将一个运筹帷幄、镇定自如、大智大勇的我军高级将领的光辉形象刻画得栩栩如生，展现出感人的精神力量。如在描述中印自卫反击战时写道：“他已48岁，拖着发高烧的身体，拄着工作人员送来的一根竹棍，步履艰难地向山上攀登，三步一喘，五步一歇。人们劝他坐担架，他拒绝说，那像什么样子？对部队会有影响的！如果连这个山都不能爬，还能打败敌人？”

在《怀念》一文中，焦老写了部队一个年过半百的炊事员老袁的故事。他以小说的形式叙述的人物和故事情节都很动人。老袁那根黑里透红的枣木扁担，一头挑着自己的行李，一头挑着大锅和炊具，更挑着他的理想和追求。一次，焦东海行军翻山时不慎被石头绊倒了，突然一根扁担出现在他面前，有人大喊：“快拉住！”他拉住扁担一头的背包，迎着风冲出了山坳。定睛一看，是老袁。这时老袁满脸是血，他忙问：“你怎么啦？”老袁回答：“我一爬山就流鼻血，爬过来了，没事了。”

初进藏时，后方运输十分困难。每人每天只发少量“代食粉”，有时一天只喝两餐稀糊糊，经常是饥肠辘辘。一天夜晚，焦东海正在开会，发现老袁在帐篷外静静地坐着。会议完了之后，他拉着焦东海到临时用石头搭建的灶台前，从锅里取出几块骨头让他啃。焦东海说：“老袁，你年纪大了，还是你啃吧！”

“唉，我老了，不中用了，你还年轻，又有文化，对革命比我有用。”

焦东海怀着极为感动的心情，含着眼泪，很快啃完了骨头。老袁在一旁笑着，笑得那样舒心……

以后的年岁里，焦老听说他家子女生活上有困难，背着他寄了一笔钱。他知道后说不该寄那么多，叮嘱以后别再寄了。他不但没有说一个谢字，为此还将焦老“训”了一顿。

通过以上几个生活细节的描写，一个农民出身的战士的高大形象已立在我们面前：他憨厚淳朴，不善言辞，不事张扬，心里却总是装着别人、唯独没有自己的美好心灵，让我们深深地感动。

还有写改革开放后个人生活所发生的变化。这里焦东海不是抽象空洞地侃侃而谈，而是采摘一朵朵生活的浪花来描述。他说每到傍晚，总要站在门前等着两个上学的孩子归来。当时是20世纪70年代后期，兄弟两人完全靠两条腿走路，路途长，他往往还要接孩子一段。“十一届三中全会之后，增加了工资，搬进了新房，两个孩子各自有了自行车，上学方便多了。以后两人大学、中专毕业之后都分配了工作。我仍然盼着他们归来。但这时既不是走路步行，也不骑车了，而是打的归来。”通过孩子在三个时期不同的行路方式，巧妙地道出了在改革开放大潮中一个家庭发生的变化，读后给人留下深沉的思考和广阔的想象空间。读者会想到由家庭到国家，由微观到宏观的巨变。这是一篇有特色有创意的散文。

我们这一代都已经步入生命之冬了。焦老既淡定又执着，既无为而有为。他在“人生小唱中写道：人生苦短，理想最重要。既立凌云志，就应终生蹈”。他感悟人生，总觉岁月飞驰，转瞬间已迈入老境。因此他还写道：“……若能时光倒流七十年，定可凌空摘辰星。”由此，可见其壮心。他笔耕不止，书，一本接着一本地出。他想在西藏这块自己耕耘过的土地上增添一些色彩，在精神世界这片芳草地上尽些微薄之力，为我们留下在解放西藏、建设西藏的这一代人更多的生活印记和感悟。我想，这是他对生命意义的另一种诠释。

郑　克

描绘神奇世界　歌吟曲折人生

——“蓓蕾人”焦东海

焦东海，相貌平平，个子不高，说话平和，我每次见到他就会招呼一声“焦老师”或者“焦大爷”。他看似我们身边的一个普通人，但当亲密接触、了解他一生的时候，就会感到惊叹，啊，原来他是一位战士，一位共产主义战士，他有着一个波澜壮阔的人生！当我们读完他的作品，走进他的精神世界，我们会对他肃然起敬！

焦东海，河南偃师县人。1928年出生，就读于河南开封高级工业学校。1949年5月参加中国人民解放军，1950年随十八军进藏，历任步兵第五十二师教导队筹粮队分队长、前线军事记者、西藏军区政治部报社编辑等职。1984年后从事西藏党史研究工作。他的一生是和西藏紧密联系在一起的。西藏，向来以其神秘的风采吸引人，以其高危的地势考验人，以其艰苦的生活培育人。如果谁能适应它的生存状态，超越它的境界，不仅能立于不败之地，而且能感悟人生之乐，甚至登上理想之峰。他在部队里写了大量的新闻稿件，到地方后撰写并出版了大量的文史方面的书籍，谱写了国家统一、民族团结、巩固边防、保卫边疆的赞歌。他一生中，写战士、写首长、写朋友，却很少写自己。他的人生经历中有惊心动魄的故事，有藏汉民族团结、骨肉情深的故事。

一、流动报馆

1950年，焦东海在十八军一五五团任战地记者。当时一五五团有个小报叫《战利》，因为不定期，所以有时一天一期，有时两天一期。报纸虽不起眼，但很受欢迎。焦东海就是这个小报的编辑加记者。1951年5月，和平解放西藏的“十七条协议”签订之后，记者们的工作很辛苦。他们一边跟着部队行军，一边搜集资料，晚上还要编写稿件，编好了连夜油印，第二天早上在行军前提前出发，赶到部队前面去发送报纸。

离开昌都西行到第一座雪山（拉贡山）时，焦东海他们出了一张报纸，把和平进军西藏的伟大意义、翻越这座山与进军西藏的关系以及注意事项都表述得十分明确。报纸出版后，他们边行军边宣讲，对战士起到了很好的宣传鼓动作用。

部队翻越的第二座雪山叫瓦合山，漫山遍野全是积雪，苍茫一片，连一棵小草都看不见。幸亏预先在山下捡了一些干柴，扒开积雪，支好帐篷，整理好住处就开始埋锅化雪做饭。焦东海和战友们把背包放在雪堆上当桌子，又拿来几个背包当椅子开始了工作。这时夕阳夕照，白雪辉映，光线很强，为防雪盲，大家戴上风镜开始了紧张的工作。一个多小时过去了，大家正在赶稿子的紧张时候，突然间一片乌云压过来，雪粒夹着冰雹从天而降，打在脸上像刀割一样，大家赶紧收拾东西，躲进帐篷。饭后，又挑灯夜战，编稿的，刻蜡版的，记录新闻的，油印的，大家忙个不停……

回忆起自己进军西藏路上办报的日子，非常怀念已牺牲在雪域高原上的战友们，永远长眠在那块土地上的战士们。

1951年冬天，部队到达藏北重镇扎雪奔噶，因为积雪覆盖了荒原，马草成了大问题。团里决定派几个连队到扎雪奔噶东北的一片森林里割马草。李传恩政委亲自到森林里坐镇指挥。这时的焦东海同样是跟着连队深入森林采写战士们的先进事迹，遇到一些典型人物、典型事例就写成通讯刊登出来，在部队形成了互相鼓励、你追我赶的局面，很快完成了任务。1954年康藏公路西线指挥部搬迁到太昭办公，上级决定出一期报纸，由焦东海编辑。报纸办得很正规，发行量也扩大了，除了一五五团外还发送到军区炮兵营、第一施工局各工段。报纸出了39期。除了及时传达上级指示、首长讲话、筑路动态和施工经验交流，还发表了许多军队和藏族民工团结友爱的小故事，对增强军民关系、提高民工觉悟起到了很好的作用。1954年7月25日，中央驻藏代表张经武将军和达赖等赴北京出席第一届全国人民代表大会。路经太昭时，向筑路指挥部赠送的锦旗上写道：“你们是毛主席教育下为建设西藏，巩固边防，克服困难，努力筑路的英雄，是西藏人民离不开的亲人。”

二、喝“糌粑茶水”

昌都战役结束后，后方供给跟不上去，部队发生了粮荒。为了顺利度过粮荒，为进军拉萨做准备，上级决定，留五十二师师部和一五四团、一五五团于昌都冬训待命，其余部队撤回金沙江以东筑路。焦东海随一五五团留驻昌都。团部驻防在距离昌都90华里远的日通，主要任务是割马草。此时已临冬季，野草早已枯黄，农田里的青稞早已收割完毕。经过交涉得到群众的同意，部队就到地里捡拾群众不要的麦秸秆代替马草。这时，战士们的口粮也减少了，每天只能吃两顿饭，因此，大家每天都饿得头昏腿软，浑身无力。

宣传股除了白天割草、拔麦秸秆之外，晚上还要收抄要闻，编辑出版小报。有一天晚上大家正围着炉子开会，收音员突然昏倒了。宣传股长王心前从自己身上掏出仅有的两块银元——他的全部津贴，朝焦东海喊道：“快去找老百姓买点糌粑来！”

焦东海看着王股长手中的全部积蓄，犹豫了片刻：“不是说，不准向老百姓买东西吗？”

“是的，是不准买，不过经过领导批准，必要时也可以少买一点的，我批准了，你快去吧。”

焦东海到了藏胞家里说明了紧急情况，主人满口答应，给他装了三四斤的糌粑。宣传股长宣布，每晚每人一把，补贴一下。收音员今天两把，以后和大家一样，不准特殊。

具体分配的时候，收音员只要一把，不肯要两把，大家都很感动。战友们把糌粑放在茶缸底部，倒上茶水，不敢用筷子搅拌，因为用筷子一搅拌，糌粑马上会浮上来，很快就会喝完。而不用筷子搅拌，喝一杯茶水，再添满接着喝，多喝几杯后，肚子好像就饱了。

大家正在喝茶水时，50多岁的房东妈妈端着一小碗盐巴走进来：“我早就看出你们挨饿了，但是我也很穷，没有糌粑能给你们，很对不起。现在你们有糌粑了，就送一点盐巴给你们，收下吧，这是我的心意。”

老人家非常诚恳，战士们收下了。每人的茶缸里再放一点盐巴，喝起水来就更有味儿了。说实话，只有这个时候，他们才真正意识到，盐巴和粮食对人的重要。

岁月匆匆，转眼半个世纪过去了。焦东海经历了进军西藏的全过程，经历了平息西藏叛乱，经历了西藏民主改革，看到了西藏农奴的翻身解放……

焦东海离休了，他把自己在西藏的经历记录下来。通过他的作品，我们了解了祖国统一的艰辛，了解了西藏翻天覆地的变化，也了解了焦东海。如他的诗文所言：

人生如流水，它能冲刷一切，又常常被一切所阻挡。

人生如同天上的乌云，它飘然而来，飘然而去，有时还会洒下倾盆大雨，汪洋四溢，有时还会悱恻缠绵，迷住人眼。

人生如同山间竹笋，每日每时都在向上成长，但又常被人砍伐，然而砍伐以后，竹又会长出来，永远也砍不完。

人人都想成就一番事业，事业的成就有精神和物质两种，不能只要物质不要精神；物质生活丰富了，还要注意高尚的情操，让物质化为精神，精神转化为物质。

有人说，我们这一代是苦难的童年，艰苦的中年，清贫的晚年。我认为，这话有道理。但，我无怨无悔。我认为，我们这一代生活得很有意义，我们无愧人生。

人生的任务就是读两本书，有字的书和无字的社会书。把两者很好地结合起来加以运用，为人民服务，就是真正的英雄，真正的贤者。

焦老先生的一生是战斗的一生，他的大部分时间都奉献给了西藏。西藏是世界屋脊，是众水之源，众山所仰，是世界战略的制高点，是祖国统一、民族团结的制高点。焦老先生尽了毕生之力，站在这个制高点上，将中央精神、首长指示以及各族群众在其中表现的光点、亮点记录下来，供后人纪念、学习、效仿，也是功德无量的。

讲完了焦老先生的故事，我心澎湃，情不自禁写了一首小诗送给我尊敬的焦老师：

扬鞭策马上珠峰，雪域高原展大鹏；
笔扫千军放异彩，气吞九脉荡心胸；
文照日月成天象，德溢金辉耀苍穹；
福地安居留晚翠，松心柏节夕阳红。

欧阳戈

目 录

人物篇

将军魂

进军西藏

1949年年底成都战役结束，中国人民解放军十八军军长张国华率领部队向川南进发（十八军原曾有进驻川南的任务），这时他已担任川南行署主任，正考虑着如何在川南开展新的工作。突然，部队接到上级命令：全军停止前进，原地待命。

1950年1月10日以后，张国华和政委谭冠三以及几个师的领导干部陆续到了重庆。1月15日，刘伯承、邓小平接见了他们，向他们下达了进军西藏、解放西藏、经营西藏的命令。刘伯承说："解放西藏是完成祖国大陆统一的最后一役，驱逐帝国主义势力，巩固西南边防，解放西藏人民，这是党交给你们的光荣而又艰巨的任务。"

张国华代表十八军愉快地、坚决地接受了这个任务。

1月27日～31日，十八军党委在四川乐山召开了首次扩大会议，师以上干部24人参加，会议传达学习了中央和西南局的指示，研究部署进军西藏的准备工作。会议宣布，经中央批准，中共西藏工委成立，张国华为工委书记，谭冠三为副书记，王其梅、昌炳桂、陈明义、刘振国、天宝为委员。

会议热烈地讨论了中央精神，讨论了进军的准备工作。

张国华深深感到：由川南安家到进军西藏，由风和日丽的四川到进入风雪弥漫的高原，这是一个大转弯，必须做好部队的思想政治工作，转好这个弯子。为此，张国华主持军党委会议，制定了《进军西藏的工作指示》，要求各部队加强党支部建设，进行思想动员，进行教育，开展立功运动，号召全体指战员为解放西藏人民、为保卫祖国边疆立大功。

会后，张国华和其他领导干部一起深入基层，一个单位一个单位地做耐心细致的思想工作，使部队很快扭转了想在川南安家的思想，决心进军西藏，解放西藏，把红旗插上喜马拉雅山。原来已经下地方的同志，这时也回到了部队，准备进藏。部队展开了轰轰烈烈的练兵热潮。

张国华不但扭转了部队的“川南安家”思想，还多方遴选有才干的干部，加强领导力量。原在二野七纵二十旅工作过、后调二野司令部任作战处长的李觉，主动要求入藏，张国华热烈欢迎，调来任十八军第二参谋长。张国华与原在十七军任宣传部长的夏川，在贵阳偶然相逢，又请他到十八军任宣传部长。对原在豫皖苏时担任宣传部长，渡江后已在南京任职的乐于泓，张国华通过军委将其调回部队。乐于泓精通英语，张国华准备让他入藏后做外事工作。

第二野战军发出指示，要求各部队尽一切可能的力量，从人员、装备、运输方面支援十八军。二野各军很快给十八军充实了一批精兵、良马和武器装备，十八军兵强马壮，装备精良，已做好进军西藏的充分准备。

张国华牢记邓小平关于“解放西藏，要靠政策走路，靠政治吃饭”的指示，接受进藏任务不久，就成立了以十八军副政委王其梅为主的政策研究室，着手对西藏的政治、经济、文化、军事、社会情况、对藏族的宗教信仰和风俗习惯进行调查研究，提出政策意见。

为了成立政策研究室，张国华求贤若渴，在重庆、成都等地四处寻访熟悉西藏情况的人士。他先后邀请了四十多位专家、教授参加政策研究工作，其中有著名的大学教授李安宅和于式玉夫妇，有著名的学者谢国安和他的女婿张立千，有精通藏语文的汉族专门人才祝维汉、傅斯仲等。这些专家、教授在短短一个多月的时间里，就写出了一系列有价值的材料。如《西藏各阶层对我进军态度之分析》《对西藏各种政策的初步意见》《英美帝国主义干涉西藏问题之趋向和我之对策》《西藏财政经济问题研究提纲》《进军守则》《藏人的风俗和禁忌》等。

这里特别值得一提的是《对西藏各种政策的初步意见》一文。这篇材料对后来西南局制定的进藏“十条政策”，对1951年签订的和平解放西藏办法的“十七条协议”，对以后中央对西藏重大行动的决策，都起了重要的作用。

1950年3月，张国华决定先派出两支先遣部队，到西康地区了解藏区的政治、军事等情况。北路的先遣部队由五十二师师长吴忠率一五四团组成，3月29日由四川乐山出发，4月28日进抵甘孜。到后不久就遇上了缺粮的困难，部队只好捉鼠捕雀、挖野菜充饥。

“兵马未动，粮草先行。”这时雅安以西的公路已经初通康定，每天都有500多辆汽车、3000多匹骡马、几百辆大车投入运输，可是到了泸定就卡住了，因为泸定的公路桥还未修通。飞越康藏高原的“空中禁区”虽然已被我空军突破，可以向甘孜空投物资，但空中运输量是有限的，杯水车薪，解决不了根本问题。

这时张国华除了督促部队加速修筑公路外，决定亲自到康定看看，进行调查研究，做些藏族上层的统战工作，缓解运输困难。

张国华离开军部所在地四川新津，6月下旬来到泸定。大渡河边，汹涌澎湃的河水挡住了车辆，一车车军用物资堆放在那里，只能用小船和木筏摆渡过河，到了对岸再转用人力畜力向前运输。张国华站在河边，沉思良久，请来运输部队的干部和技术人员，经过研究决定：把汽车拆卸开，用渡船运过河去，再组装起来，继续向前运输。这虽不是什么一大发明，在当时却解决了大问题。

告别泸定，到康定后，张国华同中央联络部随军进藏负责统战工作的徐淡庐研究，决定做好西康三位上层人士的统战工作。这三位人士，即北路玉隆的夏克刀登，德格的女土司降央伯姆，南路义敦的邦达多吉。

在康定，张国华举行上层人士茶话会，热情招待夏克刀登（当时，降央伯姆、邦达多吉不在康定）。夏克刀登在会上极为感动地发了言，他说，当年红军长征路过甘孜时，朱德总司令、刘伯承总参谋长组织的博巴苏维埃政府他参加了，他非常敬仰朱德和刘伯承，非常敬仰红军。当他知道张国华也是当年的红军时，他和张国华结成了好朋友，决心搞好运输积极支援解放军进军西藏。

在康定工作了七天，张国华又回到了新津。

这一段时间，张国华工作极为繁忙，连他的3岁女儿患重病，他都未能抽出时间前去看上一眼。

1950年8月26日，康藏公路从雅安通到3700多米高的甘孜。9月初，张国华率领十八军军部进抵甘孜。这时，西南局《关于以十项条件为和平谈判及进军基础》的指示，已经中央批准，下发到西藏工委，干部战士正在学习讨论中。

为了争取西藏问题的和平解决，中央敦促西藏地方政府派出和谈代表到北京谈判，但未得到响应。5月5日，西南军政委员会委员、西康省人民政府副主席格达活佛赴藏劝和，行至昌都被毒害致死。西藏地方当局已完全关闭了和谈的大门。

张国华到甘孜后，立即召开西藏工委扩大会议，分析了当时的形势，布置了下一步的任务。张国华说："和平解放西藏是我们要尽力争取的。前一段我们屯兵甘孜，没有行动，就是争取和平解决问题。现在看来要打。打，也是为了打开和平谈判的大门。昌都解放以后，成立昌都地区解放委员会，各县的原有旧政权不变。不反对我们的西藏地方政府官员原封不动。"

张国华还说："今后补给是关键，主要靠内地，不给西藏人民增加负担。在藏区，必要时可以用银元买一些粮食。"

会后，中共西藏工委立即发出了《关于昌都解放后工作要点的决定》《关于解放昌都有关政策的指示》等文件。西藏工委机构得到了充实，设立了中共西藏工委办公室，下设组织科、宣传科、保卫科、统战科、秘书科。办公室就是工委的全部办事机构，协助张国华实行一揽子计划。

这期间，张国华考虑的基本问题有三个：一是进军西藏的政策准备；二是昌都战役的战斗准备；三是部队的越冬准备。他和几个主要领导同志研究后，作出战役部署，并得到西南局批准。

各路部队准备就绪，枕戈待命，但张国华就是不发战役开始的命令。不少干部战士都有些急不可耐地抱怨说："军长怎么搞的，什么都准备好了，怎么不下命令？"

10月3日，张国华乘车来到玉隆，再次拜会了夏克刀登。当夏克刀登得知昌都战役的最大困难是后方运输时，慷慨地说："8000头牦牛好说，我可以支援6000头，降央伯姆的2000头我找她去说。"

张国华算了一笔账：8000头牦牛运300万斤粮食，到年底运到金沙江以西不成问题。他回到部队，立即下达了进军昌都的命令。

10月6日，战役开始，我军各路部队按照计划迅速行动。

北集团右路10月7日渡江后，五十二师一五四团、青海骑兵支队一起南下，日行军50至60公里，向昌都以西的类乌齐、恩达疾进，连续十日急行军500公里。跨草原、翻雪山、蹚河水、顶风雪，战士们不顾疲劳，于18日占领恩达，完成了大迂回的任务，切断了昌都敌军的退路。

北集团中路五十二师师直、一五五团、一五六团、军炮兵营于10日完成渡江，经郭堆、生达，直取昌都。

北集团左路军直侦察营、工兵营、五十四师炮兵连于7日由岗托渡江，于7日粉碎敌军依托金沙江的防御，由岗托渡江向昌都方向攻击前进，合围昌都。

南集团五十三师一五七团由巴塘渡江，在宁静争取了藏军第九代本德格·格桑旺堆起义后，直出邦达、八宿，切断了昌都敌军向南的逃路。从云南进发的我军一个团的兵力也占领了盐井、门工、碧土。

藏军昌都总管阿沛·阿旺晋美21日派人与解放军联系，并命令三个多代本2000余人放下武器，采取了回归祖国怀抱的态度。

昌都战役于1950年10月6日开始，10月24日结束，历时18天，经过大小战斗20余次，我军取得了全面胜利。

在昌都战役过程中，张国华日夜守在报话机房，有时晚上连觉都不睡，他时而严厉指令部队，要动作迅速，按时到达预定地点；时而自己眯着眼睛，紧闭嘴唇在深思。战役结束后，张国华患上了高血压。

战役进行前和结束后，张国华都要求部队，要认真学习和执行党的民族政策和宗教政策，严格遵守纪律，努力争取和平解放西藏。

12月14日与24日，张国华主持召开了中共西藏工委和十八军军党委联席会议。会议着重讨论了西藏解放后的工作设想，如上层统战工作，各师分片包干进行工作等问题。

抵达拉萨

昌都战役后，西藏地方政府内部发生了很大变化。达赖亲政，亲英派达札下台。1951年4月21日和26日，西藏地方政府和平谈判代表分两批抵达北京。张国华作为中央人民政府和谈代表，参加了1951年4月29日开始的和谈会议。和谈以和平解放西藏的十项条件为基础。

双方代表经过20多天的谈判，于5月23日达成了《中央人民政府和西藏地方政府关于和平解放西藏办法的协议》（共十七条）。

协议签字后的当天下午，张国华受到了毛泽东的接见。

毛泽东接见张国华之后，于5月25日又发出了《训令》，对中国人民解放军进军西藏事宜作了一系列部署，张国华在北京的工作也忙碌起来。

5月底，张国华离开北京，同阿沛·阿旺晋美一行数人经重庆、成都，又走上了高原。

1951年6月25日，张国华回到甘孜。这时十八军军部都已做好一切准备，整装待发，准备向拉萨进军。张国华视察了筑路和修机场的部队，作了一些安排和部署。7月1日，告别了甘孜，向昌都进军。

藏民谚云："七八九，淋破头。"意思是说七、八、九这三个月，高原上的天气是雨水多。事实果然如此，这时的高原，时而万里晴空，烈日当头，时而又乌云压顶，倾盆大雨；有时还狂风大作，冰雹袭人，犹如冬季。张国华顶烈日，战冰雹，和谭冠三将军一起，率领十八军军部向前挺进。一日，他们来到了海拔5300多米的雀儿山，这时公路还未修通，张国华和战士们一样步行翻山。快到山顶时，路特别难走，空气又相当稀薄，张国华一步一喘气，满头大汗嘴唇发紫，脸色十分难看。参谋长李觉知道张国华这时已得了心脏病，马上说："国华同志，你不能再走了，赶快上马。"在警卫员的帮助下，张国华被扶上了马，这才安全地翻过了山顶。

张国华翻越了五座这样的雪山，于7月17日到达昌都。

到达昌都后，张国华和夫人樊近真经常到昌都总管府看望阿沛夫妇。因为阿沛这次是同张国华一起由北京到昌都的，他们已经很熟悉了，经常在一起聊天、喝酥油茶、吃糌粑。

在昌都，经过军党委研究，并报上级批准，张国华组成了以王其梅为首的进藏部队先遣支队，让他们先行一步到拉萨。

先遣支队7月25日离开昌都，分两个梯队，向拉萨进发。

8月18日，原进军西藏支援司令部政委胥光义，专程由重庆赶来昌都，向张国华传达了西南局书记邓小平对下一步进藏工作的指示。

8月28日，张国华率领十八军军部和昌都战役以后留驻昌都以西的一五四团，分批次向拉萨进发。此时，张国华已知，中央赴藏代表张经武一行数人已由亚东到了拉萨。张国华挂念着张经武的安全，心潮澎湃，督促各路部队迅速进发。

9月7日，张国华到达丁青。丁青又名霍尔三十九族地区，为39个游牧部落组成的一个行政区划，人烟稀少，属高寒牧区。丁青处在西藏、青海、西康三省区的结合部，是西藏北出青海的门户，也是我军进军拉萨后后方运输的重要基地。300多年前，这里归蒙古最大的部落固始汗统治。清朝初年直属理藩院管辖，乾隆十六年（1751年）归清驻藏大臣直辖。辛亥革命后，军阀混战，国民党实力不足，鞭长莫及，藏军东征康区，借口三十九族地区“亲汉”，在此实行镇压杀戮。因此，三十九族地区与西藏地方政府有严重对立情绪。

张国华到后，在这里住了一个星期，一方面进行调查研究，一方面召开千户、百户头人座谈会，调解该区与拉萨的关系，协商运输工作，支援解放军进藏，为后来的工作打下了良好的基础。

过丁青，行数日，怒江挡住了去路。怒江源出唐古拉山脉，主要是冰雪融化之水。这里地处上游，虽还未形成大江大河，但它带有雪山的野性，汹涌澎湃，以每秒8～10米的流速翻滚着、呼啸着，向前奔腾，钻入高山峡谷之中。

为了征服这条不驯的怒江，张国华和谭冠三、李觉、刘振国商量，决定把人马分为两部分，从两个渡口渡江。

人的渡口，人们乘牛皮筏子渡江。牛皮筏子为牦牛皮缝合而成，中间有几根棍子撑着，小筏子可载4～6人，大点的可载10余人。张国华在当地征集了10多个这样的筏子，每个筏子都有一位藏族水手驾驶。他和李觉指示部队，人员如何定位，物品如何放置，要加强组织性纪律性，听从藏族水手意见，同舟共济，战胜天险。

筏子离岸就冲向江心，然后旋转着，漂浮着，时而涌上浪峰，时而抛向浪谷，然后顺流而下，直至对岸。张国华在岸上关心地看了几个小时。

马的渡口，无舟无筏，只有把马匹驱向江中向对岸游去。骡马被驱入江中，浑身冻得发抖，有的游了一阵子，又掉头游了回来。因为江水太冷太急，有的骡马游至中途就被江水吞没了。

人马渡江持续了三天，终于胜利完成了任务。人员无一伤亡，骡马却损失了20多匹。

过江后，进入念青唐古拉主脉北麓高寒山区，军队在丁青补充的粮食，这时差不多都吃完了，大家每天只能靠代食粉糊糊充饥。看到指战员的体力日渐下降，张国华担心这样下去难以走到拉萨，他和谭冠三政委研究，决定通过当地头人，用银元买一些羊，分给大家充饥。当时既无油盐，又无佐料，战士们只好用白水煮羊肉吃，但仍极为高兴，体力也有了恢复，给完成进军任务增强了信心。

部队行走了十多天，一天来到嘉黎、比如西南的交界处，海拔6000多米的冷拉山挡住了去路。张国华率领部队进藏以来已翻越十多座大雪山，对于翻山他已不在话下了，不过这座山却给他来了个下马威。

这天，像往常一样，张国华照样不骑马，让马驮着病员或伤员的背包，而他和战士一样徒步爬山。越往上空气越稀薄，狂风不时吹起山上的积雪，搅得风雪弥漫，弄不清前进的道路，这时人人喘着粗气，行动极为困难。张国华和夫人樊近真与战士们一样，走走停停，咬紧牙关吃力地、慢慢地向山顶攀登。但这座山太高，当天未能翻过，只得在山腰宿营。

次日，到了山顶，大家一看惊呆了：南坡下山没有道路，只有一处几百米高的山坡，全是雪罩着，另一边是万丈深渊。怎么走呢，像往常那样下山是无论如何也不行的，只有坐下来滑行。先到的同志这时已用牦牛蹚出了一条滑行的雪路。张国华和参谋长李觉安排了部队滑行注意事项以后，对李觉说："你一定要设法照顾好谭政委。"谭冠三当时已年近半百，是全军的一位长者，大家极为尊重。

张国华说完后，就和夫人樊近真坐在山坡上，像他要求战士的那样，两腿伸直，身体坐正，就要下滑了。这时李觉忙指定几个战士，坐在张国华、樊近真前后左右，手拉住手，一再交代："注意向前下滑，掌握好方向，千万不能歪，方向歪了，就是万丈深渊，不得了。"张国华、樊近真在几个战士的护卫下，顺着雪山大坡，起伏不定地冲下去，最后算是顺利地滑到了山脚。这时他的血压已高达160毫米汞柱。

部队全部下了雪山，当时干部战士口鼻出血的占三分之一，有5名战士因心脏病牺牲，马摔死了许多匹。

越过冷拉山，又翻越了一座雪山，部队就进入了拉萨河谷平原。这里气候温和，道路平坦，行进就容易多了。

1951年10月26日，张国华、谭冠三率领的进藏部队胜利到达拉萨，举行了盛大的阅兵式和入城式，受到中央驻藏代表张经武、西藏地方政府官员、先遣支队司令员王其梅和两万多拉萨市民的热烈欢迎。

1951年12月1日，十八军独立队（即中共西北西藏工委），在范明率领下，翻越昆仑山、唐古拉山，胜利到达拉萨，受到拉萨市群众和先期到达的进藏部队的热烈欢迎。

1952年2月10日，西藏军区成立，张国华任司令员。

1952年3月7日，中央批准张经武留藏工作，任中共西藏工作委员会书记，张国华任第一副书记。

粉碎伪人民会议

张国华进抵拉萨后，首先同张经武、王其梅进行了交谈，基本上掌握了拉萨的情况。了解情况后，他进行的第一件工作就是代表西南军政委员会主席刘伯承向达赖送礼品，并亲自会见达赖。10月13日，送礼品的队伍浩浩荡荡走出拉萨市区，走进罗布林卡。张国华徒步走在队伍最前边，面带笑容。后面有红旗队、腰鼓队、乐队、“十七条协议”的竖旗队。街上人山人海。

队伍走进罗布林卡的宁窝（达赖办公的殿堂），17岁的达赖喇嘛接受礼品后，出宁窝，过一小桥，回到他的卧室，单独会见张国华。达赖坐在床上，张国华坐在椅子上，两人进行了交谈。

谈话结束，达赖非常高兴地走到宁窝的一个楼台上，观看了部队腰鼓队的表演。

一连几天，张国华在阿沛·阿旺晋美帮助下走访或宴请上层统战人士。在他拜访西藏地方政府司曹（代理司伦。司伦是噶厦的最高行政长官）鲁康娃时，此人态度傲慢，出言不逊，一张嘴便不冷不热地嘲讽说：“清朝有个入藏大臣张大人（指张荫棠），他在拉萨只设了一个衙门，也没带什么兵，大家都喊他张大人。现在又来了一个张大人，你为什么要带这么多兵呢？”停了一下，他接着又说：“阿沛·阿旺晋美在北京，我们并未授权他谈军事。‘十七条协议’很突然，应该修改。”

张国华对这突如其来的进攻毫不惊慌，他早有思想准备。他静静地听着，待对方说完后，他不慌不忙地说：“人民解放军进入西藏这是协议规定了的，是为了巩固国防，这也是符合西藏人民利益的，这有什么不好？签订‘十七条协议’，阿沛·阿旺晋美是首席代表，这是达赖派出的。在谈判过程中，阿沛·阿旺晋美不断向达赖请示报告，达赖喇嘛是赞同‘十七条协议’的。本月24日达赖喇嘛已向中央发电报拥护‘十七条协议’，怎么能说要修改呢？”

几句话说得对方哑口无言，会见不欢而散。

这次矛盾冲突，使张国华预感到更大的斗争还在后边，他经常和大家一起了解情况，研究情况，上报中央，请示对策。

这时各路部队已陆续进抵各边防要地，人民群众开始了解协议，上层许多人士也开始明确表示站在反帝爱国一边。西藏上层亲帝反动分子感到孤立了，他们组织了一个伪人民会议，发誓要把人民解放军赶出西藏。伪人民会议起草了一个意见书，恶毒攻击“十七条协议”，攻击人民解放军，要求解放军撤出西藏。

他们还收容了一批流氓，上街游行示威，公然喊出“西藏要独立，人民解放军撤出西藏去”的口号，一时间，搞得社会秩序混乱，人心惶惶不安。

这时，身为军区司令员的张国华，同中央代表张经武紧紧站在一起，根据中央指示，展开了一场生死的斗争。

1952年3月31日，噶厦政府派秘书把《意见书》送交张经武，并要求张经武接见伪人民会议代表。与此同时，伪人民会议纠集藏军和武装流氓分子约2000多人，包围了西藏工委机关和张经武的住所，外事处、银行也被包围。

鉴于这种情况，张国华立即派出一部分部队在拉萨街头实行巡逻，防止发生意外；同时布置警卫部队，加强内部警卫，严防敌人突然袭击。

张国华自会见鲁康娃以后，就看出此人野心勃勃，迟早会闹乱子的。今日果然闹出来了。鲁康娃不仅在拉萨调兵遣将，气势汹汹，他还暗中将驻日喀则的藏军炮兵代本（相当于团）也调来拉萨，阴谋发动暴乱。

发现这一情况后，张国华请示中央批准，立即下令把远在扎雪奔噶和山南隆子宗的步兵一五五团火速调来拉萨，以防不测。并令驻江孜和日喀则的部队也加强戒备。

这时拉萨街上，商店关门，群众纷纷囤粮储水，市民惊恐不安。

4月1日，拉萨形势更加恶化，反动分子阴谋抢劫布达拉宫军火库。包围西藏工委机关和张经武住所的反动武装也有增无减，气焰极为嚣张。据情报称：当夜11点，敌人可能动手。

为了牵制敌人的力量，西藏工委于当日下午召集噶厦全体噶伦到工委驻地开会。会上，张经武严厉驳斥了伪人民会议《意见书》的内容，揭露了反动分子的罪恶行径。

可能是反动分子看我们内外都做好了准备，这一夜他们没有动手。

从3月31日到4月4日，张经武一连给达赖写了三封信，告知他骚乱情况，要求立即制止骚乱事件，解散伪人民会议。

接到中央指示后，张经武决定上布达拉宫会见达赖。同志们不免为他担心，认为布达拉宫戒备森严，说不定鲁康娃就在达赖身边，上去太危险。

张经武意志坚定地说："不论出现什么情况，我都必须前往布达拉宫，当面向达赖讲明中央的态度和我们的立场，同他共同讨论处理办法，表示我们对他的尊重。这样既可以争取团结达赖和上层人士，也可以教育广大西藏人民。"

分析了当前的形势，张国华表示坚决支持张经武亲登布达拉宫，会见达赖喇嘛。张国华调了几个得力参谋做张经武的警卫员，并一再交代，若张代表出了事，就马上发出信号，山下立即派人救回张代表。

4月8日，张经武等人徒步来到布达拉宫山下，穿过五步一岗、三步一哨的森严通道，到山上会见了达赖，向达赖通报了伪人民会议发动的骚乱情况。达赖说："骚乱是不好的，伪人民会议是不好的，可下令让司曹研究适当办法，进行解散。"

根据中央的指示精神，张国华和张经武在工委会议室召开了全体噶伦会议，商讨撤销鲁康娃和洛桑扎西的职务问题。会议开始，有人否认两司曹与伪人民会议有联系，张经武、张国华拿出大量事实驳斥了这一说法。一看这一说法不行了，又有人出来帮助两司曹求情，希望不要撤销他们的职务。

张经武说："我和在座的各位都是一个家庭中的兄弟，我和两司曹没有任何私怨，但要认识到，今天我们和两司曹是政治路线斗争问题；是亲帝国主义，还是拥护祖国大家庭问题；是执行协议，还是组织武装骚乱，来破坏协议的问题。这是大是大非问题。"

4月27日，达赖喇嘛宣布撤销鲁康娃、洛桑扎西两人的司曹职务。

5月1日，噶厦发出布告，宣布伪人民会议为非法组织，予以取缔。

至此，伪人民会议事件宣告结束。反动分子制造的一场骚乱可耻地失败了。

粉碎伪人民会议后，西藏形势开始明朗，出现了执行协议的较好局面。统战、贸易、生产、修路、文教、卫生等各项工作，都比较顺利地开展起来。

1952年4月28日，十世班禅额尔德尼顺利到达拉萨，会见了达赖，回到了阔别30年之久的日喀则扎什伦布寺。

1952年8月15日，拉萨小学正式开学。董事长为张国华，校长为达赖的副经师赤江·洛桑益西。西藏以往没有现代学校，只有少数贵族子弟私塾，能办这样一座现代化小学，实属不易。

1952年8月21日，由西藏地方政府和班禅堪布会议厅联合组织的致敬团、参观团，从拉萨出发，前往北京，向中央人民政府和毛泽东主席献旗。

开荒筑路，站稳脚跟

十八军进入拉萨后，部队所带的粮食快吃完了，后方靠牦牛运来的一些粮食数量有限，接济不上，部队只好就地用银元采购一些。这时西藏上层反动分子又把持粮食不卖，一时粮价飞涨，影响了民需。上层反动分子又出来造谣说，这都是解放军进藏带来的恶果。

张国华为西藏工委第一副书记、工委财委书记、军区司令员，他敏锐地感到粮食成了斗争的焦点，成了我军能不能在西藏站稳脚跟的一个大问题。

为了解决这个问题，张国华和财委副书记夏仲远制定了一套“保证军供，兼顾民需（兼顾后改为调剂），稳定金融物价，争取站稳脚跟”的财经工作方针，同时宣布一条纪律：“统一采购，统一分配物资。”严禁部队指战员和地方工作人员自由采购物资，实行统管统配。

这些方针和纪律的实施，在当时虽然得罪了一些人，但也确实收到了明显的效果，使我们在对敌斗争中争得了主动。

1953年，张国华又根据中央和军委的指示，对太昭以西的部队在不影响作战能力的情况下，进行了大量精简。精简了3000人，只剩下8000人。五十二师是十八军的主力师，把师部精减了，只剩两个团，归军区直接领导，一个团在边防，一个团在拉萨。地方职工由3740余人精减到2800余人，人员少了，摊子小了，工作更加灵活了。

为了解决粮食问题，1952年中央从福建、广东等地调拨了2500吨大米，通过海路，绕道印度运进西藏，解决了部队的燃眉之急。

这时，张国华牢记毛泽东的教导，一面进军，一面生产；一面进军，一面筑路。他坚信只有开荒生产、修筑公路，才能从根本上解决问题。

寒冬腊月，高原地冻如铁，张国华、谭冠三和指战员们一起，开进拉萨河边的荒地上，搭起帐篷，开始了艰苦的开荒生产工作。张国华和谭冠三经常教育部队指战员，既要掌握好手中的武器、准备打仗，又要搞好开荒生产，自食其力，站稳脚跟，准备从多方面打退反动派的进攻。

解放军开荒生产，使西藏的上层爱国人士和人民群众受到很大鼓舞，他们说："看来，解放军是不走了，要在这里扎根了。"这时的反动分子垂头丧气，灰溜溜的。

从1951年11月25日～12月13日，仅18天时间，即开荒2300多亩。第二年3月，各机关部队又抽出50%～80%的人员开荒生产，积肥春播。当年夏天，在拉萨河边开垦的荒地上建立了"七一"和"八一"两个农场。

再一项工作是筑路。张国华进入拉萨后，经常和后方部队司令员陈明义联系，了解筑路情况。1953年元旦，毛泽东主席批准康藏公路走南线的方案，并要求1954年通车拉萨。张国华和张经武立即研究，决定康藏公路昌都至拉萨段分东西两段同时相向施工。张国华立即电令陈明义，让后方筑路部队两个师和1万余人的汉族技工大队，于2月17日，由昌都向拉萨动工修建。同时，同西藏地方政府商议，在西段，由西藏军区和西藏地方政府成立筑路委员会，由谭冠三政委任主任，索康·旺清格来等任副主任，率前方部队和一万多藏族民工，由拉萨向东加速筑路。

由于措施得力，部队和民工艰苦奋战，康藏公路于1954年通车到了拉萨。青藏公路也同时通了车。

两条公路的通车解决了运输上的根本困难，至此，我军才算在西藏站稳了脚跟。

树立长期建藏思想

张国华进入拉萨后考虑最多的是怎样教育部队树立长期建藏思想。

从四川开始进军时，中央鉴于进藏生活艰苦，曾设想过进藏部队实行“三年一换，以励士气”的计划，张国华向部队传达了中央这一设想。以后考虑到一个军数万人，进藏走了一年还未到拉萨，就是到了拉萨，西藏情况特殊，政策性很强，了解情况也需要很长一段时间，“三年一换”显然是不可行的，所以中央又改变了这一计划。

张国华对这一问题非常重视。他深知思想问题不解决好，进军西藏、建设西藏的任务是难以实施的。1950年2月15日，他在重庆参与制定了西南局、西南军区、第二野战军关于解放西藏的政治动员令。《动员令》明确提出：“每个指战员必须树立长期建设西藏的思想和决心。”1951年2月，张国华根据西南局和二野首长的指示精神，在十八军后方部队第一届党代表会议上，阐述了从“三年一换”到长期建藏的变化过程，明确提出了长期建藏的口号。

到拉萨后，张国华深深感到这个问题在部队还没有完全解决。有的同志解决了，有的同志只是把“三年一换”变成了“五年、八年一换”，离长期建藏思想还相差很远。在张国华看来，反动派想打跑我们、饿跑我们是不可能的，但这个思想不解决，我们的脚跟将始终站不稳。

张国华认为，要解决这个问题最好的办法，是部队和藏族人民打成一片，在群众中吸取营养。和群众打成一片最大的困难是语言不通。因此，张国华和张经武、谭冠三等领导同志研究，决定成立进藏部队藏语文训练班。训练班由从部队抽调连排以上干部800多人组成，教师队伍由随军进藏的藏语文专家、教授组成。此外，张国华又以他求贤若渴的一贯态度，聘请了十多位西藏上层人士，其中不乏专家、学者也加入教师队伍，担任教学工作。

1952年元月12日，藏语文训练班在拉萨河边仲吉林卡正式开课。这天，张国华、张经武、谭冠三等领导同志参加了开课典礼。

在开课典礼上，72岁的藏族教师、西藏著名诗人擦珠·阿旺洛桑活佛上台发表了诗一般的讲话。他说：“我的学识很浅，实在不配当大家的教师，不敢上这个讲台。好比一个牛场娃平时住在帐篷里，突然来到大厦跟前，不敢进去，有些害怕。我现在只有一只眼睛，一条腿。另外一只眼睛是瞎子，因为我不识汉文，另外一条腿是跛子，因为我不懂汉语。要给各位当教员，我得使两只眼睛都亮起来，两条腿都能走路。”

60岁的藏族教师，西藏著名学者江金·索南杰布发表了热情洋溢、妙趣横生的讲话。他说：“在毛主席领导下，汉藏民族团结起来了。大家到这里来，是为西藏人民服务的。服务是很难的，需要学好藏文藏语才行。这好比两个人要做朋友，语言不通就很难做成朋友。今天大家来学习，这是一件好事，学习要虚心，不要骄傲，就是原来懂一点藏语文的同志，也不要骄傲，不要自以为是。”

说到这里，他指了指林卡里的几棵苹果树对大家说：“你们看，院子里的苹果树，枝头朝天，原因就是没有结果子。如果到秋天果实累累，它的头就要向下了。希望大家都像结满果实的苹果树一样。”

他最后又说：“我的牙齿脱落了，但我又镶了牙。我还要学习汉文汉语。这样汉人学习藏语文，藏人学习汉语文，汉藏民族团结起来，就像一杯水再加上一杯奶，融合在一起。而不是水中加了油，漂在水面上。”

江金·索南杰布来自一个贵族世家，清朝时被封为公爵衔，所以人称江公。

这两位精彩的发言，光彩照人，语言优美，不仅使大家对教师有了初步认识，更重要的是大家对藏族文化产生了好感，决心好好学下去。

这批学员经过6个月的学习，圆满完成了学习任务。高级班学会了1500～1700句藏语；中级班会了1000～1200句藏语；普通班也学会了800～1000句藏语。学习班还选出了166名学习模范。这批学员毕业分到部队后，成为部队学习藏语的“小先生”。部队带藏族民工筑路或为群众治病时，他们又成了“小翻译”。对部队做树立长期建藏思想工作确实起了不小作用。

1952年年底，恰是“三年一换”的期满时期，这时，因西藏交通困难，部队严重缺粮、实行了机构精简，有些同志调回内地去了。这时部队中的换班思想又产生了萌芽。抓住这个时机，张国华于同年12月主持召开了西藏军区第一次党代表会议。太昭以西部队250名代表与会，会议就民族工作和长期建藏两个问题展开了热烈讨论。

张国华自始至终参加了会议。他就树立长期建藏思想问题作了系统发言，对大家震动很大。

在讲到长期建藏的涵义和基本要求时，他说：“树立长期建藏思想是解决进藏部队一切思想问题的中心环节。基本目的是打破‘换防’思想，消除各种幻想，以积极的态度从事解放西藏，建设西藏，巩固国防的各项工作。长期建藏思想是否能树立，并不单纯表现在每个同志决心在西藏干十年二十年，或死在西藏的时限上。我们说西藏是祖国领土不可分割的一部分，西藏的建设当然也是祖国整个社会主义建设的一部分。社会主义建设是一个伟大的事业，还需要经过长期艰苦的奋斗。而我们从事的西藏建设，由于基础较差，则需要的时间更长。如果没有长期的艰苦的准备，就不可能安心地和西藏人民一起开发边疆，使西藏和祖国内地一道进入社会主义社会。”

张国华讲话后，大家通过讨论，统一了认识，明确了要求，并一致通过了向党中央、毛泽东主席表示长期建藏的决心书。

经过充分的思想工作，进藏部队、进藏工作人员普遍树立了长期建藏思想。

1956年，西藏实行“六年不改”，“大下马、大收缩、大精简”，有些部队的干部内调，部队中的“换班”思想又有些抬头。有的认为，在西藏工作没有前途，军队工作没有奔头，个人不能进步，因而想离开西藏。

对于这些思想反映，张国华非常重视。他利用各种机会，各种场合，给大家讲，“六年不改”是为了以后改得更好，收缩是为了以后更好地发展，后退是为了前进的道理，向同志们说明西藏有前途，军队工作有奔头，教育大家正确认识个人前途与党的事业前途的一致性，坚决克服“换班”思想。

在1957年12月召开军区党委扩大会议，1958年4月召开军区党代表大会。在这两次会议上，他都着重讲了树立长期建藏思想问题。他说：“‘换班’问题，实际上是个人利益和党的利益的矛盾问题。”他特别讲了共产党人的苦乐观。他说：“完全从个人利益出发谁也不会愿意到西藏来，但共产党人有坚强的事业心，有先天下之忧而忧，后天下之乐而乐的高尚情操，为革命甘愿吃苦是光荣的。我们不能知难而退，否则，就不是一个好的共产党员。”

张国华对长期建藏问题上暴露出来的种种思想问题，诸如苦乐问题、吃亏论、落后论、未老先衰、苦乐不均等，又一次作了剖析，使到会同志受到很大教育，一致表示要坚决彻底消除“换班”思想，树立长期建藏思想。这两次会议对部队的思想建设起了重要昨用，长期建藏思想在部队扎下了根。

就这样，在张国华领导下，在长期建藏思想哺育下，西藏形成了一支在西藏长期工作的老西藏干部队伍。西藏和平解放初期，地方干部几乎百分之百都是从部队中抽调出来的。那时地方和军队真可以说是一家人，后来才逐渐从内地调进一部分地方干部。部队实行长期建藏的方针，地方当然也是坚持长期建藏思想。其间除一部分干部因工作需要、身体不适和其他特殊原因调回内地外，大部分干部在西藏工作到八九十年代，离退休后才返回内地。他们把青春年华贡献给了西藏，把自己的心血汗水洒在西藏这块土地上，他们和西藏这块热土结下了不可分离的情结。

平叛及改革

1956年4月22日，西藏自治区筹备委员会成立，达赖喇嘛任主任委员，班禅额尔德尼任第一副主任委员，张国华任第二副主任委员。国务院副总理陈毅到拉萨祝贺，会后，陈毅副总理发现张国华脸色苍白，直出虚汗。经检查发现张国华血压高，发高烧，牙根、耳根都肿了。陈毅向中央请示，中央决定，张国华返京疗养，西藏工委的工作由副书记范明主持。

1957年3月，张国华回到拉萨后，根据中央精神，果断地主持了西藏人员、机构和财政工作大下马、大收缩的工作。这一工作是困难的，但张国华工作坚决，大刀阔斧，几个月就完成了。筹委会的机构大量收缩，大批汉族干部特别是新进藏的干部精简了，大批藏族干部、学员送回了内地，共精简地方汉藏族干部、学员、工人35000多人，只剩下3700多人。部队撤销了五十三师师部，调出了几个团的兵力，共精简30000多人，仅留下10000多人。全区除继续保留青藏公路沿线的道班和必要的职工外，地方和驻军据点仅限拉萨、日喀则、昌都、那曲、阿里、江孜、泽当等十来个城镇。

这期间，张国华的工作是十分艰苦复杂的，也是耐心细致的。他每天同地方干部、军队干部开会、谈话，留的人要心中有数，走的人要做好安排。他经常同西藏上层人士谈话，掌握上层的思想动向。至今，张国华的一个笔记本还有不少材料，虽不完备，显得字迹潦草，但看到了他的一番苦心。他在笔记中记载了同一地方干部和部队指战员的谈话要点，记下了一些部队和地方干部的苦恼和意见。他还记下了一份从军区到地方、从拉萨到各地的精简人员、收缩机构的编制方案。这个方案不少地方都是涂了又写，写了又涂，显然他是费了一番思考的。

西藏上层中的反动分子对中央“六年不改”的方针还是不满意，他们要的是永远不改，永远保留农奴主的统治地位。藏军各代本指挥官，包括第一、二、三、四、五、六、七代本，早在1956年9月就在拉萨集体秘密盟誓，要保卫西藏固有的各种制度，反对在西藏进行任何改革。

早在自治区筹委会成立以前，1955年西藏上层反动分子就同四川藏区的叛乱分子相互勾结，并支持、煽动那里的叛乱。自治区筹委会成立不久，邻近四川的昌都地区的江达、宁静、盐井、左贡等发生了武装叛乱。

1957年5月，窜到西藏的四川藏区以恩珠·公布扎西为首的叛乱分子，在拉萨成立了“四水六岗”反革命组织，煽动甘、青、藏、川的藏族地区（即所谓“四水六岗”地区）同样实行“六年内”不进行民主改革的政策。西藏地方政府旋即下令三大寺和宗（即县和卡）组织反革命武装，支持“四水六岗”。

鉴于反动分子的骚乱破坏活动日益严重，为了保障机关和全市人民的安全，维护社会秩序，张国华于7月26日召开工委会议，确定成立治安联合委员会，以噶厦为主，人民解放军予以协助，维持拉萨的社会治安。可是，张国华在工委驻地会见西藏地方政府主要官员，商讨如何对待社会治安，如何对付江东过来的叛乱分子问题时，噶伦索康·旺清格勒却阴险地提出要解放军出面处理，企图把社会治安的责任完全推到解放军身上，妄图把矛盾引向解放军。

张国华识破了索康的阴谋，与之进行了针锋相对的斗争。

这年11月，张经武由北京返回拉萨。

西藏形势这时更加恶化。从川、青、甘、滇等省藏族地区窜来拉萨的叛乱分子已达5000余人，在噶厦的支持下，他们向当雄、黑河、日喀则窜扰，并向山南地区集结。

1958年6月，恩珠·公布扎西带领两名藏籍美国特务和电台，到山南哲古宗建立了叛乱根据地。原来早在1957年，美国中央情报局便通过在印度噶伦堡的达赖的二哥嘉乐顿珠，从旅居印度的藏人中挑选了6名青年，送到美军管辖的关岛，接受识图、收发报、射击、跳伞等训练，此后，美国又在海尔营地训练“康巴游击队员”170多人。1957年8月，将首批训练的青年中的两名，空投到山南桑日宗，他们携带电台潜入拉萨，到罗布林卡与达赖副官长帕拉·土登为登取得联系。1958年6月，又跟随恩珠·公布扎西到山南哲古宗。

1958年7月18日，根据中央指示精神，张国华和张经武一起到罗布林卡会见了达赖。张经武对达赖说：“西藏的形势是危险的，西藏的反动分子和金沙江以东进入西藏的叛乱分子准备发动武装叛乱，帝国主义已向叛乱分子派遣特务、间谍人员。噶厦对叛乱武装采取纵容的态度是非常错误的。请达赖严厉制止这一事态的发展，噶厦必须立即改变这一错误态度。”

张国华说：“中央的方针是力求和平改革，并把改革推迟到好几年以后。如果反动分子一定要武装叛乱，中央就一定实行武装平息叛乱，在平息叛乱中实行民主改革。”

达赖对此感到紧张，表示一定指示噶厦制止叛乱活动。

但是，达赖没有马上行动，直至11月3日，他才召集噶厦的官员开会，要求噶厦对平叛采取积极态度，认真负起平叛责任。

噶厦官员会议开了十多天，但是会议并没有讨论平叛问题，相反把会议变成了动员叛乱的会议。会后，藏军就成连成排地携带枪支、弹药参加了叛乱武装。

这时，以恩珠·公布扎西为首的叛乱武装，从山南出发，渡过雅鲁藏布江，在拉萨西北地区袭击我青藏公路道班；在麻江伏击我军医护人员汽车，车上16名医护人员全部牺牲。

叛乱武装700人，向中共山南分工委驻地泽当连续发起四次攻击，均被我人民解放军守备分队一个连和民兵（由地方工作人员组成）英勇击退。

张国华和张经武看到西藏形势不断恶化，叛乱武装的气焰极为嚣张，一场平息叛乱的战争不可避免，于是，建议工委和军区召开了联席会议，会议根据中央精神，一致决定，我军的任务是：保点、保线、维护交通安全；巩固自己阵地，只要叛乱武装不威胁袭击我交通线和驻地，我军不要出击，坚决不打第一枪。并指示机关、企事业单位，立即成立民兵组织，分别按团、营、连、排编成战斗单位，配备武器，构筑工事，储备粮弹，囤积柴草饮水，进行军事训练。同时持内紧外松态度，平日照常进行正常工作，只有叛乱武装威胁或袭击我交通线和驻地安全时，才采取自卫性的有限的军事行动。

中央对西藏非常关心，对西藏的形势非常了解。1958年，西藏军区已改为全国12个大军区之一，直接由中央军委领导。于是张国华又将西藏工委、西藏军区联席会议的决定，直接向中央军委作了汇报。

1958年年底，张国华和张经武因身体原因，离开了西藏，返北京休养。西藏的工作由西藏工委副书记、西藏军区政委谭冠三负责。

1959年3月10日，西藏上层反动集团发动了全面的武装叛乱。

张国华到北京后略作准备，又立即乘飞机返回西藏。路经西安时，为了安排入藏平叛作战部队的工作停留了两日，于3月23日抵拉萨。这时拉萨的平叛战斗由谭冠三、邓少东指挥，刚刚胜利结束。

在张国华回到拉萨的第二天，由驻四川的陆军第五十四军指挥的中国人民解放军三〇二部队（即丁指），率步兵一三四师、兰州军区第十一师参加西藏平叛作战，丁盛、谢家祥及机关先遣人员于3月24日乘飞机到达拉萨，归西藏军区领导。

此外，奉军委命令，由成都军区副司令员黄新廷，西藏军区副政委、昌都分工委书记王其梅为首组成的人民解放军三〇一部队（即黄指），统一指挥成都军区所属三〇一师、昌都警备部队和昆明军区所属四十二师一部，负责昌都地区平叛作战。

张国华回到拉萨后，在军区召开了一系列会议。虽然他身体不好，但仍不知疲劳地工作。

在军区会议上，根据中央“边平叛，边改革”的方针，结合西藏实际情况，制定了“平息一地、巩固一地、再转一地”的原则。平叛步骤上采取了“先边沿，后腹心”，“先公路沿线，后边远地区”，“先农区，后牧区”的原则。

在贯彻“军事打击，政治争取，发动群众”方针的问题上，张国华指出：三者是统一的整体，在具体实施时，又要根据不同情况，灵活运用，或同时并举和有所侧重的方法。

他说，一般在平叛初期，进剿阶段，应侧重军事打击；在清剿阶段，则应以发动群众、政治争取为主，并配合有力的军事打击。平叛初期，叛乱武装活动极为猖狂，气焰十分嚣张，叛乱的西藏地方政权机构尚未触动，加上他们利用宗教、民族的旗帜进行欺骗，群众对他们有严重顾虑，部分群众一时看不清他们的罪恶面目，对党的政策还不十分了解，在这种情况下，我们要强调军事打击。在清剿阶段，情况有了明显变化，敌人主力被打垮了，消灭了，叛乱分子到处流窜，或分散隐蔽，处境困难，应以政治争取为主。不论军事打击为主，还是政治争取为主，都要把发动群众贯穿到平叛的全过程。

为了有效开展政治争取工作，张国华和工委、军区领导还提出了，对投诚来归的叛乱分子，包括叛首、骨干、坚决分子，一律实行不杀、不关、不判、不斗的“四不”政策。从军区到地方均设立政治争取办公室，广设招降站，以各种形式开展政治攻势。

4月8日，我军即以四个步兵团另两个营的兵力，兵分三路，渡过雅鲁藏布江，对山南叛乱武装发起进剿。山南地区是以恩珠·公布扎西为首的叛乱武装的据点，我军出师十日，奔袭千里，一举荡平了叛匪巢穴。解放了被叛乱分子长期蹂躏的山南广大人民，控制了西藏主要农业区，封锁了喜马拉雅山以北，雅鲁藏布江以南，亚东以东的边境线，切断了帝国主义和外国反动派从陆上支援叛乱武装的通道，基本上形成了“关门平叛”的态势。

山南战役后，张国华又指挥平叛部队，在藏北对青藏公路西侧的那曲以西地区、纳木湖地区和青藏公路东侧的麦地卡地区的叛乱武装进行了围剿，保证了青藏公路补给线安全畅通。

1959年年底，拉萨、日喀则、那曲、江孜、林芝等城镇周围和青藏公路沿线的叛乱武装基本平息了，残余叛乱武装已流窜到边远地区或深山僻野。

这时，张国华根据“平息一地、巩固一地、再转一地”的原则，又把全区未平息的叛乱地区划分为四个代号地区，即一号地区（恩达、丁青、嘉黎、扎木之间的地区），二号地区（青海温泉、那曲、巴青之间的地区），三号地区（申扎、萨噶、定日之间的地区），四号地区（昌都东南地区），实行分片平叛，分片改革。

1960年上半年，我军就分别在这四块地区实行进剿，为了出敌不意，我军首先在天寒地冻的2月22日，用十个营的兵力，向盘踞在申扎、萨噶、定日之间的叛乱武装（即三号地区）发起进剿，3月1日结束战斗，共歼敌1000余人。

2月29日，我军以七个步兵团和一个炮兵团的兵力，对叛乱武装较为集中的恩达、丁青、嘉黎、扎木之间，包括边坝、洛隆、硕般多地区（即一号地区）实行进剿。这一地区处于高山峡谷地带，唐古拉、伯舒拉三大山脉横贯其间，平均海拔4000米以上，最高处海拔在6500米以上，高山缺氧，气候变化无常，时而狂风怒吼，时而雨雪交加。叛乱武装在此聚集13000多人，美帝国主义曾在此派飞机六批九架次空降藏籍美国特务扎西仁登等17人和大批武器弹药及电台。我军进剿历时47天，全歼了这一地区的叛乱武装，粉碎了叛乱武装妄图在这里建立“游击根据地”的阴谋。此次战斗，受到中央通报嘉奖。

4月29日，我军又对盘踞在青藏边境一带，以罗布次仁、老娃喇嘛为首的叛乱武装5000余人（即二号地区）发起进剿。美帝国主义在该地区三次空降藏籍美特昂旺沛穷、卓玛登珠等16人和大批武器弹药及电台等。在美特控制下成立了“安多马基列空”（即青海总司令部），罗布次仁、老娃喇嘛任总司令。我军以三个步兵团和一部分重炮、骑兵以及装甲车实行进剿。我军采取远程奔袭、合围包剿、多路向心进击，大胆穿插、连续作战的战术，历时38天，取得了全胜，粉碎了西藏叛乱集团妄图在此建立“游击根据地”伺机东山再起的阴谋。

1960年上半年，昌都东南地区形势比较被动，昌都指挥所虽组织部队对四号地区之敌进剿，但收效甚微。8月，张国华和总参代表丁盛亲往检查。张国华连续召开座谈会、汇报会和内部个别谈话，了解情况，分析问题，做了大量工作。张国华和丁盛分别向总参写了报告，指出：主要问题是没有充分发动群众，政策观念差，尊重党的一元化领导不够。当昌都进行了一番整顿后，从10月1日～12月28日，先后组织了对昌都东南之敌的进剿，歼敌20余股，生俘叛首齐美公布、呷日本、才旺多吉，取得了重大胜利。

1961年，西藏平叛进入尾声，残余叛乱分子处于穷途末路、疲于奔命的境地。各部队在各任务区内，发动群众，大力开展政治争取工作。同时，分别采取重点合围、搜剿、专案侦捕等手段，进行军事打击，残存的重点叛首和空降特务，纷纷被歼或投降。

至此，西藏平叛宣告胜利结束。

1961年10月10日，中央军委通报嘉奖所有执行平叛任务的部队。通报指出：平叛斗争的伟大胜利，彻底粉碎了叛乱分子勾结帝国主义和外国反动派所制造的叛乱，维护了祖国的统一和民族的团结，进一步巩固了我国的战略后方，保卫了西南边境的安全，使广大藏族人民从极端野蛮、残暴的封建农奴制度下解放出来，走上了建设民主和社会主义的康庄大道。

西藏的平叛方针是“边平叛，边改革”，这就确定了张国华这一时期的工作特点是，一边指挥部队平叛作战，一边领导民主改革。

1959年4月5日，张国华主持工委会议，制定了西藏民主改革的第一个文件，实行“谁种谁收”的政策。

当时考虑到西藏农奴种的都是藏政府、寺庙和贵族的土地，现在藏政府垮台了，许多僧侣、贵族参加了叛乱，有的跑了，有的被俘了，而有些农民种的就是他们的土地。农民对此很关心，当时正值春耕季节，许多农民还没有进行春耕生产和播种，如不及时解决这个问题，对当时的生产和群众生活将带来许多困难。于是会议立即决定，以军管会的名义出面宣布，凡耕种叛乱者占有的土地，今年可免缴地租，实行谁种谁收的政策，收益归耕者所有，对土地所有权暂不确定。

这一文件上报中央后，中央第二天就批复同意。工委指示各地市军管会立即贴出布告。这一政策大大鼓舞了农奴的生产积极性，西藏当年在平叛改革的激烈斗争中就获得了大丰收。到10月份，雅鲁藏布江、年楚河、尼洋河和澜沧江流域主要农业区，粮食收成比平叛改革前的1958年增加10%～20%。

5月2日，张国华主持工委会议，制定了《关于当前在平叛工作中几个政策问题的决定》。《决定》就接管旧政权、重划行政区、对旧官员的处理，对叛乱分子的待遇、收缴枪支、建立地方武装、牧区工作、农村工作、寺庙工作、交通运输、财政工作、涉外事宜等13个方面的问题，制定了具体政策和实施办法。

工委将《关于当前在平叛工作中几个政策问题的决定（草案）》上报中央，中央于5月31日批复同意这一决定。

从5月中旬～6月初，张国华和工委副书记周仁山等到山南地区的贡噶、乃东、扎朗、隆子等县的农村，在田间地头，走家串户，访问了堆穷、朗生、差巴、手工业者和爱国进步的上层人士，详细地调查了西藏农村的阶级占有情况和贫苦农奴的生活情况。

随着平叛斗争的进展，民主改革工作也在迅速铺开，地方上需要大量干部。中央指示，要注意培养本地藏族干部，除从内地调配必要的少量骨干外，要依靠军政干部做工作，这是当前开展地方工作的主要力量。山南地区平息叛乱后，中央军委就指示进入山南地区的平叛部队要承担地方工作，大力发动群众，摧毁敌人的反动社会基础，把山南地区由叛乱武装的根据地变成人民统治的地区。

张国华主持军区党委会迅速作出指示，要求各平叛部队立即组织工作队，进入各地区，帮助地方党政组织，充分发动群众，开展地方工作。并规定每一个团，组织4个工作队，每个工作队10人左右。

不久，工委也决定请军区抽调出1000名干部，其中包括营以上骨干100名，参加地方的民主改革工作。于是，军区政治部马上下达了这批干部的名额分配的通知，要求各部队抽调人员必须保证质量，具备一定的政治文化水平和工作能力。

5月下旬，张经武在京参加了中央召开的几个有关西藏的重要会议后，回到了西藏。这时张国华又和张经武一起连续召开会议，制定西藏民主改革的各项政策。

民主改革正在各地轰轰烈烈地进行，下面急需政策文件。工委几位负责人张经武、张国华、周仁山、郭锡兰等，夜以继日地工作，会议在不停地开。有时张经武的眼睛熬得睁不开了，张国华的脸有些浮肿，他们仍然不知疲倦地在探讨着各种问题。有时情况不明，问题研讨不下去了，他们就分头下乡，调查研究，回来后再开会形成决议。

班禅是自治区筹备委员会代理主任委员，张国华是副主任委员，党的各项政策，需要张国华在筹委会上进行讲解，同上层人士进行交谈协商。6月下旬到7月中旬的自治区筹委会第二次全体会议上，讨论通过的《关于西藏全区进行民主改革的决议》，在9月下旬自治区筹委会第三次全体会上，讨论通过的《关于废除封建农奴主土地制度所有制，实行农民土地所有制的决议》《关于西藏地区土地制度改革的实施办法》《关于农村阶级成分划分的决定》《关于牧区政策的报告》等文件，都是张国华事先同上层人士，特别是爱国进步人士进行充分协商后，讨论通过的。

就是工委制定的《关于执行赎买政策的具体办法》，也是张国华事先在筹委会上同赎买对象的上层爱国进步人士进行充分协商后，讨论通过的。

1960年，在民主改革的热潮中，周恩来总理交给张国华一项特殊任务。当年中苏关系破裂，苏联原先支援我们建设的一些项目，要求我们还债。周恩来决定在西藏北部的黑河（即那曲）硼砂厂挖运硼砂向苏联还债。

张国华是从来接受任务不打折扣、不讨价还价的，他立即把挖运硼砂的任务承担了下来。中央为采运硼砂专门为西藏调拨了1000辆汽车。

张国华立即指定青藏公路管理局负责人侯杰，具体负责这项任务。就这样先后2000辆汽车4000多人，在艰难困苦的条件下，当年就向内地运送了14万吨含硼原土。

1960年第四季度，西藏的工作产生了急躁情绪，对西藏农村贫苦农奴的实际情况考虑不够，想趁热打铁，马不停蹄地进行社会主义改造，试办了一批农业生产合作社，使工作中出现了一些偏差，引起一些反应。由于中央及时发现，及时纠正，未造成很大损失。试办的农业生产合作社又立即转变为生产互助组。

到1961年，西藏的平叛任务宣告胜利结束，民主改革也基本完成。西藏封建农奴制度已经土崩瓦解，人民民主的新西藏已喷薄而出。西藏的社会制度和政治面貌发生了翻天覆地的变化，全区的1个市和72个县已建立了市、县人民政府，100多个乡人民政府普遍建立。劳动人民第一次有了自己的土地和牛羊，4400多个翻身农奴出身的基层干部已成长起来。翻身农牧民产生了极大的政治热情和生产积极性，全区农业生产互助组已达13000多个，入组农户达到15万户，粮食生产连续5年丰收，农牧区出现了人畜两旺的可喜景象。

看照片　忆首长

每当看到谭冠三同志的照片，我总是心潮澎湃、激动不已，有许多话想说。

1957年“八一”建军节前夕，《解放军报》要我们西藏军区报社为他们写一篇长期建藏的典型人物通讯，上级把这个任务交给了我。写谁呢？要说长期建藏，谁也比不上军区政治委员谭冠三将军，就写他吧。领导上同意我这个意见，当即派出新华社原老摄影记者、老模范（出席过1950年全国第一届英模代表大会）袁克忠和我一同完成这个任务。

谭冠三，湖南耒阳人，1901年出生，1925年参加革命，1926年加入中国共产党，1928年参加湘南暴动后，随朱德、陈毅上井冈山，从此一直在毛泽东领导下进行工作。长征时，在红一军团政治部组织处任统计干事，历尽千辛万苦，到达陕北。抗日战争时，谭冠三和赵承金在冀南组成赵谭支队，驰骋在华北平原，痛击日寇及其帮凶，大长了华北军民的抗日志气。1940年3月，他们曾奇袭敌顽军一个师，一举歼敌3000多人，在当地威震一方，传为佳话。1949年，谭冠三调任十八军政委。他当时是军首长中年纪最大、资格最老的一位领导，我们都亲切地称他为“老政委”，也爱称他“二号首长”，有时也简称“二号”。不管怎样称呼，他都很高兴，从不计较。

我们十八军接受进藏任务初期，曾提出进军西藏的人员三年一换，以激励士气。进藏后走了一年多还未到拉萨，中央考虑三年一换不现实，遂号召我们长期建设西藏。这时谭冠三已是50多岁的人了，他率先响应这个号召。他经常向我们讲：“为了巩固国防，为了西藏人民，我们要死在西藏，埋在西藏，在西藏革命一辈子。”

1951年5月西藏和平解放，10月，谭冠三同志和我们一样徒步走到了拉萨。到拉萨后，西藏一小撮分裂主义分子看我们后方补给有困难，就封锁我们，不卖粮给我们，妄想把我们饿跑。分裂主义分子鲁康娃、洛桑扎西曾以讥讽的口吻对张国华司令员说："昌都战役我们打了败仗，你们胜利了，但饿肚子比打败仗还难受啊！"

面对这种情况，冠三同志和张经武、张国华一起，一面"根据十七条协议"，通过统战工作，在上层爱国人士中购粮，以度粮荒；一面组织部队生产自救。当时我们通过统战工作，向噶厦政府在拉萨河滩要了5000亩荒地，准备垦荒。

1951年年底正值冬季，冠三同志和张国华司令员一起，带领军直机关进入了荒河滩，住进帐篷。当时因为缺粮，我们每人每天只有一斤口粮，以后减少到半斤。冠三和国华同志同干部战士一样，吃住在一起，忍饥挨饿，受冻受寒，开荒生产。工具不足，就用军用镐锹和帐篷钉子代替。大战一冬，开了2800亩地。1952年天气转暖，拉萨河水突然暴涨，河水冲垮河堤，将要淹没新开垦的土地，冠三同志亲自跳入齐腰深的水中，指挥堵堤。经过30多个小时奋战，堵住了河堤，保住了新开垦的土地。这一年获得了大丰收，我们的粮菜达到部分自给。冠三同志非常高兴，他广请西藏上层人士、喇嘛和群众来参观，扩大了政治影响。不少群众都高兴地说："解放军又盖房，又种地，不会走了。"

我们开垦的这一片荒地，就是当今拉萨赫赫有名的八一农场。

1954年，康藏、青藏公路通车以后，我们的吃饭问题解决了，在西藏站稳了脚跟。但有的同志结婚后，在西藏出生的小孩因不适应那里的气候，常常生病，有的甚至死亡。冠三同志说："这是高原氧气太少的缘故，我们要多种树，改变这里的气候，把孩子养活。"谭冠三的特点是：实在，说到做到，而且带头干。他首先学习培植树苗，教大家植树。1957年我采访他时，他已培养树苗几万株，送给机关、部队种植。有一次我到他的住地去，他正在种一棵胡桃树，见我来了，笑呵呵地说："桃三、杏四、李五年，想吃胡桃十八年。这棵树的果实我是吃不上了，这是给你们种的。"说完马上收住笑容，很严肃地对我说："你们还年轻，要记住：我们在西藏不论干什么事，都要想到西藏人民，想到子孙后代。不能光顾眼前，光顾自己。"

冠三同志的俭朴作风是出了名的。他很少买菜，他吃的菜大都是自己种的。有一次警卫人员把白菜帮扔了，他却捡回来泡咸菜。他能泡十几种湖南咸菜，有时还请我们品尝。更为有趣的是，他身居高位，工作很多，还能抽出时间自做布鞋穿。他做鞋帮，他爱人李光明同志纳鞋底，老两口儿合作得极好。我采访他时，他拿出自做的布鞋给我看："怎么样，手艺不错吧！"

1979年，谭冠三同志在成都军区任顾问组组长。我在"文化大革命"中受到了一些不公正待遇，牢骚满腹，想找老首长谈谈心，诉诉衷肠，以泄不满之气。一天，我到了他的住处，一进大厅，只见一位面容憔悴的老人在那里木讷地坐着，面部没有一点表情。双手不能动弹，喝茶还得由别人喂到唇边。我仔细一看，这正是我要找的老首长谭冠三同志。我轻轻地喊了一声："二号！"他抬起头，看了半天，吃力地说："认识、认识。坐、坐。"好像很累的样子。

我的天呀，赫赫有名的谭冠三将军怎么变成了这个样子！虽然事先我也听说过，二号首长在"文革"中受林彪、"四人帮"的迫害，身心受到很大摧残，但我万万没想到竟会这样严重！1959年3月西藏发生叛乱，张经武、张国华都不在拉萨，西藏党、政、军的工作重担全压在冠三同志身上。当时拉萨的叛乱武装有10000多人，我们的部队不过1000多人。冠三同志临危不惧，指挥若定。首先跟达赖通了三封信，取得了政治上的主动。当叛乱分子向我们进攻时，他和邓少东副司令员采用机动灵活的战略战术，仅用两天时间就消灭了盘踞拉萨的叛乱武装，取得了军政双胜，在国内外产生巨大的影响。那时的谭冠三是何等的威风凛凛啊，今天居然成了这个样子，想到这里我不禁失声痛哭起来。我觉得首长太惨了！我自己的委屈和怨言顿然消失得无影无踪。

他的夫人李光明同志在一旁劝我说："不要难过。今天'二号'精神不错。你一来，他还认识你，这多好啊！ 有时有许多人来，他都不认识了。"

说话间到了吃饭时间，我要告辞。冠三同志吃力地说："碰上了，就吃。我也不招待你，不要走。"

首长这样一说，我只有落座就餐。这是我和老首长在一起吃的最后一餐。从此以后，我再也没有见到他。

1985年12月6日，谭冠三同志在成都逝世，享年84岁。人们遵照他生前遗愿把他的骨灰安葬在他亲手开垦和培植的拉萨八一农场苹果园内。墓碑正面有原国家主席杨尚昆同志题写的碑名：“优秀的共产主义战士、中国人民解放军的卓越政治工作者谭冠三之墓。”墓碑后有阿沛·阿旺晋美副委员长用藏文书写的题词：“谭冠三同志为西藏的和平解放和建设事业做出了重要贡献，西藏人民永远不会忘记他。”现在每逢过年过节，常有西藏人民群众和当年进藏的“老西藏”来悼念谭冠三。可以这样说，冠三同志真正实现了他“长期建设西藏，死在西藏，埋在西藏”的豪言壮语。

二号首长，您安息吧！您永远活在西藏人民的心上！永远活在你的老部下的心上！

与将军的儿子谈将军

2003年春节刚过，早上外出散步归来，老伴对我说：“今日有贵客来访。你猜是谁？”我说：“猜不到。”她说：“是谭冠三将军的大儿子谭戎生。已经约好，9点钟即来。”谭戎生我没有见过，不过他的名字我熟得很。早在20世纪50年代老政委就经常提到他。

9时整，一辆军车在门前停了下来，我迎上前去。车里首先走出一位中年人，一搭话，他递上一张名片，啊！这就是谭戎生。他的长相像他妈妈李光明同志，圆脸庞，忠厚中显示出一股英俊豪气。接着出来的是一位比他年轻一点的中年人，大概40来岁，叫姚希虎，云南省军区边防一团团长。姚团长的爷爷是一位老红军，是谭冠三将军的战友，因此他和戎生也成了战友，他俩今日约好来访问我。

我把他们两人和汽车驾驶员请到我家中。来到会客室，戎生像到了自己家一样，马上围着茶几把沙发摆成一个圈儿。他说：“焦叔叔，您别客气，今天咱们好好谈谈我爸爸的事迹。上午谈不完，咱们下午继续谈。”边说边取出小录音机放在茶几上，其态度之诚恳、情绪之随和，令我感动，不禁使我想起老政委的高尚品质：他身居高位没有官气，经常以普通士兵的姿态出现在我们中间，和我们谈这谈那，如同家人；他对我们要求很严，你稍有不妥之处他就批评，批评得叫你心悦诚服，所以我们都愿意和他接触、同他说心里话。戎生同志在20世纪80年代就在西藏军区任日喀则军分区副司令员，以后几经调动，最后调至军委总装备部工作。虽说不上是大的领导，也算是我军的高级干部了，但他一点架子也没有，完全像他爸爸——我的老政委一样，对人诚恳谦和，一见如故。

谈谈老政委谭冠三将军的事迹，谈什么呢？将军早已故去，他的儿子谭戎生在我的想象中应该还是位青年，可哪知他今年64岁了，已退休。我今年也快80岁了，时间过得真快呀！抚今追昔，一片茫然。沧海桑田，一言难尽。老政委音容笑貌犹在，功业事迹人人皆知，可人在哪里呢？我去哪里找他呢？想及此，我不禁潸然泪下，说不出话来。戎生像哄小孩似的："焦叔叔，不要激动，不要激动，咱们慢慢谈谈。"

在戎生和姚希虎团长的开导下，我们的谈话慢慢展开了。谈到愉快处，我们哈哈大笑；谈到伤心处，我们共同落泪。谈了整整一上午，我算完成了任务。这个材料本不应由我来写，应由戎生来写，但为了备忘，我择其要点而记之。

一

谭冠三，1908年出生于湖南省耒阳县一个贫困农民家庭。初小读了两年，因家境不济，就失学了，只好回家放牛种田。以后在村里父老会的帮助下才读到初小毕业，又读了两年高小。这就是谭冠三的最高学历。他常跟我们开玩笑说："你们大学毕业，是大知识分子，中学毕业，是中知识分子，我小学毕业，是小知识分子。"

谭冠三在农村教过私塾。1925年参加了毛泽东在湖南发动的农民运动。1926年加入中国共产党。1928年年初，朱德、陈毅带领"八一"南昌起义的一部分部队来到湖南南部组织湘南暴动。谭冠三带领一支农民赤卫队参加了这次壮举。当时毛泽东举行秋收起义后上了井冈山，听到这个消息后非常高兴，马上派弟弟毛泽覃到湘南与朱德联系。毛泽覃到湘南正巧碰到了谭冠三，在谭冠三协助下找到了朱德和陈毅，接着就产生了历史上有名的"朱毛井冈山会师"。

谭冠三跟随朱德一块儿上了井冈山。冠三同志给我们讲故事时常说："上井冈山不是我一个人去的。我是带着部队上去的，有十几个人呢！"说完就哈哈大笑。他上井冈山以后，毛泽东对他说："你带这么多人来不简单啊！按照绿林豪杰的说法，你这也算是入了伙。"毛泽东听说他上过高小，还教过书，高兴地说："好啊，咱们是同行，你就做财经工作吧。"于是谭冠三被分到红四军军需处任书记兼组织干事，负责红军的筹粮筹款工作。

"文化大革命"开始后，林彪反党集团中的一些人出于他们不可告人的目的，要谭冠三写湘南暴动那段历史。他们的用心谭冠三很清楚。他们是想让谭冠三出来同他们一起吹捧林彪。谭冠三对林彪非常了解，湘南暴动时林彪仅是陈毅同志领导下的一个连长。他打过一些胜仗，但也犯过错误。要把他吹得那样高，谭冠三不干。从当时的实际情况看，参加过湘南暴动的人确实不多了，谭冠三写这篇文章最合适。谭冠三是个刚正不阿的人，他只认真理，不认人，而且天不怕地不怕，坚决不写这篇文章，不和那些人一起吹捧林彪。

因为不写这篇文章，林彪那一伙人就整他，给他定了许多罪名，最大的罪名就是：反林彪、反江青。而且想尽一切花样整他，使其身心受到很大摧残。但他始终冷眼以对，泰然处之，绝不向邪恶势力屈膝。直到1971年9月13日林彪“折戟沉沙”，他才慢慢恢复了自由。

二

提起当年进军西藏，人们自然而然地就会想起谭冠三的一句名言：“死在西藏，埋在西藏。”这句话现在听起来有些不切实际，但了解一下当时的历史背景，你就知道它的分量了。

1949年年底成都战役结束以后，中央确定我们十八军的驻防地点为川南地区，即现在四川的泸州、自贡、宜宾一带。这里长江横穿其间，大小河流纵横，土地肥沃，物产丰富，气温宜人，风光秀丽，姑娘也很漂亮。我们都高兴极了，非常感谢中央的关怀。特别是长期从事革命工作尚未婚配的老同志更是欣喜若狂，决心在此找个对象，安家落户，过日子了。正在此时突然接到进军西藏的命令，不在四川安家了，大家都有些想不通，从中央开始各级领导都在为我们做思想工作。毛主席说：“进军西藏三年一换，以励士气。”大家心想：西藏再苦，反正就三年，没什么了不起，去就去吧。可是我们进军了一年多还未到达拉萨，显然三年一换不现实，不可能实现，于是中央又对我们提出长期建藏的号召。这个口号有点吓人。我是在昌都战役后在昌都城下听到这个口号的。说实话打仗我不害怕，这个口号确实把我吓住了。我有点头昏脑涨，天旋地转之感。心想：这一下完了。肉包子打狗——一去不回头，永远甭想回内地安家了。这时我们的老政委谭冠三站出来讲话了。他说：“西藏穷困落后，我们可以建设嘛。共产党员就是要像柳树松树一样，不管走到哪，都要在那里生根、发芽、开花、结果。西藏、西藏，祖国的宝藏。表面上是不毛之地，实际上宝藏多得很。地上地下都有，取之不尽，用之不竭。我们要在西藏安家落户，世代相传。死在西藏，埋在西藏。”

谭冠三在十八军领导干部中资格最老，年龄最大，办事向来以身作则，说到做到。他这样一说，对我们震动极大。心想，老政委都能长期建藏，“死在西藏，埋在西藏”，我们还怕什么。再加上其他政治工作的配合，我们的长期建藏思想慢慢就树立起来了。我不妨在此透露一个秘密：我曾到拉萨西郊烈士陵园看过！心想这就是我的归宿之地了，没有想到还能回内地工作。

老政委提的“死在西藏，埋在西藏”不是一般的口号，也不是一般的豪言壮语。这是马列主义、毛泽东思想、井冈山精神在西藏的具体体现，也是共产主义信仰在西藏的具体体现。这个口号起码包含两层含义：一是进军西藏、建设西藏，不要怕苦怕死，死了就埋在西藏。西藏是祖国领土的一部分，咱们活着是西藏的人，死了是西藏的鬼。二是西藏是咱们的家，办任何事情都要有长远打算，不能光顾眼前，光顾自己，要处处想到未来，想到西藏人民和后代子孙。

假若我这个理解能够成立，我认为，谭冠三这句名言就是对长期建藏思想的最好诠释和体现。这句名言在西藏各个历史时期和各个行业都有不同的内容、口号和实践来体现。比如：修筑康藏公路并决定1954年年底通车拉萨时，筑路部队在波密地区遇到了泥石流、塌方等难以想象的困难，指战员们喊出了“叫高山低头，河水让路”的口号，拼力奋战，硬是把公路按时修好，年底通车拉萨。1962年中印边境自卫反击作战，战士们喊出了“一不怕苦、二不怕死”的豪言壮语，排除万难，英勇善战，叫打就打，叫停就停，叫进就进，叫退就退，取得军政双胜，在世界战争史上树立了一个光辉典范，博得了中央和全国人民“非常满意”的美誉。现在西藏有人说长期建藏思想过时了，谭冠三的名言过时了。我说，不，没有过时，也永远不会过时，只是不同时期，不同行业有不同的内容罢了。谭冠三不仅是这句名言的创造者，有他不可争辩的“专利权”，更重要的是他也是这句名言的实践者，他为此实践了一生。他的骨灰最终葬在拉萨他亲手开垦的八一农场的土地上就说明了一切。

我们当年进军西藏时，谭冠三已是40岁出头的人了。但他很少骑马，他和我们这些年轻人一样，一步一步从四川走到拉萨的。我们路上断粮时，他和我们一样忍饥挨饿，照样爬雪山过冰河。

这里有个小故事，是当年任谭冠三同志的秘书魏振民告诉我的。1951年他和张国华、谭冠三等军首长进到丁青，在翻越一座大雪山前，为了吃饱点，提提精神，好过山，炊事班拿出仅有的一盒鱼肉罐头让首长们吃。魏振民看到后很是高兴，赶紧送到首长们的帐篷里，心想首长们吃不完，我也可以吃一点。殊不知首长们吃完饭他去收碗筷时，罐头盒空空如也，连一点渣子也没剩。要知道四位军首长（张国华、谭冠三、李觉、刘振国）只有一盒鱼罐头，充其量不过半斤，再说很长时间都没吃过菜了，每顿饭只是喝点代食粉糊糊而已，岂能剩下星点。

第二天过雪山更是神奇，到了山顶找不到路下山，没有办法，大家急中生智，赶着牦牛踏出了一条道路。谭冠三和夫人李光明像《三国演义》中说的邓艾取川一样，用皮大衣裹起来，坐在雪山上，两旁由两个战士护卫着，由山上像坐电梯一样滑了下来。那真是惊险万分啊！但谭冠三把此看得如履平川，坦然自若。他常把此作为笑料来谈。

到拉萨以后，谭冠三身为西藏工委副书记、西藏军区政委，担子是很重的。他除了抓重大决策以外，具体工作抓得也相当多：为了改变拉萨的气候，他大抓种树工作。他常说："树多氧气多，可以改变拉萨的气候，有利于子孙后代，要多种树。"他培植的柳树苗最为成功。20世纪50年代军区各机关和近郊部队种的柳树都是从谭政委那里要来的树苗。他的住地周围简直成了苗圃。拉萨大昭寺门前有一棵唐柳，据说是当年文成公主栽的，长得枝叶繁茂。可惜只有一棵。"文化大革命"一来就被摧毁致死，再也没有了。以后又补栽了一棵，但毕竟不是原来的树了，也不是原来的树苗传下来的。谭冠三培植的柳树在拉萨到处皆是，谁也摧毁不了，它们定会代代相传，生生不息。

我们到拉萨后，谭政委教导我们说："我们要在西藏安家落户，长期建藏，必须深入西藏。要想深入西藏，就必须学会藏文藏语。"我们一到拉萨，谭政委就首创藏干校，他任校长，抽调部队和由内地进藏的部分地方干部来校学习藏语文。这批干部在以后西藏的革命和建设中起到了巨大作用。

现在拉萨桥头的西藏大学，追根溯源，它的前身就是藏干校。

谭冠三对藏干校及其学员是非常重视的。说到这里有个小故事。1956年西藏实行“六年不改”政策，军队和地方的干部与工作人员都进行了大量缩减。当时谭冠三不在拉萨，军队在缩减人员时把一些学过藏语文的干部也缩减了。谭政委知道了此事，很是不高兴。有一次军区召开党委扩大会议，会议闭幕时他作大会总结。别人写好的总结发言稿由他来讲。他事先也没看，只是照本宣科地念。当念到“我们的干部工作成绩还是巨大的”，他“啪”的一下把稿子甩在桌子上，气冲冲地说，谁说成绩是巨大的，把我培养的藏语文干部都处理了，还说成绩是巨大的。到会的同志哄堂大笑。事后我们议论说：这个老头真好玩。他自己念稿子说“成绩是巨大的”，他又反问道“谁说成绩是巨大的？”从这件事可以看出，谭冠三对于学习藏语文和有一定藏语文水平的干部是多么重视。

凡是在拉萨吃到苹果的人都知道谭冠三种苹果的故事。但是，谭冠三为什么种苹果，这里有什么思想内涵，知道的人恐怕就不多了。原来拉萨没有苹果树，那时我们吃的苹果大都是从东北、山东运来的。路途遥远，车况路况包装都不好，再加高原气候寒冷，一汽车苹果运到拉萨，冻坏的损伤的实在不少。就是这样的苹果我们一年也只能分到一两斤。谭冠三说：“我们长期建藏要依靠内地是对的，但不能依赖内地。不能当伸手派、叫花子。内地有的我们要有，内地没有的我们也要想法子创造出来。只有把西藏的东西生产出来，我们才能和别人交流。交流可以取长补短，互相促进，更好地建设西藏。西藏的水土这样好，昼夜温差大，日光充足，光合作用强，难道就不能栽种苹果？我看可以。”于是他从全国各地弄来一些优质树苗，开始种在他的小院内，以后又种到八一农场内。在专家的指导下，他亲自嫁接、剪枝、施肥，年复一年地试验，终于成功了。成功后又到林芝地区栽种，又获成功。他种的苹果又大又红，又甜又脆，人称“将军红”，又称“谭苹果”，在拉萨轰动一时。谭冠三栽种的苹果现在已布满全西藏，不仅西藏人民吃苹果不成问题，现在西藏苹果已经畅销到内地来了。每当我在内地吃到西藏苹果时，我就情不自禁地想起老政委的话：我们不能当伸手派、叫花子……我们要把西藏的东西生产出来和别人交流。交流的目的是更好地建设西藏。我想这样的思想远远超出了苹果本身，这应该是建设西藏的一项指导方针。

三

说到拉萨平叛，我认为那是谭冠三一生中最为忙碌、最为紧张的一段经历。叛乱是1956年下半年从昌都地区开始的，以后逐步向外蔓延。到1958年，拉萨、山南、林芝地区都出现了叛乱武装，经常袭击我过往车辆，甚至抢道班、抢仓库、攻击我军据点，连我们在拉萨近郊的行动都受到了威胁。这年下半年，张经武、张国华又因病相继奉命返内地疗养，西藏党、政、军一把手的重担全压在谭冠三一人身上。当时西藏自治区尚未成立，只有一个自治区筹备委员会代行政府职能，许多事情要同噶厦政府、班禅堪布会议厅、昌都解放委员会协商解决。噶厦政府表面上同意平息叛乱，实际上暗中支持甚至组织叛乱，斗争非常复杂。谭冠三除了同这些人斗争以外，国际上的外交斗争也很复杂。大概是1958年下半年，印度总理尼赫鲁到不丹访问要从我国亚东路过，西藏出面迎送。谭冠三以中央人民政府代表张经武将军的代表身份率领西藏地方政府官员到亚东迎送。据说，正式迎送活动后，尼赫鲁还私下接见了西藏噶厦政府部分官员，这期间他们讨论了什么，当然我们不得而知。

在这段时间内，谭冠三常常是一会儿在工委开会，一会儿在军区开会，一会儿在筹委会开会，忙得不可开交。有时我们找他审查稿件，看到他疲惫不堪的样子，总有一种说不出的辛酸。要知道这时的谭冠三已是快60岁的人了。

在这个特殊的历史岁月中，谭冠三做出的贡献很大。不管是军事、政治、外交、统战各方面，他都向中央和人民交了一份合格的答卷。

现在回忆这段历史宛如昨日，可是当年指挥战斗的军区首长都已作古，我们这些当年的小字辈也都满头飞霜，真是光阴易逝，人生苦短啊！我别的想法没有，我只希望同志们，特别是在西藏工作的同志们，不要忘记那些像谭冠三那样心里只有革命、只有人民、而没有自己的无产阶级革命家，继承和发扬他们的革命精神，建设好我们的军队和国家，建设好我们可爱的祖国西南边防——西藏。只有如此，我们才不愧为一个真正的共产党人，不愧为一个长期建藏的接班人。

纪念陈明义将军

陈明义同志逝世了！

噩耗传来，我惊呆了。坐在书桌前，头脑一片空白，眼泪不禁夺眶而出。

陈明义同志是我的老首长，在十八军时，他是军参谋长；成立西藏军区后，他又任军区参谋长。按军首长的保密编号，我们都亲切地称他“五号首长”，或简称“五号”。以后他当了军区副司令员、司令员，我们仍然这样称他，他毫不计较，非常高兴，有时在我们面前还以“五号”长“五号”短地自称，显得十分亲切。难道“五号”就真的这样走了，我们永远也见不到了？难道他永远不会站到我们面前拍着胸膛笑呵呵地说：“你们把‘五号’忘了，为什么这么长时间不来看我！”

室内一片沉寂，只有壁上的时钟滴滴答答地响着，响声中透着沉闷和悲哀。我随手翻开《高路入云端·陈明义将军传》一书，书的扉页上首长1999年给我题的字跃然入目。当时首长患青光眼，视力极度下降，几乎看不到了，他是忍着痛苦在摸索中写就的。字写得歪歪扭扭，有几个字还重叠在一起，不认真辨认，难以看清。正因为如此，我特别珍惜这本赠书。这本书的作者是杨星火同志，我曾打电话给她，说“五号”题赠的珍贵，希望她也给我题几个字。她说：“‘五号首长’题过就行了，我还题什么？”我说：“你是作者，再题几个字就更全面、更珍贵。”她说：“可以，什么时间你到我家来，带上书，我给你写。”可惜，没过多久，星火突然因脑梗死逝世了，我非常懊悔与悲伤。现在“五号首长”又去世了，我实在有些愕然，有一种说不出的悲痛与难过。人的生命为什么这样脆弱呢？不论是将军还是诗人。

一

1950年进藏后，陈明义同志任十八军后方部队司令员兼政委，负责指挥修筑康藏公路和后方运输工作。进军西藏，“后方重于前方，补给重于战斗”这是大家公认的，这样重大的担子落在他的肩上着实够劳累的。当时我们一直行进在前边，1951年在张国华、谭冠三两位首长领导下进入了拉萨。到拉萨后我所在的部队一五五团担任康藏公路西线的筑路任务，从拉萨向东修筑。1954年下半年我们把公路修到了太昭，快与后方的筑路大军会合了。一天，五号首长来了，他是到拉萨与张、谭二位首长会合研究工作路过我们住地的。进藏几年来都未见过五号首长，大家见了面都很高兴，有说不完的话。在交谈中五号首长发现，有的同志认为西藏太苦，个人问题也不好解决，准备公路通车后转业回内地工作。有的说，不转业也该把我们调回内地换换防嘛。有的同志还做出了转业和调防的个人计划。

听了这些反映，五号首长当时没说什么。他考虑了一夜，第二天早上吃过早饭，临出发时，他突然要求把团司、政、后机关干部集中起来，他要讲话。当时干部大都下部队领导施工去了，在机关的不多，大概只有二三十人。我们冒着高原上的晨风，集合在尼洋河畔，坐在一片草地上听首长讲话。五号首长当时30多岁，着一身合体的草绿色军装，胸前的布胸章白底黑字“中国人民解放军”耀眼醒目，他腰束皮带，面带笑容，威武潇洒，平易可亲。不知是谁从老百姓家里借来一张破桌子，警卫员把他的茶缸放上去，从身上背的热水瓶中倒上一杯开水。

五号首长站在那里开始讲话了，警卫员拉着两匹战马在一旁等着。他首先向我们说了几句问候的话，接着简述了国内外大好形势，最后着重讲了康藏、青藏两公路通车以后西藏发展的重大任务和美好前景，讲得大家乐呵呵的。这时他的话题突然一转，十分幽默地说，我听说同志们都做好了公路通车以后自己的行动计划。做计划，不盲目行动当然是好的，可惜与我刚才讲的大好形势不符呀！我劝同志们把计划修改一下，我们可不能在西藏人民最需要的时候拔腿就跑呀。说得大家都笑了起来。这时我们才晓得首长讲话的用意原来如此——是给我们做思想政治工作，同志们都愉快地接受了他的观点。事后团首长把五号首长的讲话精神又向部队作了传达。首长的讲话最多半小时，讲完就走了，但对部队树立长期建藏思想却起到了很好的作用，至今我记忆犹新，刻骨铭心。

二

五号首长对西藏人民的奉献可谓功勋卓著，有人把它概括为：西藏的“四个第一”。带领西藏军民修筑了西藏第一条最长的公路——康藏公路；带领西藏军民修筑了西藏第一个机场——当雄机场；带领西藏军民修筑了西藏第一条国际公路——中尼公路；带领西藏军民修筑了西藏第一个现代化国际航空港——贡嘎机场。这方面同志们说得已经很多了，有的已见诸报端或出了书，我无需赘言，我想谈一件首长在整理写作西藏党史资料方面捍卫西藏人民历史的事情。这个事我是当事人，首长不在了，我有责任把它说清楚，一慰英灵，二飨读者。

20世纪80年代中期，西藏刮起了一股想否定平叛斗争的歪风。有人甚至说：“西藏哪是叛乱？都是藏民嘛。只有军区（指西藏军区——笔者注）有人说是叛乱。”当时我在西藏党史部门工作，深感这个问题的严重。要知道当年西藏上层反动集团和噶厦政府发动叛乱的目的就是妄想维护西藏反动、黑暗的封建农奴制度永不改革，使百万农奴永远不得翻身。若否定西藏平叛斗争的谬论成立，那西藏的民主改革、农奴翻身、现在正在进行的社会主义建设不都被列入了否定地位。西藏人民的利益，祖国的统一，民族的团结，国防的巩固又从何谈起。党史部门的同志们都深感不安。

1985年12月召开西藏党史工作会议，西藏党史资料征集委员会和党史办的领导和同志们向五号首长汇报了这个问题。其实五号首长对此早有所闻，知道的比我们还多、还清楚。他说：“我这次来开会就要谈这个问题。”12月16日是会议的最后一天，五号首长作了重要讲话。他讲了两个问题：一、进军西藏；二、平叛斗争。从表面看他是讲这两个历史问题怎样收集资料，怎样写作，实际上是针对当时西藏的那股歪风讲的。他讲到平叛斗争时说：“有人讲不唯上，不唯书，要唯实。好，我也来‘唯’点‘实’吧！”接着他讲了当年叛乱分子的一大堆罪状，有时间、有地点，有人证、有物证，一条条、一桩桩，令人口服心服。当讲到1959年3月时，他提高嗓门说，这时就闹得更凶了，包围了西藏工委和军区机关，要消灭我们，要把我们赶走，这不叫叛乱叫什么？当然是叛乱。这是西藏上层反动集团和噶厦政府蓄谋已久，发动的武装叛乱。说不是叛乱，不行。我们根据西藏人民的意志，奉命平叛是理所当然的，是正确的。这是一场维护祖国统一、维护民族团结与破坏祖国统一、破坏民族团结的斗争。这场斗争的性质不能含糊，更不能否定。

在分析研究中，五号首长客观地说，在平叛斗争中，有一段时间，有个别部队在执行政策中出现过一些毛病，但那是个别现象，工委和军区发现后都及时纠正了，因此决不允许以此为借口否定伟大的平叛斗争，你们写党史一定要掌握这个原则。

五号首长讲了一个多小时，把问题讲得一清二楚，有理有据，入木三分，精辟透彻，得到与会同志热烈拥护和赞同。

会议是我做的记录。会后我又根据录音进行了整理。当时西藏自治区党委原第一书记阴法唐在成都开会，我把整理好的稿件拿给他看。他看后说："好。五号讲得好。"他又字斟句酌地改了几个地方，实际上是加了一些他的意见。他让我拿给五号首长看看妥否。五号首长看后说："可以。同意法唐同志的观点，拿去发表。"

我正准备把这个讲话在《西藏党史通讯》杂志上发表时，有些好心的同志却拦住我说："党内斗争复杂，你把这个讲话发表出去，白纸黑字，弄不好五号首长会犯错误的。'五号'可是咱们的老首长，咱不能给首长添麻烦啊！"

我把这个反应告诉了"五号"，他笑了。"焦东海，你大胆地登。这个事就是同有些人作斗争。你不登，群众都不知道，怎样辨明事非？你放心，出了事，有'五号'负责。"我说："话是你讲的，稿件是我整理的，出了事，也不能让首长一人负责。文章的最后也要注上我的名字。"我帮助首长写文章或整理讲话稿从来不注明是我代笔或整理字样，唯这一次注明了。

这个讲话发表在《西藏党史通讯》1986年第一、二期合订本上，接着成都军区党史刊物作了转载。这篇讲话发表以后，在西藏党内外军内外引起很好的反响，但也招来一些麻烦。有些部门质问我们：你们登陈明义的讲话说我们党内有人想否定西藏的平叛斗争，这是指的哪个人？要我们点出名字。我按照'五号'首长事前的交代说："这是陈明义同志讲的，我不知道。你们问他本人去。"

事后我听说，“五号”首长为了这篇讲话作了许多解释工作，为了党和西藏人民的利益他是尽了力的，也担了一定的风险。直到1994年中央关于第三次西藏工作会议以后，中央对西藏过去的工作作了全面的总结和肯定，这个问题才算平息。这时我见到五号首长，当我谈到这件事时，他说：“问题就是这样。对于错误的东西，不要怕，要和他们斗。不斗对党和人民不利。”

三

“五号”首长这几年身体不好，一直住院，我们很长时间没有见面了，我很想念他，很想同他聊聊，道一声问候和安慰的话。

今年1月17日，我的老战友、成都军区政治部编研室原主任王富荣在军区派了一部车，陪同我一起到军区天回镇总医院看望老首长。这天，天有些阴沉，冷风不住嗖嗖地吹着，虽然如此，街上的车流、人流依然如潮，不时出现堵车现象，我们9点出发，到总医院已10点过了。我们匆匆上了五楼，一位护士见我拄着拐杖、年纪也不小了，忙问：“你们是不是来看望陈明义司令员的？”我们回答后，她说：“在二号病房。去吧，少说几句话，不要让首长太累了。”

这个病区很清静。我们走至二号病房门口，富荣同志轻轻敲了一下门，一位军医把门轻轻地打开。我们走进去，只见一位老人在那里坐着，稀疏的白发梳理得整整齐齐，面容消瘦，显得有些苍白。身穿医院特制的病号服装，鼻孔上插着氧气管。这就是我日夜思念的“五号”首长吗？当年雄姿勃勃的将军怎么一下子就变成这个样了？我有一种说不出的悲楚。首长1916年生，河南商城县人，地主家的放牛娃出身，10多岁参加红军，从未读过书，但参加革命以后，善于在实践中潜心学习，不耻下问，进入晚年谈起话来，古今中外，广收博采，引经据典，头头是道，可与大学教授媲美。首长爱好广泛，除军事外，尤酷爱文学艺术，他的摄影作品经常发表在全国有影响的刊物上，还得过奖。他爱美术、爱滑冰、爱音乐、爱舞蹈，是我们西藏军区有名的工农出身的儒将，倜傥儒雅。首长对我们这些学生出身的干部尤其关爱，关系非常融洽。看看现在，想想过去，我感慨万千，悲从中来，一时说不出话来。还是富荣同志聪明，他走到首长面前：

“五号，焦东海同志看你来了！”

首长患青光眼，双目已基本失明，看不到了。一听这话，忙说：

“好啊，焦东海来了。我们是老乡。”他伸出手拉住我的手就问，“你是河南哪个县的？”

“偃师县。”我答。

“啊，偃师县。你们县出过一个唐僧，叫陈祎 。你是唐僧的老乡！”

“是的，我家距唐僧的家十华里，可以说是唐僧的同乡。”

说到这里，首长指了指王富荣同志说：“这一位是谁呀？”

“是王富荣。”我答。

“啊，是王富荣。你们今天一道来看我，我很高兴。”首长接着又说，昨天下午，中央军委副主席、国防部长迟浩田来看望了他，坐在他左边的软椅上谈了四十分钟。首长兴奋地说：“这是党和国家领导人对我的关怀，我非常感谢。”接着我们谈了许多西藏的事，他还是像以往那样爱听爱问，越说越多。

首长耳背，我们说话距离他需要近些，不然他听不到。话说得多了，医生忙过来说：“你们不能说久了，说久了会影响首长的健康。他的抵抗力太弱了。”

医生的意思我们懂了，忙向“五号”首长嘱咐了几句“多加保重”的话就出来了。临别时“五号”首长还有些依依不舍：“你们要走了？好，你们忙，回去吧。把你们的电话号码留下，有事好找你们。”医生在一个小本上记下了我们的电话号码，我们就依依不舍地回去了。

我万万没有想到这竟是我们和“五号”首长的最后一次会面。这样和蔼可亲、平易近人的好首长居然和我们永别了，再也不能和我们谈工作、谈学习，拉家常了，我怎能不悲伤呢！今天我想谈的很多，又不知从何谈起，只能写这篇小文谨作悼念！

“五号”首长，你安息吧！你没有死，你永远活在西藏军民和你老部下的心中。

一次小战斗与两位老首长

1949年12月19日，我二野十八军五十二师一五五团在兄弟部队配合下，八天行军500多华里，打了五仗，最后在沙坪（峨边）全歼了国民党军宋希濂兵团残部，打了一个以少胜多的漂亮仗，全军为之振奋。12月21日，吴忠师长率一五四团主力从犍为西北之泉水出发，向峨眉方向进发，决心消灭敌人的另一支部队，然后向成都方向挺进，参加成都战役。

为了行动方便，出发前师部组织了一支小部队，跟随吴忠师长、刘振国政委前进。当时我在五十二师筹粮队任分队长，不知怎么搞的，上级把我们这个分队抽调到这支小部队来了。当时我们以能紧跟师长行军作战而自豪，走起路来特别有劲。

21日或是22日，我记不清了，当天下着雨，我们急行军了一天，入夜，什么也看不清，我们摸黑进入一个镇子。镇子里的老百姓几乎跑光了，我们进入一个老百姓家宿营。上级讲这一带有国民党的部队，随时可能发生战斗，睡觉不要脱衣服，要提高警惕。我们只好和衣枕戈而眠。

第二天，天刚亮就出发了。出发时我才看清这是一个小镇，据说叫福禄场。出了镇子向东走，大约走了十多华里，前边有一个小山梁挡住了去路。师长命令部队停下来，派一个班到山上侦察。这个班到山上侦察以后，向我们摇摇小红旗，意思是说，没有敌人，要我们继续前进。我们到了山梁上，见到一个瓜棚，一个战士站在那里对我们说："这里有敌人，刚跑，被子还未来得及叠呢！"

我们下了山梁顺着一条小河向前走，右边是一座大山，山上树木繁茂，郁郁葱葱，苍翠欲滴。太阳在云际中不时露出一点光亮，空气十分清新。我们顺着河右岸的山脚向前进发。

正行间，“叭、叭、嗖、嗖”，子弹向我们飞来。不好，山上有敌人。同志们马上散开，向山上还击。因为是遭遇战，来得突然，我们只知枪声从山上来，但看不见人，也不知敌人有多少。这是我入伍以来碰到的第一个遭遇战，有点慌，不知如何是好。我见别人把背包放在地上做盾牌，架上枪趴在地上向山上射击，我也学着这样干，只是枪打得不够冷静沉着罢了。

这时，只见我们师长吴忠同志站在那里如同一座铁塔似的，他对刘振国政委说了几句话，也未听清说的什么。刘政委带着电台，向前边20多米处一处农舍走去，大概是去发电报，调动部队。他走得不慌不忙，既不弯腰，也不奔跑，只是步子比平时快了一点，好像身边没有子弹在飞似的。我又看了看师长，他仍然站在那里。他看到我们趴在地上射击，马上愤怒地说：“那怎么能打敌人？枪给我！”他从身旁一个战士手中接过枪，站在那里向山上猛射，一边打，一边向身边的人说：“向后传，警卫连跑步上来。”

警卫连连长王双林带着部队跑了上来，累得直喘粗气。吴师长不等他缓过气来，即命令道：“留一个排掩护，其余的向山上冲！”

部队像猛虎一样，一边射击，一边向山上冲去。这时我们都站了起来，和师长一样向山上的敌人猛烈射击，一点恐惧也没有了，心想：师长都不怕，我们怕什么？警卫连一个战士仍然趴在一个土堆后边，以土堆做掩体向山上射击，师长气愤地斥道：“笨蛋，拿过来！”他接过这个战士手中的机枪，站在那里不停地向山上扫射。一边打，一边骂：“他妈的，快投降！投降不杀！”师长的警卫员和几个战士站在师长前边以身体掩护师长，有的还向师长指点目标：“那里有敌人，向那里打，向那里打！”

我亲眼看到一个敌人大概吓蒙了，他爬到一棵树上躲起来，距我们大约有二三百米远。师长向他喊话，叫他下来投降，他不但不下来投降，还向我们开枪射击。师长恼怒了，骂道：“打死你狗日的，我叫你反动！”“哒哒哒……”一梭子出去，那个家伙像一头死猪一样从树上落了下来。

战斗打了大约半个小时的样子，兄弟部队从后山压了过来（这可能是刘政委发电报联络的结果），形成前后夹击，很快就全歼了这股敌人，我们胜利了。事后我才晓得这股敌人是国民党川西师管区的两个补训团。这次战斗以后，我们又进至蒲江、新津一带，参加围歼国民党李文兵团的战斗。

通过这次战斗我体会到了什么叫身先士卒，什么叫指挥若定。通过这次战斗，我更加热爱我们的师长吴忠同志，我们的政委刘振国同志。

这两位老首长都是老红军，新中国成立以后都被授予少将军衔，在军内外担任过重要职务，如今他们都去世了。想起这次战斗，我就更加怀念这两位老首长。他们身上那种压倒一切敌人而决不被任何敌人所压倒的气吞山河的风范，使我永生难忘。

负伤以后

这个故事我早就知道，只是知道得不够详尽，无从下笔。后来我采访了明亚东和这个故事的主人公申明铎，才弄清了它的来龙去脉。这个故事太感人，我不能不写。

激战沙河

1947年年底根据党中央和毛主席的战略部署，刘伯承率领一部分部队从大别山出击，在江淮一带活动。1948年三四月间，为了配合华东野战军和陈赓的部队发起洛阳战役，刘伯承又率部向安徽阜阳一带运动，以牵制敌人东进，减少洛阳我军的压力。我军刚进至阜阳，就碰上了国民党的王牌部队七十四师。这个师即1947年在山东孟良崮被我华东野战军消灭的那支部队，师长张灵甫也被击毙。当时这个师的教导团在武汉，逃掉了被全歼的厄运。战后国民党以这个团为基础重建了七十四师。这个师除清一色美式装备以外，复仇心理非常强烈，叫嚣着要与我军决一死战，为他们的反动师长报仇。

我军到达阜阳以后决心攻打这座城市，守城的正是敌七十四师。我一纵二十旅五十九团的任务是攻东关，我的老战友申明铎就在这个团的通信排当兵。4月1日，五十九团有两个营攻进东关，敌人有飞机、大炮掩护，战斗进行得非常惨烈。正在这时，忽然我军背后出现敌人大约一个团的兵力，从沙河以南向我军袭来。战斗进行得既突然又猛烈，大有合击我军之势。团长梁廷佐带领通信排火速赶来参战。刚到沙河南岸，就遇见副旅长李觉（建国后曾任西藏军区副司令员、二机部副部长等职）等人，大股敌人正在向他们疯狂地射击和追赶。梁团长立即命令通信排保护李觉边战边退。在激战中，通信排长和一名通信兵牺牲了。

通信排和兄弟部队过了沙河，马上炸毁浮桥，沿河北岸布阵死守。敌人也拉开架势，以猛烈的火力向我军射击，妄图冲过河来。

申明铎右边的一个通信兵，叫刘汉军，是个老兵，步枪打得又准又快。他一边射击，一边拍着胸脯对申明铎说：

“黄毛（申明铎家境贫寒，营养不良，头发发黄，战友们都这样称呼他），不要怕。敌人没有什么了不起，看我收拾他们。”刘汉军话音刚落，一颗子弹正中他头部，刘汉军当场牺牲。申明铎眼见战友在身旁牺牲，非常难过。

申明铎的左边是侦察排的机枪手杨德功，点发、连发打得呱呱叫。看到刘汉军牺牲了，他忙对申明铎说：

“黄毛，别难过，狠狠地打，为小刘报仇。”

机枪正在愤怒地吼叫着，突然不响了，申明铎扭头一看，杨德功也头部中弹牺牲了。

申明铎非常悲痛。好好的一个人，刚才还在讲话，怎么一眨眼就牺牲了？他对敌人仇恨极了，决心报仇。他看到几个敌人冲出战壕，想向我方冲击，便站在河堤上举枪射击。正在这时“突”的一声，一粒子弹正中他腰部，前进后出，他突然倒在地上，鲜血顺着左腿往下流，直灌鞋内。战友们赶紧把他抱下河堤，卫生员对他进行了包扎。

手术风波

晚上两三点钟的样子，两个民工抬着一副担架，把申明铎送进阜阳近郊一户农民家里，这里是我军临时战地手术队。农家的房间不大，房内梁上挂着一盏汽灯，照得满屋雪亮。房内外都放满了伤员，医生们动手术的，搞包扎的，紧张忙碌，谁也不说话，气氛非常严肃甚至有点压抑。申明铎是重伤员，被直接抬入屋内，放在冰冷的地上，抬担架的民工向有关人员说了几句话就匆匆走了。村外枪声不断，民工大概又去抬伤员了。

过了大概一个多小时，手术队的高队长和明亚东副队长才腾出手来，来到申明铎的身边。一检查，不禁大吃一惊。子弹是从前胸左下侧射入的，距离心脏只有一根肋骨远，然后从后腰穿出，伤口很大。由于包扎不规范，伤口还在向外渗血，棉袄已经被血渗透了。

高队长问明情况后很不满意地说："怎么搞的？中午负的伤，怎么现在才送来？"

明亚东说："赶快手术，不能等了。"

"手术？"高队长既惋惜又无可奈何地说，"这种情况还动什么手术？让他多活一会儿吧！"

"这孩子还年轻，又聪明，我看可以手术，我们应该救活他。"明亚东说。

"我何尝不想救活他！"高队长是从正规医院出来的，理论上有一套。他说："像这种伤员4～6小时内必须手术，这是医疗原则。他中午负伤，到现在十几个小时过去了，你把他推上手术台，等于杀他。我们只能救人，不能杀人。"

明亚东1938年入伍，虽没进过正规医疗学校，但对待伤员胜过对待自己。为了救护伤员，抗日战争时期他负过19次伤，身上留有23个伤疤。伤员只要有一口气他就要抢救，不管什么原则不原则。但他说不过高队长，也不好意思和高队长闹僵，于是他偷偷地向纵队司令员杨勇打电话，请求支持。

杨勇说："你的意见是对的，应该动手术。只要有百分之一的可能，就要尽百分之百的努力。你尽力干吧，我派蒲应钦同志来帮助你。"蒲应钦是纵队卫生部长，技术上有一套，又带来了杨勇司令员的指示，当然高队长也就不再坚持自己的意见了。不过，他又对明亚东嘱咐道："老明呀，这个任务不轻，有一定的冒险性，要小心！"

上手术台

哪有什么手术台，只不过是把老乡家的两张桌子抬过来，拼在一起，把申明铎抬上去就可以了。

这时，明亚东对助手们严肃地说："不能有一点马虎，要尽心，死马当作活马医。"

申明铎对刚才高队长、明副队长的争论听得清清楚楚，他认为自己这一生完了，别想活了。现在一听说要给他做手术，他又有了一线生机。他含着眼泪对明亚东和其他医生说："对，死马当作活马医吧，我1930年生，正好属马。医不好，我不怪你们；医好了，我继续打老蒋。”

“年轻人，你放心，你别怕，我们会给你医好的。”明亚东安慰了申明铎几句。实施麻醉以后，打开腹腔一看，只见满腔都是血水和屎尿。清理以后，发现肠子断成了4节，有14个洞，肾也被打烂了。

这时，明亚东也感到了问题的严重。不说别的，这么大的缝合面需要专用线，从哪里搞呢？专用线都是进口货，我们只有从敌人那里缴获，原来还有6管，昨天一天都用完了，今天怎么办呢？以往遇到这种情况，都是请首长夫人们帮忙，从她们头上拔几根头发作代用品。眼下首长夫人们一个也不在，干部战士都是光脑壳，去哪里弄头发呢？

一位助手看出了明亚东的难处，忙说：“副队长，我有办法，找房东的姑娘借几根头发。”

明亚东说：“好，好。快去，快去！”

这位医生找到房东的姑娘说明来意，姑娘二话没说，马上解开头绳，向后一甩，一条又粗又黑的辫子披散开来。

“解放军为俺们打仗，死都不怕，要几根头发算啥。拔吧，要多少，拔多少。”

医生满怀喜悦，拽了五六根长发，跑了回来。明亚东就用这些头发缝合了申明铎的肾，又把肠子截去一米多长，进行了缝合。

手术进行了两三个小时，结束时天已大亮。

手术很成功，从此申明铎和明亚东结成了好朋友。申明铎原来叫申丙铎，为了感谢明亚东，他把“丙”字改成了“明”字，叫申明铎，至今未变。这是后话，无需多述。

夜困麦田

手术相当成功，医生、护士都松了一口气。大家正在喝水休息，突然上级来了命令：赶快转移。说是国民党调了20个旅，企图对我军进行合击。刘伯承司令员为了避敌锋芒，伺机歼敌，决定放弃阜阳，向河南东部运动，力求在运动中歼灭敌人，打更大的胜仗。

说走就走，手术队请来民工，把伤员抬上担架，在部队掩护下，向阜阳西北方向撤退。尾随我军而来的是敌新五军，这也是国民党的主力部队，美式装备，飞扬跋扈，不可一世。它是我们二十旅（请允许我这样称呼，因为以后我也参加了这个部队）在中原地区的老对头，双方经常交手，互有胜负。今天这个老冤家又来了，大家非常愤恨，恨不得拉开架势，大干一场。但是不能。刘伯承司令员有高招，等待以后消灭它吧。

大家压抑着怒火，保护着伤员悄悄地向西北方向撤退。中午时分，突然几架敌机掠过，扫射投弹，接着敌骑兵冲了过来。我军占领了有利地形，向敌人猛烈射击，敌人没有占到便宜，狼狈而逃。这次还好，民工们把伤员藏入麦田，敌人走后，又抬上伤员继续前进。申明铎深深感激民工的机动灵活。

下午正行进间，敌人又来了，这次来得更为凶猛。先是飞机轮番俯冲扫射投弹，接着就是骑兵号叫着挥着马刀冲杀过来。抬担架的民工采用老办法，赶紧把伤员藏入齐腰深的麦田，自己也躲藏起来。这时只听喊杀声、机枪声、炸弹声、谩骂声、马蹄声不绝于耳，一片混乱，战火纷飞，天昏地暗。有些抬担架的民工血染麦田，以身殉职。战斗经历了大约一个小时，四周慢慢静了下来。申明铎只觉得静得可怕。他希望像上午一样，战斗以后就有民工来抬他，但是没有。他静静地等着，从下午等到天黑，夜幕笼罩了周围的一切，远方的村子里偶尔传来几声犬吠，仍然没有人来抬他。他很着急，是民工牺牲了，还是跑了？难道他们就不管我了？同志们都到哪里去了？难道他们撤退后就不数数担架，看看够数不够数？他想站起来，但疼痛的腰部像刀割一样，怎么也站不起来。

申明铎孤独地一个人躺在担架上，看着天空慢慢地出了星星，而且越出越多，有些星星不停地向他眨眼睛。他摸摸周围都是麦子，冰冷冰冷的。麦地里除了偶尔有几声虫子叫以外什么声音也没有。空气寂静得简直令人窒息。申明铎感到孤独、可怕。这时他才深深体会到和同志们在一起是多么的亲热与温馨，可是现在办不到，他不禁暗暗地流出了眼泪。

过了一会儿，夜更深了。天空中的星星泛着清冷的光芒不断向他袭来，四周的虫声也没有了，大概它们怕冷钻入土中入睡了。申明铎往哪里钻呢？他只有躺在担架上盖着一层薄被，承受寒冷的袭击，哪也钻不进去。申明铎浮想联翩。他想：这样下去，不要说敌人来了我活不成，就是敌人不来，没有人知道我在这里，用不了几天，饿也把我饿死了。想到这里，他非常难过。他想：难道人真的有命。我一家人的命为什么这样苦。抗日战争爆发前，爷爷思想上倾向革命，有人告发他“暗通共党”，被国民党枪杀了。爷爷死后，父亲参加了村里的白枪会，玩枪弄棒，武艺超群。国民党又对他放心不下，说是要“斩草除根”，到处抓他。父亲无奈，只好逃到北平，参加了宋哲元的二十九军。1937年7月7日抗日战争爆发，父亲为国捐躯，死在卢沟桥畔。从此，母亲拉扯着姐姐和我长大成人，是何等的艰辛与困难啊！1947年我参军时，母亲和姐姐把我送出门外还对我说，到军队上要好好干，打倒老蒋后回家团圆。娘呀，姐呀，恐怕咱们团圆不成了。我对不起你们，你们好好过日子吧！

申明铎越想越多，眼泪像断了线的珠子，顺着双颊不住地向下滚落……

大侠相助

真是吉人自有天相，好人自有好报。天亮以后，五十八团的侦察员金泗五坐着担架过来了。此人1940年入伍，一直当侦察员，除有侦察人员的机智和勇敢外，还有一副侠胆义骨，对同志、对朋友从来都是“两肋插刀”，毫不含糊，人送外号“金大侠”。今天他打这里路过，他知道昨天这里发生过一场恶战，有意地到麦地里侦察一番，看有没有我们的伤员。他走到麦田深处，发现了申明铎。

开始申明铎还不敢相信他。他身着便衣，手提驳壳枪，头上缠着绷带，因为嘴上负伤，说起话来叽里呱啦，怪声怪气，有点像国民党的特务。二人一细谈，原来一个是五十八团的侦察兵，一个是五十九团的通信兵，一个旅的。有什么可说的，不是外人，是老战友。

金泗五一拍胸脯：“赶紧坐我的担架走，这里不是久留之地。”

“那你呢？”申明铎担心地问。

“我是嘴上挂花，吃饭、说话不方便，腿脚是好的，走路不成问题。”金泗五说罢，也不管对方同意不同意，抱起申明铎就放上自己的担架，把手中的驳壳枪向前一指，“走！”几个民工抬着担架就向前奔去。

走到一个镇上，金泗五买了两个馒头，一把塞给申明铎：“吃吧，吃饱不想家。”

申明铎负伤后已经两天多没有吃东西了，早已饥肠辘辘。他吃着这个馒头觉得格外香甜，他活了这么大还没吃过这样香甜的馒头呢！

在金大侠的保护下，走了四天多，到了太和县范庄。这已经是解放军占领的地盘了。金泗五找到一位区长。这位金大侠呀，好是好，就是有时办事有点冒失，大大咧咧，不讲政策。他举着驳壳枪，对着区长的胸口说："我把这个伤员交给你，我到前方打仗去了。过几天我还要来接伤员，你不给我保护好，老子枪毙你！"

这位区长是从河北省老解放区调来工作的，也是老资格、爽快人，当然不吃他这一套。用手把他的枪口往一边一拨："少来这一套。保护伤员我比你懂。只要我在，伤员就在。你赶紧给我滚开，到前方打仗去吧！"

金大侠一听，遇到了知己，高兴地哈哈大笑，手舞足蹈地走了。

草房养伤

金大侠走后，区长把申明铎安置在庄南一个叫"湖"的地方的一位范大爷家。这个地方是一片洼地，夏日下大雨则汪洋一片，因此叫"湖"。冬春季节则一片荒草，方圆数十里无一户人家，只有范大爷家一间草房。这里不要说国民党的兵不来，就是庄上的人也很少光临。草房里有一张床铺，范大爷两口子住，外带一个很小的外孙女，只有三口人。申明铎来后，范大爷弄来一些麦草打个地铺，供申明铎睡。范大爷夫妇二人很善良，对待申明铎像对待自己的儿子一样，每天送水送饭，端屎端尿，从不嫌脏，无一句怨言。范大爷家很穷，现在又正赶上青黄不接之时——去年的旧粮吃完了，今年的新粮尚未打下来，更是难上加难。范大爷夫妇二人每天把晒干的红薯片用碓窝捣烂，给申明铎烤糊糊吃，有时也掺点晒干的菜叶和红薯藤。每顿饭做好后总是先端来让申明铎吃。有时饭不够，也总是先让申明铎吃饱，两位老人暗中挨饿。有时外孙女饿了，又哭又闹，老人家就劝她说："不要闹，让解放军吃饱要紧。只有他们才能救咱们穷人。"为此，申明铎感动得热泪盈眶。

在范大爷家待了十多天。一天，金泗五风风火火地来了。他是出来执行侦察任务的，带来一副担架，几个民工，想把申明铎带回部队。他告别范大爷，带着申明铎出来走了十来天也未找到部队战地医院，突然情况有变，金泗五又把申明铎放在一位老乡家藏匿起来。这位老乡家说来更是有趣。这里根本不是什么村庄，只是一片荒野里有一座草房。草房稍大点，有三间。中间的一间是个过道，空空荡荡。这一间的东边有一间，由房主人姑嫂二人居住，西边有一间供申明铎居住。这家没有男主人，可能是避战乱逃走了。

申明铎住在这里，吃的仍然是红薯干捣烂的面糊糊。女主人对他仍然很好。然而有一点很不方便，上厕所怎么办？总不能让大嫂子、小姑子来照顾吧！他来的头天晚上，大嫂子送来一个盆子，对他说："同志，解小便用这个，用完后，俺给你送出去。解大手，到门外向左走，那里有茅厕（厕所），你走不动，俺扶你去。"

大嫂子客客气气地说完走了，申明铎却坐卧不安起来。解大手，到外边，大嫂子来扶我？我怎么到外边？我的裤子动手术时早剪烂丢了，我是光着屁股盖着军被，坐着担架到处跑的呀，要是叫大嫂子扶着外出解大手，那不是原形毕露，成何体统。

说起这条棉裤，申明铎还万分惋惜。那是在大别山打土豪时，得来的一块儿黑色洋布，黑得发亮。他用这块布做了一条棉裤。这是他第一次穿洋布。多好的一条棉裤，可惜丢掉了。

再好的棉裤对于现在来说都是小事，现在是没有裤子怎么见人呢。

不说解大手便罢，一说解大手，他偏偏又想解大手了。他实在作难。他咬紧牙关，站起来，穿上上衣，大大的，把前后盖得严严实实。他高兴了，说起这件军衣，他颇为得意。这是他在大别山自己做的。不过遗憾的是，这是一块白土布，当时用稻草灰煮染成灰布，不怎么好看。他不会做衣服，用这块布做了一件像是小袍子似的上衣，当时还有人耻笑他。现在看来幸亏做得大了些，派上用场了。

申明铎穿上自己做的大军衣，光着双腿，捂着屁股，一瘸一拐地往外跑。房东姑嫂二人看到了，忙心疼地说："哎呀，同志，天冷了，你上茅厕穿上裤子再往外边走嘛！"

申明铎忙说："不冷，不冷。"其实，她们哪里晓得，这位解放军没有裤子，是个光屁股伤员。

结束不了的结束语

申明铎在这家住了将近半个月，我们的金大侠——金泗五带着一个担架队浩浩荡荡地过来了。这一回金大侠可不是利用侦察的机会来看伤员，而是奉命来收容伤员。当年刘邓大军在中原地区作战就是这样——战局紧急时就把伤员分散放入老百姓家隐藏起来，战局平静时就把伤员集中起来进行治疗。金泗五这次执行的就是这个任务，他收容的伤员中当然少不了他的好朋友申明铎。

申明铎到了部队后方医院，医生一检查他的伤口，不禁大吃一惊，伤口因为长期未加治疗，早已化脓生蛆。医生用镊子一边往外钳着蛆，一边心疼地说："小同志，对不起你呀，你受罪了。"申明铎很不以为然地说："没有什么，我不怕。我最伤心的是没有裤子，不能行动，不能工作。你们给我一条裤子好吗？"

医生们不禁笑了："裤子不成问题，给你一条。"

从此，申明铎有了裤子，可以自由自在地到处走动了。这年6月，他回到了朝思暮想的老部队二十旅五十九团。回到部队，卫生队看他年轻机灵，要他当卫生员；司令部看他细心好学，要他当绘图员。副团长张廷家站出来说："他哪也不能去，给我当警卫员好了。"打这开始，他干上了警卫工作，他还先后给西藏军区副司令员李觉和政治委员谭冠三当过警卫干事。有时部队也抽他出来搞侦察工作。1950年我们进军西藏进行昌都战役时，他任十八军一五五团侦察排副排长。部队从邓柯过金沙河后，他带领一个侦察班，首先突破敌军防线，消灭敌人一个排，占领牙夏松多。接着，他就带领这个侦察班，边战边进，直至昌都解放。

申明铎官至副师职离休，生有四女一男，都当过兵，退伍后都在地方做基层工作，尽职尽责，幸福安定。老申和老伴家居西藏军区驻四川办事处在成都的一个干休所内，过着安静的晚年生活。他常常想念过去的老战友，特别是每当念及阜阳姑娘的头发、范大爷的红薯面糊糊、姑嫂二人的热情款待……就彻夜难眠。我们是老战友，他常对我说："老焦呀，我们不能忘记劳动人民，不能忘记过去的老战友，没有他们就没有我们的今天。人民是我们的根，为人民服务绝不是一句空话。"

进藏途中

齐双喜和行军灶

10月4日，高原天气特别的好，穿着棉衣负重行军的战士们爬山爬得汗流浃背，气喘吁吁，部队行列里一时显得沉寂。这时步兵一五五团二连炮班班长齐双喜同志却格外有精神，目不转睛地注视着山冈上钻洞的田鼠，看它们从这个洞钻进去，从那个洞钻出来。看看在手上画画，越看越起劲。“喂！你们看，你们看……”调皮战士金长友在一旁指点着开班长的玩笑，接着就是大家的一阵哄笑。

到了宿营地，齐双喜做了简单分工以后，自己就去挖灶。他挖的灶很奇怪，一个大灶周围又挖了几个小灶，灶灶有洞相通。当大灶里点火，小灶里冒出烟时，他愉快地笑了。

半个钟头后，开饭号响了，战士们回来一看，饭菜、开水、洗脚水都摆在面前。

“班长，你怎么搞的，这样快？”

“以前咱们可没这样快过。”

“哼！咱们以前做哪顿饭不得一个多钟头。做好饭，炒菜，炒好菜，才能烧开水、洗脚水，白利寺宿营就搞到半夜。”大家谁也解不开这个谜。

原来，齐双喜同志自从白利寺做饭以后，一直考虑这个关系到大家解除疲劳和恢复战斗力的重大问题，他想：部队一天天接近金沙江，过江后就要战斗，敌人的特点是生活简单行动迅速，我们光做顿饭就要一两个钟头，怎能完成迂回歼敌的任务呢？所以行军七八天，大家就不见齐双喜的笑脸，他总是皱着眉头想问题。当他发现田鼠钻洞以后，才创造出这个办法。

齐双喜把经过告诉大家后，金长友马上跳起来说：“对不起班长。”接着战士们纷纷称赞班长这种想办法为大家的精神。

齐双喜的新创造，当天就传遍全连，很快又传遍全团。

接力互助的人们

从甘孜出发，战士们除自己的弹药武器以外，每人还背了一套高原进军装备：棉衣、皮衣、罐头食品、燃料、帐篷、隔潮帆布……最少也有七八十斤，背这样重的东西行进在空气稀薄呼吸困难的高原上，确实是个沉重的体力劳动，人人都感到吃力。漫长的行列在蠕动着前进，就这样，走不到5里路就有一半人掉下来。

步兵一五五团三连谢瑞盛看到了张孔雷同志头晕吐血，忘记了自己的疲劳，帮张孔雷担了20斤罐头食品，走不到一里路，他也脑袋转圈，眼睛一黑跌到山沟里了，荆棘刺得他满面淌血。

现实告诉战士们，内地的互助办法在高原上是行不通的，要使大家不掉队，必须想新的办法。

党小组长李金升同志召集党员研究这个问题，最后决定：利用休息时间，身体好的同志组成互助队，回去接身体弱的同志。这个办法在班里传达以后，立刻获得大家热烈响应，马上就有4人报名。排里组织了互助大队，22个人参加，一天互助了372次，病号和体弱的同志们也可以跟上队了。

这个新的创造，很快就传播到全连、全营、全团、全师。看吧！在草原上，在雪山上，一休息就可以看到互助队的同志们来来往往，拿着竹板亲切地唱着："叫同志，别客气，你的身体弱，咱来互助你，只要咱们互助好，昌都战役立功劳。"一边唱着，一边夺过战友的背包帮着背。互助行军，大大增强了大家克服困难的信心和提高了行军的速度。

是谁给他的力量

在国庆三周年纪念前夕，我怀着兴奋的心情，到步兵一五五团四连访问了老功臣王金善同志。

王金善是四连二排长，共产党员，25岁。在进军西藏的短短两年间，曾立过连功五次，营功一次，团功两次，他的模范事迹，举不胜举。我仅仅介绍他在修路中的一件平凡的事情，以作为我们在欢度国庆时回忆英雄模范事迹的索引。

那年7月7日，连里分给二排一段土方，长20公尺，下挖7公尺，幅面宽21公尺，挖山路面时连排水沟在内，宽也得9公尺。这也是全连土方中比较艰苦的一段，共2000多方。上级根据他们排和土质的情况，要他们9月15日前完成任务。开工个把星期，二排人员调出不下四分之一，土质也由开始的松土变成间隔土。事实告诉大家，两个月是难以完成任务的。这时王金善和全排战士一样，对困难不是畏缩而是勇敢迎战，不是埋怨而是感到光荣。

但，面对困难，工效总是不能提高，有几天全排土方平均进度普遍降低，特别是四班，从2.8方降到1.6方。有一天四班每人平均竟为1.3方。这样能完成任务吗？个别战士缺乏信心地想着。

这时，王金善同志显得很沉着。他和四班住在一起，而且参加四班施工。过了几天，他从自己的体会中提出一个挖土方的新方法：靠边挖3公尺宽，3公尺深，而后用“塌方法”挖土，因而四班和全排的工效由每人每天一方左右提高到2.12方，同志们的施工情绪大大提高。

王金善同志为了使大家施工安全，召集正副班长研究决定：塌方法挖到一定程度时要派专人在一旁看着，以免发生意外。他们这样做，有几次危险都及时排除了，直到全部完工，全排无一伤亡。而且提前5天完成了任务。四班长张贵黄说：“俺排长又肯干，又有办法，他没有到俺班以前，我们每个钟头只能抬30筐土，他来之后，距离和先前一样远，筐又满，他一个钟头能抬44筐土。头几天，他的肩膀压肿了，对谁也没有说过啥。”

对于这件事，当我问到王金善同志的时候，他笑了笑说：“这不算什么，我想想从前，看看现在，劲头就大啦！”他凝视着自己黝黑粗壮的手，接着又说：“我父亲给地主干了一辈子活，1943年咱们那里闹荒年，欠地主狗腿子200斤粮，还不起，人家天天逼债。父亲没法，只好躲起来不敢见面，母亲无奈，就把哥哥送去顶了壮丁，才算了事。这样一来，家里又少了一个劳动力，怎么办呢？没有办法，以后全家只有要饭。因为吃枯树叶子，父亲病了，肚子肿得吓死人。我要饭回来，腿被地主家的狗咬得血流不止，母亲看着我和父亲的样子，哭得死去活来……以前的日子不提了。如今毛主席领导咱们穷人翻了身，家里分了25亩地，哥哥也娶了媳妇，生了两个男娃，又白又胖。”说到这里，他高兴得手舞足蹈起来，声音更大了：“这个好日子不光咱一家，全国老百姓都这样。就凭这，咱不修好公路，看好国防大门，能行吗！”

这一段话说得我浑身热乎乎的，使我明白了我们英雄模范的力量是从哪里来的。我也更热爱他们了。

下午，我返回团部前特意问王金善同志：“你准备怎样迎接国庆？”他顺手递给我一个日记本说：“看，就这几条。”我接过日记本，上边工工整整地写了三条：一、努力学习文化，天天写日记，请文教改；二、上课好好听讲，搞好整党教育，把理论水平提高一步；三、工作要全面，不光要顶个战士干活，还要领导好全排。好，多么全面实际的三条啊！我不禁称赞道。

当我返回团部走过崭新的一段公路时，情不自禁地想：我们的战士，我们的英雄模范，如同新修的公路一样，将要日新月异地向前发展哪！

好一把锋利的尖刀

3月20日，窃据小昭寺的一股叛乱分子，疯狂地向我地方工程处进攻，烧毁了工程处一排房屋，并用火力威胁着外事处的安全。步兵一五五团二营闻讯后，21日早晨急速赶到，立刻组织火力向敌人展开反冲击。四连二排光荣地担任了突击队。

一接受这个任务，二排副排长、共产党员刁树元就向排长要求带领爆破组，排长考虑到这个任务很艰巨，他又有战斗经验，于是经过连里批准让他去了。他带着罗永昌、陈建中两个小战士，在部队的火力支援下，跳出突破口，直奔敌据点围墙。两个战士放好炸药、拉燃了导火线迅速跑去，他最后又检查了一次才跑回原地。过了片刻只听轰隆一声，围墙现出了一个大口子。部队正准备冲击，但是围墙内很近的地方有一座大楼的石墙挡住去路，仍然需要炸开缺口，部队才能冲击。

这个据点是叛乱分子的重要外围据点之一，敌人非常重视这个地方。这时敌人更加疯狂地进行顽抗。一班的爆破组上去了，刁树元带着他的这个小组和其他分队一起进行掩护压住了敌人的火力，一班完成了爆破任务。

冲击开始了。刁树元这个爆破组又变成了冲击第一组。他们一跳进被炸开缺口的这座楼房，一个小房间内的敌人便向他们射击。罗永昌一个手榴弹投过去，接着两个点射，结果了敌人。立即又登上一层楼，一个敌人正要举枪向刁树元射击，被刁树元一个点射又结果了。接着排长赵洪轩带着其他班也赶来了，这座楼房全部被我军占领。这时二排的同志们没有停留片刻，在喷火器的配合下又攻上一座更大更高的楼房。刁树元他们三人像飞一样冲入第一层楼，哒哒哒，一个点射，两个敌人被吓晕了，不敢抵抗，举手投降。接着他们又神速地向上冲，冲上最高一层楼顶时，敌人还没有发现他们，正在向楼下我后续部队射击，他们跑过去结束了敌人的性命。三排堵住了敌人的逃跑道路，一排接着也上来了……

这个据点，就是这样在我军的苦战中拿下来的。

拉萨往事

赤胆忠心，永垂不朽——悼刘志贤烈士

拉萨市区的战斗结束后第二天，我来到了步兵一五五团二营的阵地上。营长张凤臣同志沉痛地说："我们的刘参谋牺牲了，是为了我才牺牲的。"说完这两句话，他突然停下来，炯炯有神的目光里迸发出复仇的怒火。停了片刻，他用最大的力量平静下来，简单地向我介绍了刘志贤参谋可歌可泣的英雄事迹。

他们反攻叛乱分子据点的那天，张凤臣同志随主攻连队突入敌人阵地，正在一楼房门口指挥后续部队，突然迎面楼上暗藏的敌人向他们射击。这个火力点内的敌人相当狡猾，刚才他们有意放过突击队，这时却集中火力想杀伤我指挥人员。通讯员看到情况不妙，在后边高喊："把首长拉回来！把首长拉回来！"张凤臣同志正在指挥部队，坚定的胜利信心使他忘掉了一切，他无论如何也不肯退回来。这时敌人正准备向他射击，也就是在这个关键时刻，我们可敬的共产党员刘志贤同志挺身而出，猛地把张凤臣同志推向一边。这时，突然一颗敌弹打中了他的喉咙，夺去了他的生命。

刘志贤同志光荣牺牲了，但是，他保证了指挥员的安全。他这种高尚的共产主义风格，鼓舞了全营官兵。在复仇的杀声中，敌巢穴被我军全部占领。

张凤臣同志谈完这件事，激动的面容上露出了骄傲的光彩。我们为我党、我军有这样高尚的战士而骄傲。

刘志贤同志永远活在我们的心上。

优秀共青团员——傅秀章

雨不住地下，拉萨河水越涨越高。8月26日，洪水突然在拉萨西郊决了堤。决堤的洪水像千万头猛兽，卷着泥沙，咆哮着向西奔去。拉萨农业试验场受到了威胁，场本部和副食品加工厂已经被浑浊的河水隔断。藏族工人阿乃整理完了厂里的东西，忽然想起他的小孩还在场本部的帐篷里。他慌忙奔出加工厂，疯狂地向场本部冲去。场本部灌水了吗？那里的粮食受到损失没有？小孩住的帐篷怎么样了？孩子他妈没在家，别人是否知道这个情况主动来拯救一下呢？他吓得出了一身冷汗。

阿乃，这位26岁的藏族青年，决心到场本部看看。眼前的洪水挡住了他的去路，虽然他不会游泳，但是，他知道这里有一条通向场本部的公路，路基很高，他决定顺着公路，蹚水到场本部。其实公路的路基早被水冲垮了，阿乃没有走多远，就被洪水冲倒。他呼叫着，随着波浪向西流去。

场本部驾驶员、共青团员傅秀章，听到喊声跑出来，见到一个工人被水冲走，这位年轻的解放军战士忘掉了一切，他立即脱去衣服，纵身跳下水，向阿乃游去。浪头把他打下去，他钻出来，拼命地向藏族青年冲去。他的游泳技术并不高，也缺乏水中救人的经验，但是，在党的长期教导下，他具有一颗为藏族人民流血牺牲的红心，他决心要救出这位藏族青年。

眼看傅秀章已经接近了阿乃，他伸手一抓，却扑了个空。他奋力抓了三次都没有抓住，冰冷的洪水、湍急的波浪已经使他精疲力竭了。难道能这样，让一个藏族青年顺水而去吗？不，傅秀章没有这样想，他是个决心为藏族同胞献出一切的共青团员。他在部队向地方转业时就向党表示过这种决心。他鼓足全身的力气，咬着牙，奋力地向阿乃身边冲过去，猛地抱住这个青年，在波涛滚滚的洪水里，翻上滚下，向岸边游来。

快到岸边了，眼看藏族青年就要得救了，傅秀章心里充满着喜悦和希望。不料刚到浅水的边沿，他刚把阿乃往上一推，洪水里冲来的树枝、木料一类的东西，打在了他的脊背上，他被打入激流……

阿乃在帐篷里醒来时，看到一群工人站在他的身边，他的小孩还在咿咿呀呀地说话，就是没有看到傅秀章。当他知道傅秀章已经牺牲时，他为失去这位优秀的汉族老大哥，伤心地痛哭起来。

傅秀章同志原是汽车十六团六连的副班长，1955年入伍，在部队立过功，受过奖。他自开车以来，从来没有发生过任何事故，并且还能节约汽油和材料。为了一部汽车，他曾一个人坚持在5000公尺的大山上，和风雪搏斗了五天五夜；为了帮助别人修车，在隆冬的唐古拉山上他冻伤了双手，领导让他住院治疗，他婉言谢绝，依然开着汽车奔驰在青藏公路上。西藏平叛以来，地方工作大发展，他愉快地服从党的需要，转业到拉萨农业试验场当驾驶员，决心在西藏安家落户，为建设社会主义的新西藏而奋斗一生。他到农场一年多以来，处处以农场为家，亲密团结藏族工人，出色地完成了场党委交给的各项任务。领导让他回内地结婚，他看到场里的青稞、小麦已经成熟，收割需要劳动力，他向领导表示，麦收以后11月份再回家结婚。他这种高尚的共产主义风格，对全场藏汉族工人影响极大。

这位英雄为西藏同胞光荣牺牲的消息传到部队以后，同志们纷纷表示，决心更牢固地树立长期建藏和边疆为家的思想，做好各项工作，来悼念这位年轻的英雄同志。

王金昌是个勤恳的饲养员

王金昌同志是我连的饲养员，是一位年轻的共产党员。这个同志，从表面看，看不出他有什么不平凡的功绩，也看不出他有什么惊人的才华。但是，对党他有一颗赤诚的心，他随时随地都在为党着想。

马号班的不少牲口没有缰绳，没有笼头，也没有鞍子，有的连垫子也没有。面对这个情况，王金昌不恳向上级开口，他心里想，领导经常讲，近两年来我国在农业方面遭了天灾，国家在经济生活上出现了一些暂时困难，我们应该想尽一切办法克服这些困难。于是他走到哪里都注意捡破烂，建立"家当"。在垃圾堆里，他捡了很多破衣服、破毡片和破羊皮，他像在家过日子一样，利用空闲时间，悄悄地拿到河边，洗得干干净净，晒得又松又软，最后把它们制成马垫子，就这样他先后做了四个。接着，他又到处捡绳头，把几寸长的绳子续起来，结成长绳，然后做缰绳，拧笼头，做鞍子。这样一来，马号班的困难解决了，牲口都可以照常执勤了。

王金昌拾破烂是出了名的，给藏胞也留下了深刻的印象。有一次，他出外执勤，来回跑了5天路，走得相当累了，但是还在路上捡回了8块羊皮。当他捡这些东西时，一位藏胞劝阻他，不让他捡。意思是说，这都是老百姓扔下的破烂，天数很久了，又脏又臭，捡它有什么用呢。王金昌比画着向这位藏胞说：“我把这些东西捡起来可以做成很多有用的东西，这样一来，我们就不向国家要了，就可以减轻老百姓的负担，让老百姓过更好的日子。”王金昌这些言行深深地感动了藏胞，他们伸出大拇指说：“毛主席给我们派来的军队，处处为我们着想，处处为我们打算，有了这样的军队我们是太幸福了。”

王金昌还表现在他对马的爱护上。他常说：马是国家的财产，一匹牲口值好多钱呵，可不能马虎。他在这方面做得是很突出的。有一次出去驮马草，回来时翻一座5000公尺的大山，到山半腰，一匹马的驮子跑翻了。他把驮子扶起来，只见牲口喘着粗气，嘴里向外吐白沫。是呀，牲口是相当累了，不能再驮了，他就干脆扛上这个驮子上山，一直走到山顶，整整走了3华里。

凡是国家的钱，几角几分，王金昌都想尽一切办法给国家节省。领导叫他出去放马。他一来到草地上，呵，这样好的青草，还用给牲口买过冬的草吗？买一包草不过30来斤，就得四五角钱，太贵了。于是，他就带领其他两个饲养员一边放牧，一边割草。到目前为止，不过20天他们已经割了1500多斤草，并且已经晒干运回连里。类似这种工作都是王金昌同志主动干的，上级事先并没有布置。

农场里的三姊妹

西藏军区八一农场有三位藏族妇女，她们是姨表姊妹，大姐叫曲荣，二姐叫次仁卓玛，三妹叫贡觉曲珍。三个人在旧社会都是农奴，受尽了三大领主的剥削和压迫，过着非人的生活。1956年大姐曲荣冲破了黑暗统治，来到军区八一农场当了农工。过了一年，二姐和三妹在曲荣的帮助下也来到了农场。她们在这里受到了党的教育，懂得了过去为什么受穷，今后应该怎么办。现在姊妹三人都当上了生产班的班长，大姐和三妹被评上了五好职工，二姐次仁卓玛是个积极分子，还出席过军区的积极分子会议。

“三八”妇女节前夕，在一个春光明媚的日子里，我来到农场访问三姊妹，曲荣非常热情地把我带到她的家里，又是拿烟，又是倒茶。她的两个孩子，长得又胖又乖，穿得花花绿绿的，在屋里欢天喜地地跑来跑去。过了一会儿，又进来一位年轻的妇女，上身穿一件紧身花棉袄，下身穿一条毛料制服裤，显得既俊俏又大方，像个地方干部。我问，这是谁？曲荣说，这是她的三妹贡觉曲珍。那么，二妹次仁卓玛哪里去了呢？姐妹二人非常高兴地对我说，她前几天生了一对“双生”，都是男孩，现在还在住院呢！是啊，多么幸福的三姊妹呀。要是拿她们的现在和过去比比，那真是一个在天堂，一个在地狱。在旧社会，在三大领主的压迫下，她们三人从来都没有穿过布衣服，更别说毛料了。在旧社会姊妹三人忍饥挨饿，挨打受骂，成天散乱着头发，东奔西跑，不像个人样。《白毛女》里有一句话：“旧社会把人变成鬼，新社会把鬼变成人。”这句话放在姊妹三人身上是很恰当的。

姊妹三人除了共同热爱劳动以外，还各有特长，这些特长到农场以后得到了充分的发挥，这在旧社会是根本不敢想象的。

大姐曲荣是农场第一生产队一分队二班的班长。她们班全是妇女，有藏族、回族，也有汉族。她很会团结这些同志。谁的身体该休息了，老早她就知道，事先就通知她休息去。谁的工作好她就表扬，谁有缺点她就批评。每次表扬、批评虽然都只是简单的几句话，但是大家都信服她。她很会安排班里的工作。农忙的时候，她动员妇女们趁休息时间在农场附近拾粪，第二天上工带到地里。她们班里的粪大都是这样运到地里去的。在拔草的时候，她又动员大家把能喂猪的野菜全部剔出来，下工时背回场里，帮了饲养队很大的忙，都说她们班风格高。

二姐次仁卓玛是个泼辣人，工作大胆能干。再调皮的骡马，她不要鞍子也能抓住骑上去跑它一阵子，很有男子气概。春耕时，有些牲口太调皮，不上套，有的男同志都没有办法，可是她不怕，抓过来，打两鞭子，就能把它们套上，然后扶住犁杖就耕地，一天可以耕四五亩地。耕完了她们班的地，还帮别的班耕地。

说起这个人还有一个动人的故事。1959年下半年，农场有几头牦牛跑到拉萨河中间的一个小岛上去了，无论如何也吆喝不回来。她说，这是解放军同志在平叛中得的胜利品送给农场的，丢了对不起解放军。于是，她立刻拉出一匹烈性马，跳上马背，就向小岛冲了过去。当时河水正在暴涨，人和马在水里被冲得一沉一浮。她不会游泳，但是她紧紧地趴在马背上，和洪水搏斗，一直冲了十多华里，才到了小岛，把牦牛全部吆喝过河来。

三妹贡觉曲珍很会钻研生产技术。本来她没有种过菜，特别是细菜，但是，由于她能够钻研，却搞出了不少新花样。在这个地方种菠菜、花菜等，一年她能收两季；韭菜一年她能割6次到8次。她在各种菜地里套种的水萝卜竟收了2000多斤。她们班种洋葱，领导认为以往没有种过，经验不足，给她们提出亩产5000斤的指标，结果她们亩产10000斤还多。这和贡觉曲珍的“技术指导”有着直接关系。

三姊妹的政治觉悟在不断提高。现在她们三人都在积极要求加入自己的组织——共产党，党支部也正在对她们进行进一步考验。

气壮山河

同志们，我怀着万分激动的心情，向你们讲述一个英雄的故事。这位英雄的名字叫张映鑫。他在中印边境东段自卫反击作战中，用压倒一切的英雄气概，给我们树立了一个光辉的榜样，不愧为党的好儿子，毛主席的好战士。

张映鑫同志是我边防部队步兵一五四团九连二班副班长。四川省泸州人，1940年生，1959年入伍，共青团员。1962年10月20日在中印边境东段自卫反击作战中，张映鑫为了炸掉敌军前沿阵地的第二个地堡，给反击部队打开通路，在全排快要冲上来的关键时刻，把一颗手榴弹塞进敌地堡，然后挺身扑向地堡，用双腿堵住地堡的射击孔。手榴弹在地堡内爆炸，张映鑫双腿负重伤。他忍着腿骨被炸断的剧痛坐起来用冲锋枪向敌堡扫射，保证全排顺利通过，3分钟突破敌前沿阵地，40分钟打下40多个地堡。张映鑫同志终因伤势过重而光荣牺牲。张映鑫同志牺牲后被追认为中国共产党党员，追记一等功，国防部授予“战斗英雄”称号。

一

1959年春末夏初，康藏高原还没有完全脱掉冰封雪裹的外衣，薄薄的冰块在河水里漂浮着，互相撞击着，哗哗啦啦向前流去。河两岸的杨柳吐出茁壮的嫩芽，迎接这一年中最美好的时光。这时，林卡旁边的一座营房里沸腾起来了，战士们用锣鼓和歌声迎来了一批新战友。

在授枪仪式上，一个新战士领到一支步枪，他把枪举过头顶，情不自禁地说：“我有一支枪啦，我成了真正的人民战士啦！”他兴奋得满脸是笑，两只炯炯有神的大眼，闪烁着欣喜的光芒。

是啊，他太高兴了。多少年来，他一直希望扛上一支枪，当一名解放军战士，守卫在祖国的边疆。前几天，他参观过西藏叛匪的罪证展览，这个愿望就更强烈了。在展览会上，他看到了西藏广大农奴的贫困生活，看到了三大领主剥下的人皮、砍下的人头，当场他就流出了眼泪："好狠毒的农奴主呀，你们吸干了农奴的血汗还嫌不够，还要杀他们，剐他们，这哪是人过的生活呀！"

张映鑫看到这些东西，昔日的悲惨生活又出现在他的眼前。旧社会，他全家五口人守着不到一亩土地，父母亲终年累月地劳动，却得不到一点温饱。他连一双布鞋也穿不上，冬天，赤着脚沿街乞讨，脚上生起一块块红肿的冻疮，走起路来一瘸一拐的。晚上，妈妈抱住儿子的脚，暖一阵，哭一阵："孩子，我们家为啥子这样穷？什么时候我们才能逃出这望不到边的苦海啊？"

1949年，阳光普照大地，大地展开笑脸，家乡解放了。张映鑫家翻了身，分了地，以后又加入了互助组、合作社、人民公社，生活越过越美好。张映鑫就是为了保卫这美好的生活，才决心应征入伍的。他万万没有想到，今天在祖国的西藏高原上，还有这样多的人没有解放，仍然过着和自己已往一样苦难的生活。三大领主的血腥罪恶，使张映鑫十分痛恨。他激动地流着眼泪，对战友们说："我们不能好了疮疤忘了疼，一定要彻底解放藏族同胞！"当时他恨不得马上领到一支枪，开赴平叛战场，干一个痛快。枪，现在果然领到手了，他怎能不欢欣若狂呢！

二

张映鑫领到枪，生活在连队里，处处觉得新鲜，不论看到什么都要问个究竟，不论干什么工作都争先恐后，特别是在练兵场上，简直像只小老虎，活蹦乱跳的，从来不说一声累，同志们都表扬他。可是没有过多久，张映鑫"变了"，兴奋喜悦的神色在他脸上消失得无影无踪，话也少了，有时班长给他纠正动作，他还流露出一种不耐烦的神气。同志们有的说他服役态度不端正，有的说他怕苦。张映鑫听到这些反映，心里一阵烦躁，慢慢和同志们疏远了。

指导员和他坐在一起拉家常，问他有什么心思。这个爽快开朗的青年一开口就倒了出来："我当兵是来保卫祖国的，敌人来了，把他们消灭就是了，成天操来操去有啥子意思？"指导员听了这个回答，便亲切地对他说：

“同志，一匹好马驹，没有经过严格的训练，就不可能变成一匹驰骋疆场的骏马。一个战士也是一样，他仅有杀敌保国的决心，平时没有练出过硬的功夫、过硬的作风，一旦和敌人交手，又怎么能取得胜利呢？”

指导员的话，张映鑫觉得有些道理。但是，他还没有完全信服。他认为练习打枪可以，这到战场上用得着，连队那一套紧张生活就不必要了。指导员看着他那股倔强的样子，一时难以完全说服他，便耐心地对他说：“你才入伍不久，许多道理还认识不到，现在不明白的，以后你会慢慢明白的。”

……

漆黑的夜，突然传来一阵尖厉的枪声，熟睡的战士们“忽”地都爬起来了。室内黑得什么也看不见，气氛异常紧张。张映鑫一面穿衣服，一面忙问：

“班长，怎么回事？”

“有情况，要出发，快！”

“有情况，要出发……”可能是敌人来了，要打仗了。张映鑫心里一阵紧张又一阵喜悦。怎样出发呀？他手脚有些慌乱了，刚才的喜悦心情顿时消失了。他听到身旁的同志们都呼呼啦啦冲了出去。这怎么行，要打仗了，张映鑫怎么能落后呢！于是，他毛手毛脚地捆起背包，挎上饭包，也跟着冲了出去。一出门，全连都集合好了，他刚刚插入队列，部队就出发了。

夜很静，一支小部队在悄悄地疾进。到什么地方执行任务呀？敌人有多少呀？张映鑫走着想着，没走多远，捆好的背包慢慢地散架，在屁股上悠荡着，实在难以行走。他赶紧跨出行列整理一番，又跑步跟上。就这样，他一连整理了三次。到最后一次，他整理完毕，跟上队伍，全连就进入了阵地。指挥员下达了命令：

“准备战斗！”

张映鑫一摸，哎呀，糟糕，枪没有带来！这时，他才发现自己错了。马上要打仗了，没有带枪怎么行呢？首长经常讲，枪是战士的第二生命，随时随地都不能丢开它，我是怎么搞的！……张映鑫羞愧得一句话也说不出来。这时，他才深深体会到指导员的话多么重要。

演习结束了，张映鑫一头撞进连部，沉痛地向指导员说：

“指导员，我错了……”

指导员没有批评他，把他拉到跟前，安慰了一番，又给他讲了一些战斗故事，最后对他说："当一个真正的战士，可不那么简单，平时不但要学会一套过硬的本事，还要养成紧张的作风。只有这样，才能应付种种情况，打败敌人。"

三

张映鑫牢牢记住指导员的话，他又和先前一样活跃起来了。不论出操、上课，每次集合他都跑在前边，有时还请班长给他专门来个"紧急集合"，锻炼快的动作。

张映鑫勤学苦练的精神是惊人的。但是，他不注意帮助别人，只是一个人埋头苦练，同志们在班务会上对他提出批评，他却说："我们都是来革命的，各负其责，认真苦练就行了。什么老帮新呀，强帮弱呀，搞那么一套干什么？"

张映鑫呀，张映鑫，你这只才出窝的山鹰，经过的风险太少了，有许多平凡的道理你还不懂啊！

……

在平叛战场上，战斗打得很激烈。一股叛匪仗着居高临下的有利地形，疯狂地进行顽抗，拒不投降。副排长何廷荣布置好火力，从地上一跃而起："一班一小组跟我来！"说罢，就向对面山头冲去。但刚跨出几步，随着一阵密集的枪声，他打了一个趔趄，便倒了下去。

"副排长，副排长！"张映鑫高叫着，迅速爬向副排长，副排长说了几句话便牺牲了。张映鑫流着眼泪，紧闭嘴唇，睁大眼睛，端着枪，直着腰，向敌人踞守的山头冲去。

"张映鑫，卧倒，快卧倒！"班长在身后连声喊叫，张映鑫并不理会，只是一个劲儿地向前冲。低掠的子弹在他身边刺刺地响。班长几个箭步窜过来，一把把他按倒，伏在他的身上，就在这时班长负了伤。

战斗结束以后，张映鑫非常难过，他走到班长身边，沉痛地说：

"班长，都怨我，我对不起你！"

"这有什么？打仗嘛，免不了流点血。"班长没有批评他，只是淡淡地说道，"你想消灭敌人，想报仇，不怕牺牲自己，精神是好的。但是，也不能不讲战术，蛮干呀！毛主席说过，在战略上要藐视敌人，战术上要重视敌人嘛！”

“什么，什么？毛主席怎么说的，你再讲具体些。”

“这是毛主席教导我们的话，你怎么还没有听过？这句话的意思就是说，我们和敌人斗争，要有胜利的信心，要藐视敌人，敢于斗争，敢于胜利；真正和敌人面对面打起来，在每个战斗中，我们就要讲究战法，不能乱来。”

张映鑫听班长讲完以后，心里豁然开朗，他笑了笑说：“是啊，我就是在战术上没有重视敌人，当时只想报仇，连地形地物都忘记利用了。”说得全班哈哈大笑。

“班长，你为了救我，不怕牺牲自己，这个问题毛主席又是怎样讲的？”张映鑫又提出一个问题。

“毛主席也讲过，你看看《毛泽东选集》就知道了。那是万宝囊、金钥匙，什么问题都能帮助你解决。”

张映鑫果然找来一本《毛泽东选集》。他的文化水平低，有些字不认识，就请别人念：“我们都是来自五湖四海，为了一个共同的革命目标，走到一起来了……我们的干部要关心每一个战士，一切革命的人都要互相关心，互相爱护，互相帮助。”每当同志们念到这些文章，张映鑫总是用心地听着、想着：说得对呀，毛主席这些话简直是专门对着我说的。我们大家都是为着一个革命目标走到一起来的，是应该好好团结，互相帮助呀！革命是件大事，光靠几个人是不行的，要靠大家共同努力。我家翻身解放，还不是靠千千万万的同志奋斗得来的。这次我们连消灭那股叛匪，还不是靠大家配合。想到这里，他才意识到，以往自己不管别人，只顾自己苦练军事技术是不对的。一个人功夫练得再好也不能消灭所有的敌人呀！

四

寒夜。狂风漫卷积雪，满天飞舞。这时一个山坳的雪地上，突然钻出来一个战士，他抖抖身上的雪，脱下皮大衣，轻轻地盖在有病的新战士王志友身上。王志友马上发觉了。

“张映鑫，你不能老是这样，这样会把你冻坏的！我有一件皮大衣就够了。”

"盖上吧，你有病，我能顶得住。"

但是，王志友还是爬了起来，想把皮大衣还给张映鑫，张映鑫仍旧坚决给他盖上了。王志友只好含着亮晶晶的泪花睡去。张映鑫抱住肩头，坐在一块石头上，忍受着风雪奇寒的袭击。

他们在大雪山上伏击叛匪，今天这个山头，明晚那个山腰，不能搭建帐篷，不能生火取暖。原来计划十天完成任务，现在十天过去了，任务还没有完成，给养也快要用完了，于是同志们就喝稀饭，在这里坚持，决心干掉在这一带活动的一股叛匪。这样一来，身体差一些的同志就有些顶不住了，王志友就是其中的一个。

风小了些，层山尽处泛起一线白色，寒星抖抖索索眨着眼睛。这是一天中最冷的时刻。张映鑫穿着一身棉衣，蹲在雪地上，经嗖嗖晨风一吹，棉衣仿佛像一层薄纸，浑身寒噤噤地打战，双脚又麻又疼，好像马上就要掉下来。他有些支持不住了。这时他突然想起毛主席著作上写的："我们大家要学习他毫无自私自利之心的精神。从这一点出发，就可以变为大有利于人民的人。一个人能力有大小，但只要有这点精神，就是一个高尚的人，一个纯粹的人，一个有道德的人，一个脱离了低级趣味的人，一个有益于人民的人。"

张映鑫立刻振作起来了。看看身边盖着两件皮大衣熟睡的战友，他笑了。他站起来，跺跺脚，伸开两臂，迎接即将来临的红彤彤的暑光。

开饭了，一锅炒面稀糊儿摆在战士们面前。张映鑫吃了小半碗，照例用手按着肚子，猫着腰走开了。同志们不解地望着他。

中午时分，一个战士骤然发现山间大石缝里有个人影在蠕动，他赶紧悄悄向这个地方靠拢。来到跟前一看，原来是张映鑫躲在里边，在大把大把地吞嚼着野菜。这些天来，张映鑫一直不爱吃饭的"谜"一下子解开了。这个战士猛地跳过来，一把抓住张映鑫，眼泪簌簌地流了下来。"张映鑫同志，为了大家，你也不能这样呀！有困难咱们大家忍受，大家克服，你这样做，我们的心怎么过得去！"

五

针对印军的侵略，我军被迫进行自卫反击。

密林深处有一支边防部队，冒着炮火迅速向前跃进。当他们离敌人入侵据点只有百十米时，突然停了下来，等待着反击的信号。

走在最前边的一个战士就是张映鑫。他目不转睛地注视着前边，严厉的脸色透出一丝微笑，这是他最近一个时期的第一次微笑啊！这些天来，他亲眼看到印军向我国境内步步紧逼，蚕食我国领土，不断开枪打死打伤我边防人员，他愤怒极了。在班务会上，他几次愤怒地说：“印军欺人太甚了，为了和平解决中印边界问题我国一忍再忍，一让再让，他们不但不响应我们政府的建议，坐下来同我们谈判，反而越来越疯狂了，越来越嚣张了，难道我们怕他们不成？”他几次要求出击，反击侵略者：“我是来保卫祖国的，现在我们的国土被侵略者大片大片地侵占，我们的战友被侵略者开枪打死，我们为什么还不打？他们侵占我们的领土，就是割我们身上的肉；打死我们的战友，就是打死我们的亲兄弟，我们再也不能忍让了，我们要报仇！”但是，他的几次请求，上级都没有答应。虽然他坚信，党的决定是正确的，不让反击，就坚决不动手，但是他对侵略者的憎恨却一天天地增加。今天上级决定反击，他怎么能不打心眼里感到高兴呢！更加高兴的是，上级把突击班的任务交给了他们。他是副班长，带领第二战斗小组，担任了突击班突击组的任务。

时间过得是那样的缓慢，张映鑫再一次检查了班里战前的准备工作，然后，又对同志们再一次嘱咐道：“同志们，不管怎么样，就是剩下一个人、一口气，我们也要反击上去，狠狠地教训侵略者，为祖国增光，为毛主席增光，为死难的战友报仇。要是我牺牲了，李代良代替我指挥，你们一定要服从……”

他的话还没有讲完，副教导员杜玉德同志来了，问他们准备得怎么样，有没有信心反击上去，清除掉入侵者的据点。张映鑫一把拉住副教导员的手，咬了咬牙说：“副教导员，你放心，反击不上去，我不回来见你！”全小组的同志几乎同时迸发出这样一句话：“对，这就是我们的决心！”

时间在一秒一秒地过去。

钢铁般的勇士们，焦急地等待着发起反击的信号。突然，两颗红色信号弹腾空而起，划破了碧蓝的天空。

我军的炮火轰鸣，敌军阵地上弥漫着硝烟。

“冲啊，同志们！”张映鑫大叫一声，猛地跃起，像猛虎下山一样，向入侵敌军的据点冲去。

身后的同志用密集火力掩护他们。

冲啊，报仇的时候到了！

冲啊，为了祖国的尊严！

张映鑫他们像出鞘的利剑，放射着耀眼的寒光，向着侵略者的胸膛刺去。荆棘挂破了他们的衣衫，刺破了他们的手脚；低掠的子弹在他们身边刺刺地响着，他们不管这些，只是一股劲地向前冲去，一下就冲到了入侵敌军的前沿阵地。

张映鑫和第二战斗小组的同志们来到第一个地堡跟前，他们巧妙地把手榴弹投入进去，只听一阵轰响，地堡垮了。刚才还在进行疯狂射击的侵略者，现在再也听不到他们的枪声了。

张映鑫和同志们又冲向第二个地堡，一阵手榴弹炸响，又摧毁了这个地堡。

张映鑫越战越勇，浑身是劲。带着第二战斗小组的同志们，在硝烟弥漫中又向第三个地堡冲去。

哒……哒……张映鑫刚跨过第二个地堡，不料身后这个地堡里还有残存的敌人，他身子一歪臂部负了伤。他扭回头一看，只见第二个地堡的一个洞口疯狂地向外吐着火舌，这个洞口比较大，可能是敌人钻进钻出的洞口。

敌人的疯狂射击，把全组的同志压在地堡周围不能动弹。眼看后续部队就要冲上来了，怎么办呢？难道让这个小小的地堡挡住我们反击的脚步吗？不，绝对不能！张映鑫拉出一颗手榴弹，投了进去，地堡里面的敌人吓得怪叫一声，抓住手榴弹又投了出来，手榴弹在地堡外边爆炸了。

侵略者的机枪又响了起来，打得周围的石块土屑飞溅。张映鑫又抽出第二颗手榴弹，拉响导火索，让手榴弹在手上停留片刻，才投了过去。但是，因为双方相距太近，又被敌人扔出来，爆炸了。

啊，不好！后续部队已经冲上来了。这时烟尘滚滚，枪声震耳，只要再过片刻，后续部队冲到这里就要陷入前后两座地堡火力夹击的严重境地，那样就不知有多少战友要流血，要付出多少宝贵的生命！

张映鑫迅速从弹袋里拉出第三颗手榴弹。这是最后一颗手榴弹了，它在地堡里爆炸，就能消灭地堡里的敌人，解除威胁，打开冲击道路；如果手榴弹再被反投出来，全排战友就要受到杀伤，冲击道路就不能立即打开！张映鑫一咬牙，拉开了导火索。手榴弹冒着烟在手上嗤嗤地响，他猛然一跃而起，嗖的一声，把手榴弹扔进地堡，紧跟着猛扑上去，用双腿把洞口堵得严严实实的……

轰的一声巨响，手榴弹在地堡里爆炸了，呛人的硝烟从枪眼里冲出来。张映鑫在硝烟中倒在地堡旁边。

张映鑫虽然双腿负了重伤，但神志还很清醒。他担心地堡内万一还有残存敌人，火力再次复活。他忍受着伤痛，挣扎着举起冲锋枪，猛扣扳机，一串愤怒的子弹，向地堡里泻去……

部队胜利突破了印军前沿阵地。张映鑫的英雄行为激励着战友们，战友们齐声高喊着："为张映鑫同志报仇！"向纵深冲去。

一班副班长唐焕章双手把张映鑫抱进堑壕，急忙动手为他包扎。张映鑫推开战友的双手说："不要管我，我的伤不要紧，我的任务还没有完成！"张映鑫脸色铁青，目光炯炯地注视着前方，双手支撑着大地，几次想站起来，但是，他的两腿已经被炸断了，怎么能站得起来啊！

副教导员杜玉德同志上来时，张映鑫一把拉住他，眼泪汪汪地说："副教导员，战斗还没有结束，我没有完成任务。"

这位经受过战争考验的老战士杜玉德同志，以往打过多少次仗啊，从来也没有掉过一滴眼泪，这时却不禁两眼满含泪花，紧紧握住这位可敬可爱的战士的双手，颤动着嘴唇说："不，你完成了任务，完成得很好！"

六

在我军主动后撤的路上，部队经过西藏山南某地，九连的同志们来到烈士陵园扫墓。大家肃立在一座墓前，心情沉痛地望着墓碑上的字迹："边防某部九连二班副班长张映鑫之墓。"

战士们默默地悼念着这位英雄。这时，碧蓝的天空，没有一丝云彩，显得特别深邃湛蓝。

雅鲁藏布江翻滚着雪白的浪花，像一条永无尽头的哈达，在张映鑫同志墓前日夜不停地奔腾着……

江水流不尽，

哈达照丹心。

炸碎敌堡平烈火

一

一个战士，双手拿着一张报纸，用心地读着，报纸严严实实地遮住他的面孔。他全部的精神都贯注在那张报纸上了，周围任何声响都分散不了他读报的精力。他一字一句地读着，只见他拿报纸的双手，不断地在抖动，他被激怒了。过了一会儿，他猛地将报纸向身旁一扔，双眉紧紧拧在一起，举起拳头使劲地向空中一击："他妈的，又打死了我们好几个战友，难道我们中国人民是好欺侮的吗！"

他攥着拳头，呆立了一会儿，气冲冲地向连部走去。

"指导员，为什么还不反击？难道我们的国土随便叫人家占领，我们的阶级兄弟可以随便叫人家杀害？！"

指导员孙光明抬头一看，来的这个战士不是别人，正是九班班长、共青团员谢道银。他是个老兵，1958年入伍，家住四川仁寿县，是个贫农的儿子，在旧社会受尽了剥削和压迫，解放以后才过上幸福的生活。入伍以来很少说话，很少耍脾气，成天只是埋头工作。行军他抢着背东西，累得上气不接下气，从不掉队。营建房时抬木料，总是抬大头，抬起来就一溜烟似的小跑，谁要是劝他，他总是笑眯眯地说："累啥子？"又抬着木料一个劲地向前走去。你别看他平时少言寡语的，打起仗来却有一股虎劲。指导员还清楚地记得：有一次他们在海拔4000米以上的一个地区执行任务。当时，正是寒冬，遍地冰雪。一天下午，得到情报说，当晚可能有几个叛匪来抢劫群众的牛羊。于是天擦黑以后，孙指导员就带领几个战士——其中就有谢道银，翻穿着皮大衣，在雪地上打伏击，一趴就是几个小时。高原上的寒风卷着雪花吹打得他们手脚发麻，穿在身上的棉衣和皮大衣，好像是只披了一件单衣那样单薄，一个个眉毛上都凝结了一层冰花。几个叛匪赶着一群牛羊，在雪地上摸索着、贼头贼脑地过来了。指导员碰了谢道银一下，叫他做好准备，其实这个小伙子早已捏紧拳头，屏住呼吸……叛匪来到面前了，孙指导员大喊一声："上！"谢道银和指导员同时跃起，冲了上去。牛羊全都被截获回来，归还群众了。事后你要是叫谢道银说说当时的经过，那就难了，他好像什么也说不出来，仍然是少言寡语的。今天，他以这样大的火气连珠炮似的说话，的确少见。

指导员想着这一切，仔细端详着面前这位可爱的战士，只见他脸色涨紫，气愤使他脸上的肌肉颤动着。指导员很理解这个战士的心情。他觉得，在目前印军步步进逼的情况下，产生这种情感是必然的，这正是一个战士爱憎分明的表现。但是，他又觉得，这也是一种急躁情绪的表现。于是他把近一个时期我国政府的声明、外交部的抗议和《人民日报》的社论等文章精神，向这个战士讲述了一番，最后说："当然喽，我们是希望侵略者悬崖勒马，停止侵略和挑衅，争取通过和平谈判解决边界问题。如果他们不这样做，继续向我们进逼，为了自卫，那就只好反击了。现在嘛，我们只能抓紧一切时机苦练硬功夫，做到一声令下，立即出动，着急有啥用呢？"

这一番话对谢道银启发很大，他回到班里练兵的劲头更大了。除了正式操练以外，饭前饭后也领着全班瞄几枪。吃过晚饭，连里没有什么活动了，他便向排长提议："怎么样，是不是出去跑跑？"只要排长说一声"可以"，他就把上衣一脱，带上全班跑出去，一跑就是十来里，累得浑身是汗。他有几个刺杀动作不熟练，一有空，就拉住排长找个僻静地方，对刺起来。他常对班里战士们说："保卫祖国，光靠觉悟还不够，还要有过硬功夫！你们没有看过电影《南征北战》吗？敌人和我们同时抢占一个山头，结果我们来得快，先到山顶，敌人抓了瞎。要是我们没有硬功夫，敌人先占住山顶，岂不麻烦啦。"

二

1962年10月20日凌晨，侵略军在中印边境全线向我边防部队发动了大规模的军事进攻，我边防部队被迫进行自卫反击作战。

谢道银带领全班接受了架桥任务，替全连开辟道路。他们扛着木板飞快地冲向河边。河面并不宽但是河水流得很急，浪花一个接一个，活像一群不驯服的野兽，号叫着向前奔去。谢道银他们来到河边，哗哗啦啦，冲进激流干起来。晨风向他们袭来，寒流冷入骨髓，他们七手八脚忙个不停。

糟糕！木板太短，伸不到头，怎么也架不起桥来。他们想了几个办法都失败了。正在这当儿，部队已经冲了上来。尖刀班扑扑通通从河水里冲了过去，被溅起的白色水珠打在他们脸上。谢道银站在河水里愣怔地望着冲上来的部队，心想：还架什么桥啊！他急令全班摔掉木板，在河里一字排开手拉手直伸到河对岸，立刻在河水里拉起了一条“扶手”，让冲击的部队扶住他们冲过河去。汹涌的河水冲不开这条水中的“扶手”，凛冽的寒风也吹不倒这条拉紧的“扶手”！

三

印军阵地是由几十个地堡组成的，各堡之间用堑壕相连，并且配备着相当强的火力。二连一冲进去，便展开了一场恶战。爆炸声、枪炮声响成一片，像锅内爆豆一般。

“同志们，冲呀，报仇的时候到啦！”谢道银遵照首长的命令等冲击的部队过去后，便带领全班，跨上河岸，勇猛地向前冲去，湿淋淋的衣服上还不停地向下滴水呢。

谢道银冲进印军阵地，硝烟尘土挡住了视线，只听南边枪声十分紧急，便带着机枪组冲了上去。

谢道银带着机枪组猫着腰向前冲击，突然“噗噗”，一排子弹落在他们的周围。他定睛一看，前边有两个印军地堡拦住了去路。地堡修得很低，上面覆盖着一层青草，像是一个坟墓，若不仔细观察，着实很难发觉。

“同志们，掩护！”谢道银大喊一声，抓起手榴弹，巧妙地躲过印军的火力，冲到第一个地堡跟前，拉开弹弦，在手上停了片刻，嗖的一下投入地堡。轰隆一声巨响，地堡飞上了天。接着，他又用一颗手榴弹炸掉了第二个地堡。

"冲呀！前进！"

谢道银一边高呼，一边飞快地向前冲去。机枪组的同志们动作机灵，紧紧地跟着他。

跨过一条堑壕，谢道银发现有一个战友躺在那里，他俯身一看，原来是杨秀洲，已经牺牲了，顿时一阵悲痛涌上他的心头。杨秀洲是他的同乡，两人一起入伍，入伍后又一直在一个连队里工作……复仇的怒火燃烧着谢道银的全身，他气得胸膛简直要炸了，不禁恨恨地说："侵略者，你们又欠下一笔血债，等着我复仇的子弹吧！"

谢道银他们向前冲了不远，只见连长、指导员和一、二排的同志都朝一个印军地堡射击。这个地堡很大，修得也特别坚固，几次爆破都没有成功。周围的几个地堡都在用火力掩护它。看样子印度侵略军想仗着这个地堡坚守他们的阵地。"干掉它！"谢道银脑子里闪过这个念头，立刻在同志们的掩护下冲了上去。他向那个地堡投过去一个手榴弹，地堡里的机枪停止了射击，但过了片刻，那机枪却又疯狂地喷吐着火舌，周围的地堡群也同时疯狂地射击起来。谢道银恨不得一脚踢碎这只"乌龟"，恨不得踏平周围的地堡。他眼睛瞪得圆溜溜的，气愤地从弹袋里掏出一个弹夹，使劲往冲锋枪上一安，转身从一个烈士身上抱起一包炸药，愤恨地说："我就不信干不掉它！就是铁疙瘩，我也要把它砸烂！"他紧咬牙关，死死地盯着那个大地堡。这个平时说话不多的战士，这时却变成了一个铁骨铮铮的人。他的身躯似乎比平时高大、魁梧了许多，只见他右手端着冲锋枪，对着地堡射孔，哒、哒、哒地射击着，左手抱着一包炸药，像一座大山一样向侵略军压去。

谢道银这个举动鼓舞了全连所有的同志，连长在身后高声疾呼："谢道银上啦，掩护！"

谢道银在同志们的掩护下，踏着飞扬的尘土，向入侵印军的地堡冲去！

敌人为了挽救即将灭亡的命运，也疯狂地射击着……

低空的子弹从谢道银耳边嗖嗖掠过，但他不管这些，只是一个劲地一边射击一边猛冲。

好！接近地堡了。谢道银用熟练的动作把炸药包迅速地靠在地堡上，拉响导火索，然后一个翻身，滚到一个洼坑里。

火光一闪，一声轰响，地堡塌了。

“炸得好，炸得好！”全连的同志们一片欢呼，眼睛里放射出胜利的光芒。

随着爆炸声，谢道银站起来正准备冲过去抓俘虏，突然一个东西沉重地打在腿上，他踉跄了一下。经验告诉他，这是负伤了。但是，他没有管这些，一直冲到已塌的地堡洞口，端起冲锋枪，用英语喊了几句话，地堡内残存的印军举起双手，战战兢兢地走了出来。这些俘虏中，有中校营长、少校副营长和上尉、少尉军官各一名，原来这个地堡是印度侵略军的营指挥所。蛇无头不行，敌人失掉指挥首脑，乱作一团，在溃散中被我全歼。

风吼火炽

一

反击战开始了。防化兵一连长途奔袭四天四夜。冯德根本来是油料兵，这时他主动和喷火兵换装。喷火兵一个人的全部装备再加上随身携带的粮食有60来斤，而油料兵不过40来斤。他说，为了战斗时保证喷火兵有充足的精力，行军时就要减轻他们的负担。

行起军来，冯德根跑前跑后，很是活跃。见谁走不动了，就帮助他扛点东西。有时还喊上几句鼓动口号。有时见大家口渴了，就跑到前边，下到河底舀些水来，端着水站在路边上，过来一个喝一口，最后，全连都过完了，他又跑着跟上来。

有一天，他们爬一座大山，山腰里百树丛生，有些地方树枝纵横交错，密得连人都钻不过去。冯德根就和大家一样，踏在树上，抓住这一枝，跳上那一枝地向前跃进。他们背有60来斤的东西，有时遇上绝壁，他们就人顶人地爬上去，然后再从上边递下一根竹竿，下边的同志抓住竹竿像拔吊竿一样爬上去。说起来也真惊人，冯德根负重60来斤，两三人高的绝壁，他抓住竹竿"哧溜哧溜"一声就上去了。这天他们穿的是单裤，还没有到山顶，裤腿已经被树枝挂得破烂不堪，成了布条条，小腿上也被树枝划出一道道血口。同志们疲劳极了，这正是关键的时候，要是牙关稍微咬得不紧，就会掉下来。冯德根看到这个情况，马上喊起鼓动口号："同志们，鼓起干劲向上爬呀！实现我们决心的时候到了！"同志们顿时精神抖擞，一个接一个向山顶冲去！

第四天晚上，冯德根几乎坚持不住了。要知道，他背着60来斤的东西，四天四夜一直没有叫人换过，有时还帮助别人，着实够呛。这时，他走起路来，两腿也不大听指挥了，不住左右摇摆。喷火兵杜炎臣跑过来夺他的喷火器，他无论如何也不给。“算啦，留着你的力气打敌人吧！我累一点不要紧。”到底他还是背着喷火器，一直到了目的地。

二

战斗打响后，喷火兵立刻反击上去。冯德根带着一个战斗小组，“走，同志们，哪里有喷火兵，哪里就得有油料！不能叫他们有枪无弹！”他们一手拿着油桶，一手拿着冲锋枪向前冲。正行间，忽然印军的炮火向他们压过来，冯德根戴的军帽被打穿几个窟窿。他沉着地喊着：“同志们，我们要坚决完成任务，剩下一个人，有一口气也要完成任务！”他的话刚落音就机智地向右一插，爬上一个山坡，带着他这个战斗小组，巧妙地避开了敌人的火力，跨过一条小河，来到了目的地。

六班第二喷火器小组9瓶油已经喷出了8瓶，正在发愁，一见他们到了，高兴得直叫：“来得好！来得好！快装。”装过以后，还剩一瓶油，冯德根独自一人，又冒着炮火，把它送到六班第一喷火器小组。在返回的路上，一个印军军官举枪向他射击，他立刻扣动扳机，消灭了这个家伙，还缴获了左轮手枪一支。你看，他多机智！

三

在反击战中，印度侵略军仗恃着居高临下的有利地形，不断向我军射击，我步兵被压在下面上不去。指挥员决定用喷火器。在这以前冯德根已经由油料兵改为喷火兵。他拿着喷火器来到印军阵地的前沿下边，在公路外侧的沟坡下边，先“哔”的一声向敌人的方向喷了一枪，一团熊熊的火焰夹杂着浓烟笼罩了前沿，遮住了印军的视线。冯德根趁这个瞬间，抬头向印军阵地望去。只见在公路里侧一条20多米长的天然水沟里，趴着20多个印军，其中一个军官模样的人，脖子上挂着望远镜，惊慌失措地在指手画脚。哎呀，好险，幸亏刚才没有硬冲上去。要是冲上去，这么长的阵地，怎么能堵住他们的枪眼呢？

冯德根看清了印军的阵地，马上回过头来，向左一移，举起喷火器冲着印军阵地一扣扳机，一团怒火呼叫着喷射出去，敌人叽里呱啦地乱了起来，有的浑身是火，抱头鼠窜；有的惨叫着。这时，冯德根清楚地知道，他只有一瓶油了，这一瓶油喷出去，一定要把这股敌人烧光，不然，步兵同志们反击上来还要受阻。于是，他跳上公路，端起喷火器，朝着沟壕由下而上地横扫着喷过去……步兵同志们吼叫着冲上来了，像风在怒吼，像烈火在燃烧。

赤手空拳捉俘虏

太阳一露头就照在雪山下面的一个小平坝上，平坝上一缕炊烟袅袅升起。在这里烧火做饭的是一位班长。他看看身旁的干柴不多了，做不熟一顿中午饭，就向架着几顶帐篷的方向喊了一声："邓国钦，你上山捡些干柴去，要不，连中午饭都煮不熟。"

邓国钦从一顶矮小的帐篷里钻出来，随手拿了一根绳子走出去。他身材不高，长长的脸上有一对灵活的眼睛，看起来非常机灵。

邓国钦是边防部队某部二机连九班战士。这几天反击战进展得十分迅速，兄弟部队打到前边去了，这一带还有一些溃散的入侵印军。邓国钦他们这个排驻扎在这里，就是为了搜捕隐藏在这一带的零星侵略军。一早，全排都出发到深山老林里去了。他们班留在这里，一方面看守驻地，同时也给全排做饭。

邓国钦把绳子拴在腰间，回头对班长说了几句话，径直向一座朝阳的山坡走去。这里满山遍野都是青杠树、杜鹃树，还有竹子和松柏，虽然是冬季，仍然一片翠绿，只有山的顶端才有一点积雪。翠绿的山冈配上山顶的积雪，在阳光照耀下显得十分明朗雅洁。但是，邓国钦却无心欣赏这一派风光，他似乎有满腔心思。只见他低头不语，慢慢向山上走去。

走着，走着，他从口袋里摸出一封家信，看了一眼又装进口袋里，暗暗地想：唉，不是走在后边，就是留守，什么时候能够打上仗能够实现决心啊？他一边走，一边想，思想像波涛一般起伏。他极力抑制自己：不要想这些吧，还是拾柴要紧，这是眼前的中心任务。在他看来，不抓几个俘虏，不消灭几个侵略军，不算实现决心。

邓国钦独自一人在山间密林里走着，不禁好笑起来：说过不想啦，怎么又开始想了。他迈开脚步，赶快向山腰干柴最多的地方走去。正走着，他抬头向山腰一看，发现有一个人影。他怔了一下，难道是印度侵略军？仔细一看，从衣服上辨认出果然是一个印军。

邓国钦心里一阵喜欢。好，实现决心的时候到啦。上去干掉他！但是，低头一看，自己浑身上下，除了一根绳子以外，什么武器也没有带呀！回去拿武器来？转身遥望山下，已经走出来好远了。回去再来，岂不是等于放跑侵略者，还实现什么决心啊？

邓国钦想来想去，最后决定，不能后退，上去干！既然碰到了侵略者，就不能放跑他。只要随机应变，说不定还可以抓个活的呢。想到这里，邓国钦浑身像一团烈火在燃烧，胳膊腿显得分外有劲。他把棉衣脱掉，浑身上下一身单，在地上捡起一块石头，紧攥在手里，猫着腰，在密林里悄悄地向前移动。当离这个印军大约有200米时，邓国钦突然发现，那里并不是一个印军，而是三个。那三个人背对背坐着，不住地四下张望。

一个人赤手空拳能对付三个印军吗？邓国钦有些犹豫了。他不禁回头看看山下，心里思量：现在离班长他们更远了，而离三个印军只有百来米，要是跑回去叫班长他们来，三个家伙跑掉了那才“冤枉”哩！我们经常说，向侵略者讨还血债，现在碰到了侵略者，还等待什么呢？邓国钦一咬牙，下了决心：干！我是毛主席的战士，我是穷人的子孙，我要做硬骨头，在任何反动派面前不能低头！

邓国钦主意已定，便向三个印军的左侧爬去。因为，第一，从那里攻击可以给入侵印军来个出其不意；第二，那边草窠很深，容易隐蔽接近。

邓国钦穿着一身单衣，雪山上的风呼呼地吹个不停，他却一点也不感到冷，只是聚精会神地向前爬。树枝荆棘挂破了胳膊，血慢慢地向外渗。地上的积水湿透了衣服，冷风吹来侵袭着皮肤，邓国钦不管这些，只是向前爬……

当离印军30来米时，邓国钦忽然又发现印军不是三个，而是四个。这一次他看得十分清楚，是四个人，其中一个还是军官，戴着一副黑眼镜，靠着一棵松树坐着，大腿上放着一支手枪，乌黑发亮，他神色不安地四下打量着。

邓国钦这时十分冷静，刚才犹豫的心情一点影子也找不到了，精神集中到了顶点，心想：四个就四个，反正马上就鼻子碰鼻子了，看谁硬过谁吧！

这里的杂草齐膝，邓国钦钻在里边，被盖得严严实实的。他又仔细观察了一下周围，的确只有四个人。他爬的方向正巧对着那个中尉军官，心里不禁一阵欢喜：这样正好，“擒贼先擒王”嘛！他轻轻地向前爬着，草窠里有一根细小的干树枝也要拨开，免得折断发出响声。

离印军只有几米了……邓国钦突然从草窠中跃身而起，冲到那个印度侵略军军官面前，扬起石头对准其脑门，炸雷似的用英语喊道：“举起手来，缴枪不杀！”

那个印军军官只顾仰着脸向前张望，哪料到从脚下草窠里突然跃出这么一个浑身上下穿着一身单衣的勇士，嗖的一下来到面前，这简直是从天而降，吓得他把左轮手枪抖掉在地上。

邓国钦眼疾手快，抓起手枪，对准印军军官的胸口。印军军官吓得哆哆嗦嗦，乖乖地把双手举过头顶。旁边的三个侵略军士兵也吓得呆若木鸡，瞪着眼，张着嘴，一动也不敢动。在这万分紧急、万分短暂的重要关头，邓国钦非常冷静机智。他想：那三个印军士兵为什么不举手呢？啊，对了，我刚才说的是英语，印度士兵不懂英语。于是，他又用印度语大喊一声：

“举起手来！”

三个印军士兵也乖乖地举起了双手。邓国钦看到那三个印军士兵身上有枪，他想去缴过来，但又一想，不行，我只有一个人，虽然现在有了一支手枪，但不能和他们靠得太近，太近了扭在一起，就难以对付了。邓国钦作了决定：不缴三个印军士兵的枪，也不叫他们把手放下来；让那个印军军官走在前边，三个印军士兵举着双手一路纵队跟上，自己拿着左轮手枪走在最后。就这样，他威武地命令四个俘虏向山下驻地走去……最后的结局是一个人抓了四个俘虏。

猎 手

有位猎手叫王忠金，他有一双好眼睛，还有一手好枪法。他是某部五连有名的神枪手。论枪法，当然是十拿九稳。连队里的战士把他说得挺神乎，说他不仅在狩猎时是个好猎手，而且在自卫反击作战中，也是个好猎手。他用25发子弹，消灭了17名印军。有的战士说，本来该是一粒子弹消灭一个印军的，但因为中途王忠金负了伤，所以命中率才降低了，“飞”了8颗子弹。说这话的人，有些替王忠金惋惜哩，而王忠金何尝不感到内疚呢！

一个好猎手，自然要有一手过得硬的好枪法，可对王忠金来说，并不仅仅是这样。他苦练过枪法，而且还苦练过那双眼睛。没有一双好眼睛，就不会有一手好枪法。

1961年的冬天，王忠金和一些同志被派到草原上去打猎，他是从练枪法、练眼睛开始，去执行狩猎任务的。草原上，是一片茫茫雪野，头一天出去打猎，王忠金发现了几只野羊，心里乐得直跳，正要举枪射击，突然一阵狂风夹杂着雪粒扑打过来，使他吸了一口冷气，好半天才睁开眼。可是，野羊早已跑得无影无踪了。风，成了猎手们的对头。

晚上，当猎手们围坐一起谈狩猎的经验教训时，不少同志主张戴风镜解决狂风给打猎带来的困难。王忠金却不同意这个做法，他说：“要是打起仗来，吹着迎面风，敌人冲过来了，没有风镜怎么办？我看现在正是练硬功夫的好机会，还是锻炼吧！”

以后，每天外出打猎，王忠金总是不戴风镜。他看到在草原上生活的藏族牧民和猎手，迎着狂风放牧、打猎，从来不戴风镜。心想：只要习惯了，一定可以练出像藏民一样不怕风暴的眼睛。刚开始他的两眼被风吹得流泪，肿得像两只桃子，但他仍坚持着锻炼。别的同志劝他：“王忠金，这不是打仗还是把风镜戴上吧！”但是，王忠金却说：“坚持锻炼，一定会习惯的！”

王忠金迎着风暴锻炼了20多天，虽然猎获的猎物很少，可是他的眼睛终于适应了多风的环境，再也不红肿流泪了。当大风一来，他的眼睛马上闭住，风沙一过又立即睁开，猎物在这短暂的瞬间想从他的眼中溜掉是不可能的。

草原上的气候瞬息万变，一会儿飘雪，一会儿晴天。在这种天气里，王忠金他们在雪地里追逐野兽，一会儿满身雪花，一会儿一身冰水，把棉衣渗得透湿，经风一吹，浑身上下简直变成了冰“铠甲”，裤腿上还冻结着许多小石子，走起路来互相摩擦，沙沙作响，实在有趣。晚上，王忠金用棉被裹起踩了一天冰雪的脚，总结着一天打猎的经验。回忆被击中的山羊是在什么天气和地形情况下出现的，瞄准点在什么地方，弹着点在什么地方，以后遇到类似的情况应该怎么办。有时打到一个猎物，他就当场在雪地里蹲下来，看看弹着点，总结一下经验。

有一次，王忠金遇到一只大熊。他连开两枪，都未击中要害。熊张着大嘴嚎叫着向他猛扑过来。他一闪身子，熊窜到身后的山洞里去了。当时他就想，这要是一个拿枪的敌人岂不糟了，牺牲事小，让敌人攻过来可是件大事。从此，王忠金就把野兽当作敌人打，想尽一切办法，力争一枪命中要害。这么一来，瞄准就要更精确才行。一只野羊，本来目标就不算太大，在很远的距离上，要击中它的要害，当然是很不容易了。但是，王忠金并没有泄气。在狩猎期间，一块奇形的石头，一只掠空而过的飞鸟，他都不放过瞄准的机会。可以说，他成了个“瞄准迷”。打猎中，他还研究各种动物运动的规律，准确选择要害进行瞄准。有一次，他曾用十发子弹击毙了九只野羊，而且子弹都是击中野羊的前胛或脑袋。

半年多的狩猎生活，王忠金练就了一手好枪法和一双不怕风雪的好眼睛，成为部队里有名的猎手。

王忠金是个好猎手，这在中印边境自卫反击作战中，充分地证实了。他的射击技术经受了一次严格的考验。

一天，印军向我边防部队的阵地发动了进攻。阵地前面是一片茂密的森林，印度侵略军隐蔽地接近了五连的阵地。这时，王忠金突然发现一个印军躲在一棵大树背后，他警觉地喊道：“注意，敌人来啦！”他一边喊着，一边迅速地在一棵大松树背后卧倒。只听见“啪啪”两响，子弹嗖嗖打了过来，身后的副班长蒋平国和战士杨朝顺负了重伤。几个战友急忙跑过来包扎。王忠金看到自己的同志负了伤，心里非常难过，他回过头来对副班长和杨朝顺说：“你们好好休息吧，我一定给你们报仇！”王忠金伏在地上，端起枪捕捉着目标。

王忠金闪动着一双明亮的眼睛，透过密林的缝隙，看见一群印军在蠕动着，有时只能看到几个脑袋晃来晃去。王忠金看到这种情景，心里暗暗骂了一句：“好狡猾的家伙，再隐蔽也饶不了你们！”他把枪托顶住肩窝等待着击发的好时机。过了片刻，那群印军以为没有人发现他们，便悄悄地爬了过来。几个脑袋在一条林间缝隙里出现了。王忠金扣动扳机，砰！砰！砰！连发三枪，只见三个家伙胳膊一伸，趴在那里不动了，其余的调转屁股连滚带爬地逃了回去。

王忠金正准备欠起身来，观察一下有没有埋伏下来的印军，忽然九班长邓东森喊道：“王忠金注意，你那棵树背后有印军！”

王忠金警惕地紧紧依托在大树的这一边，侧脸斜瞟了一眼，果然有一个印军在他依托的这棵松树的另一面，一伸头，又缩了回去。估计很可能就是这个家伙开枪打伤蒋平国和杨朝顺的。刚才他趁着王忠金他们一齐向那群印军射击的机会，偷偷摸摸钻到我们阵地前沿来了。

王忠金看到这个贼头贼脑的家伙，恨不得用刺刀捅了他，给副班长报仇，可惜一闪身，这个家伙又缩回去了。他和这个印军只隔着一棵松树，一个在这边，一个在那边，距离这样近，就是打不着，心里急得直冒火。这时，王忠金两侧的同志一齐向这个印军开火，打得这棵松树的树皮噼啪噼啪地落下来。

那个印军看这里待不下去了，转身滚到一条小土坎后面，顺着这条小土坎往回溜，一会儿伸出土坎半个脑袋，一会儿又隐没下去。王忠金咬着牙，端着枪，枪口顺着这条土坎慢慢地移动着、移动着，终于扣动了扳机，只见那颗脑袋顺着土坎晃荡了几下，就再也不见了。

印军的进攻被打下去了。印军的阵地不断发出零零落落的枪声，看样子像是给他们自己壮胆，也像是麻痹我们。这时王忠金心里想：我应该换位置啦。在这个位置上已经干掉了四个印军，晚一会儿，他们发动进攻，一定会集中火力打这个地方。他提起枪，猫着腰，向右移动了五六米，在一条竹子茂密的土坎前边，迅速趴了下去，监视着前方。他刚趴下，突然意识到身体暴露了，马上向下缩，就在这个当儿，啪的一声，他觉得耳朵发热，用手一摸，满手是血。王忠金的耳朵负了轻伤。

这时，印军在一个中校营长逼迫下，用各种火力掩护着，又向我军发动了进攻。有十来个印军走在最前边，拨着树枝，号叫着向我五连阵地冲过来，后边跟着黑压压的一群印军。

王忠金一看，满腔愤慨，粗着嗓子喊道："同志们，狠狠地打，为烈士报仇啊！决不能让印军在我们的阵地上打开缺口！"

这次印军十分狡猾，他们不是从正面进攻，而是顺着一条土坎，想从右面突破我军阵地。"呸，想得不错！"王忠金啐了一口唾沫，目光炯炯地监视着印军的行动。一个印军的肩膀露出了土坎，他屏住呼吸，轻轻一扣扳机，那个家伙应声倒了下去。

王忠金越打兴致越高，就这样，他又干掉了5个印军。为了捕捉新的目标，他探头向前望去，正在这时，一排手榴弹朝他打来，他连忙把头伏下，只觉得前额好像被谁打了一下，他知道又负伤了。本班战士张国强爬过来，一面给他包扎，一面对他说："我看你还是下去吧，伤不算太轻啊！"排长谭忠林也说："你已经两次负伤了，还是下去吧！"

"不，伤不重，我还可以坚持，把我留下吧！"王忠金辩解着。排长看到有这样一个倔强的战士，怎不从心眼里高兴呢？

经过一阵激战，打退了印军的第二次进攻。

王忠金第二次负伤以后，头稍微有些昏沉。但是，他凭着熟练的枪法，又和同志们一道，打退了印军两次进攻，打死打伤好几个印军。

战斗胜利结束以后，同志们帮助王忠金算了一下账，一共打死印军13人，打伤4人。用了多少子弹呢？同志们把他剩下的子弹一数，啊，只用了25发。上级马上批准王忠金为神枪手。

这样一来，王忠金却不好意思了。他说："我哪能算神枪手？还有八发子弹落空了啊！"同志们立即拥过来带着宽慰的口吻说："那是因为你负伤了嘛！要不，一枪一个没有问题。"部队后撤不久，猎手王忠金又跟着其他同志一齐到草原上去狩猎了。这一次，他将练出更加过硬的本领……

卫生员罗章金

同志，你让我说个战斗故事？好，咱就说一个。这个故事发生在中印边境东段自卫反击作战的日子里，真人真事。你听我慢慢道来。

反击战开始啦。只见一个战士斜背一个红十字皮包，一股劲地向前冲。他一边冲，一边喊："同志们，冲啊！为烈士报仇的时候到啦！"

他一直冲到突击排，冲到了排长刘昌益的身旁。他和排长并肩跑着，气喘吁吁地说："排长，有什么任务，尽管交给我，保证完成。"

排长刘昌益扭头一看，原来是卫生员罗章金，心想：小罗真行，居然到我们突击排来了。说起小罗这可是全连有名的好同志，他1959年入伍以来，一向注意学习毛主席著作，几年来前前后后已经学习了几十篇文章，《纪念白求恩》那一篇他能闭上眼睛从头到尾背得滚瓜烂熟。他常说："我们做卫生员的应该好好学习这篇文章，做一个白求恩式的医务工作者。"他说得到，做得到，部队1961年冬季到藏北执行任务，过冰河时，他总是一趟一趟地背病号过河，有时过一道河他能来来回回背五六个同志，腿都被冰块划破流了血。现在刘昌益看到卫生员上来了，心里怎能不喜欢。他一面猫着腰向前跑着，一面说："你来得好，有了伤员，你快包扎，就这一个任务，别的，没啦！"

两人说话间，忽然，冲在前边的八班战士王国栋和敌人干上啦。他干掉了几个敌人，自己也负了重伤。罗章金眼尖得很，看到了这个情况，马上跑过去给他包扎。

刚包扎完毕，王国栋拉住他说："卫生员，你听，敌人还在打电话呢！"罗章金侧耳一听，果然在前面一个地堡里，电话机摇得哗哗响，叽里呱啦不知在说什么。

王国栋看看自己负伤的双腿，惭愧地说：“卫生员，很可能是印军在调兵遣将，准备再次向我们发动进攻，可是，我——”

王国栋的话还没讲完，罗章金急忙抢先说：“你负伤啦，动不得，我去干掉它！”罗章金拿出他平时治病时用的剪刀，飞快地向有电线的地方冲去。印军疯狂地阻击他的去路，他的右腿负伤了。但是，他不管这些，朝地上一滚，忍着剧烈的疼痛，很快就滚了过去，一把抓过来6根电线，咔嚓一声，一股强烈的电流通过他的全身，浑身麻了一下。电线全部断了。

印军失去联络，感到不妙，纷纷从左前方那个较大的地堡里钻出来，四处逃命。罗章金空着两手没有办法，他后悔刚才没有把王国栋的枪或者是手榴弹拿过来用，这时只见他急得高喊：“同志们，打！打！”

随着罗章金的喊声，各种武器一齐开火，企图逃跑的那伙印军应声倒地，再也不动了。

同志们又继续向前冲去。罗章金没有来得及查看自己的伤口，也跟着冲了上去。没冲多远，只见突击排排长刘昌益在前边负了伤，他几个滚身来到排长跟前，就要包扎。排长立刻拒绝道：“不要管我，不要耽误时间，我要指挥全排。”

排长不让包扎，急得罗章金心里直跳，他迟疑了片刻，忽然灵机一动，拉住排长说：“你不包扎，流血过多，那才影响指挥呢！”排长一听这话有理，忙说：“那你就快包扎。”

罗章金躺在排长前边，用身体掩护着排长，很快包扎完毕。一股为排长复仇的怒火，冲向心头，他微微欠起身来，向三排全体同志喊道：

“同志们，你们排长负伤啦，为排长报仇，冲啊！”就在这时，罗章金的腹部负了伤，头晕口干。他拿出救急包准备给自己包扎一下，忽然前边传来一个声音：“卫生员，卫生员，这里有伤员。”

他看看救急包也不多了，心想：还是抢救同志们要紧，我暂时不包扎，多流点血没有啥。于是，他猫起腰打算向前冲去，但是，还没有迈开脚步，只觉腰里一阵疼痛，身子立刻倒了下去。他查看一下腰部，马上明白了一切：伤势太重，不包扎一下是难以行动的。无奈，他只好用已经打开救急包的纱布，在腰间紧紧缠了几圈，仍然没有舍得用急救包中的药品，咬着牙，向前爬去……

在一条坎下，罗章金包扎了3个伤员。排长刘昌益又负伤了，罗章金吃力地爬过来给排长包扎。这时，刘昌益才发现罗章金已经两处负伤，却没有舍得用一个救急包，忙说：“小罗，你负伤了，为什么不包扎？”

罗章金看看排长，笑了笑，用恳求的口吻亲切地说：“排长，你是支部委员，我是共产党员，请你批准我这一行动吧！在这紧要关头，我应该首先保证战斗的胜利。”

“不行，必须包扎……”排长的话还没有说完，前面的战斗更加激烈了。刘排长转身向前指挥去了。罗章金也紧跟着冲向前去。不料这时他的右腿又负伤了，他咬着牙，向前爬行着。身后的战友们高声喊道：

“罗章金，你负伤啦，快包扎！”

罗章金手上拿着救急包，给自己包扎是非常容易的事，但是，这时他想的不是这些，他想到的是一个伟大巨人的声音，这声音早已刻在他心灵深处：“白求恩同志毫不利己专门利人的精神，表现在他对工作的极端负责任，对同志对人民的极端热忱。每个共产党员都要学习他。”

这个声音在耳边一响起，罗章金浑身是劲，他炯炯的目光注视前方，为自己这伟大的行动感到诚心的喜悦，又继续向前爬去。

他爬着，不停向前爬行着，子弹在呼啸，炮声在轰鸣。前面6米远又有两个战友负伤了，罗章金集中全力向这两个战友靠近。这6米距离，在平时，只用几步就跨过去了，但是，这时放在罗章金身上，比走千里万里还难。他一寸一寸地向前移动着……

到了，就要到了。赶紧为战友包扎呀，拿出救急包来，快拿出来。

罗章金往身上一摸，只有两个救急包了，他心里一阵紧张，怎么只有两个了，再有伤员可怎么办？但，又一想，也罢，先把这两个战友包扎起来再说。

罗章金终于跨过这6米长距离，来到两位战友身旁，为他们包扎起来。包扎完毕，他眼前一黑，晕了过去。

同志们都冲上来了，这股印军被我们全部歼灭了。指导员耿忠同志走过来，眼里滚动着激动的泪花，他扶起这位可爱可敬的战士——罗章金同志。罗章金微微睁开双眼，看到胜利就在眼前，又禁不住向大家喊道："同志们，冲呀，我们胜利啦！"然后，慢慢地闭上了眼睛，脸上挂着永不消失的笑容……

红霞从东方升起，照耀着这位红色战士。他永远屹立在祖国西南边疆，永远屹立在我们心上。

没有枪声的战斗

一场大雪，把四周的山岭盖得严严实实，大地一片银白。山坡上的杜鹃林，披了一身白雪衣，显得有些臃肿、粗大。在这万山丛中，有一个宽不过五百米、长约千米的场坝，它平平展展地被峰峦兀立的群山环抱着，异常绮丽。这里远离前方，成为中印边境自卫反击作战部队的临时补给站。许多物资在这里囤积着，一排排帐篷像朵朵盛开的雪莲；担任支前的民工和部队，使这座场坝变得热气腾腾，别有天地。

这些天，取得自卫反击作战胜利的部队，正按照我国政府的命令，主动后撤。住在这里的部队和民工，忙碌地做着后撤的准备工作。囤积在场坝上的物资，准备装车后运走，还有一部分战利品，准备清点归还给印方。这些天，谁不为自己的胜利欢呼呢？自然，也使负责看守物资的中尉军官杨春成激动过。眼前的物资是他同战友们一起堆集起来的，为了这些物资，常常是一连几个夜晚地忙碌，有时连饭都顾不得吃，汗水不知湿透了几身衣服，但他跟所有的人一样，并没有白辛苦。现在，胜利了，而且带着胜利的喜悦主动后撤，他怎不感到这是一种最大的安慰呢！他望着一堆堆盖得很好的物资，不会受雪水侵袭，心里觉得特别高兴。那些准备移交给印方的战利品，绝不能有一星半点儿损坏，因为它关系着祖国的声誉！杨春成经常检查补给部队的物资，生怕出了差错，他关心物资，胜过关心自己。还有什么比看好物资更重要呢？这些天，杨春成的全部精力都集中在这一堆堆的物资上面。

看守和收发物资，这本来是件非常平凡的工作，但它却似一场战斗，不过这是一种没有枪声的战斗罢了。同样，它需要勇敢的战斗精神，需要坚毅顽强的力量。这一切，对于共产党员杨春成是个严酷的考验，然而，在这场无声的战斗中，杨春成经受住了考验，他是以一个坚强的共产党员的身份站在这场斗争之中的！

多少天紧张地战斗度过了，一排排物资收进来，又一排排发出去，没有发生任何事故。今天，工作稍微轻闲了些，杨春成在帐篷里生着一炉火，把帐篷烘得挺暖和。他脱掉棉衣，准备和面包饺子，改善一下生活，同时，也借助这种劳动，消除一下连日来的疲劳。他穿着一件红色绒衣，袖子挽得高高的，开始和面，干得非常起劲。

他和好了面，正准备擀皮调馅，突然肖孝权慌慌张张地闯进帐篷，说："老杨，不……不好了！着了，着了！"

杨春成搓搓沾满面粉的双手，望着莽莽撞撞的肖孝权，以为是跟他开玩笑哩！心想：刚把面和好，你就把炉子生着了，等着下饺子，这简直是催马上阵！便没有好声气地说："得了，得了！你干吗这么急吗？"

肖孝权一看杨春成还没有明白他的话，急得火烧火燎地说："不是！是地雷，地雷燃着啦！"

像霹雳一般震得杨春成大声地叫道："啊，地雷！"这时周围的一切都显得紧张起来，杨春成顾不得穿上棉衣就冲出帐篷。肖孝权好像也意识到事情的严重性，脸色煞白，跟着杨春成追了上去！

杨春成像风一样向那堆物资跑去。物资！成千吨的物资在他脑子里闪来闪去。心想：这是缴获印军的地雷，还搞不清楚它的性能，不知为什么会冒起烟来。如果燃烧起来，或者爆炸了，就会造成可怕的后果。这里，是一个很小的场坝。场坝上堆着许多弹药和军用物资，周围住着藏族民工和准备后撤的部队。他脑子简直要炸裂了，跑上去，扑灭烟火，即使死，也要救下物资和战友！这时，他的两腿快得像飞一般。

他手疾眼快，抓住地雷箱一头的提手，心想：赶快把它甩开，让它离弹药远一点，即使爆炸或燃烧，也不会造成更大的损失。他猛力一提，地雷箱的另一头也被一只手提起来了。他两眼一扫，原来是共青团员蒋肖秀。他们两个人不知哪来的力量，抬起那样重的地雷箱向远处跑去。他们踏着雪融后的泥水，向外冲……

杨春成和蒋肖秀抬着地雷箱跑到他们驻地边沿，杨春成瞅准了铁丝网的一个空隙，他忽地一下把蒋肖秀推向一边："你走开，我一个人来。"他抓住地雷箱，猛力向外一推，一个滚身从铁丝网的空隙里钻了出去。在这危险的瞬间，杨春成阻止了蒋肖秀，说什么他也不答应两个人去冒生命的危险。他一个人担当了这场风险，他用尽浑身的力气抱着这箱冒烟的地雷箱，猫着腰，向一条山沟跑去。杨春成拼命地向前跑着，离弹药物资更远了，离周围的民工、部队更远了。他想：这一来，就少一些危险。他一个人包揽了全部的危险，紧紧抱住雷箱，好像只有这样才能挽救全部的物资和成千的阶级兄弟！杨春成拼命地向一条山沟跑去。这本来是一段很短的距离，但这时却感到异常遥远。从地雷箱里冲出来的硝烟越来越浓了，杨春成听到里面在刺刺地燃烧起来，这时，他使出平生所有的力气，向前猛跑几步，使劲将地雷箱扔下荒无人烟的山沟。顿时一声爆炸，山石横飞，但仓库和周围的群众与部队却安然无恙……

这时，杨春成觉得一阵目眩，打了几个趔趄，踩着融雪的烂泥，抹了一把惊惶发烧的面孔，心里好像放下了一座大山，那样轻快，那样欣慰！跑过来的战友和民工，急忙扶住他，无数双钦佩的目光望着他。场坝上的军用物资和弹药完好地堆积在那儿；民工们的炊烟，在场坝上空静静地升腾起来，一切又恢复了平静。

事后，经过群众评定和上级批准，杨春成荣立了一等功。

潘泽洲探家记

一

天刚蒙蒙亮，在四川仁寿县通往乡村的一条小路上，一个满面红光的战士，挑着随身携带的行装，急促地向前赶路，头上的汗珠不住地往下滚。

这个战士叫潘泽洲，是西藏军区炮兵三〇八团指挥连一班班长、五好战士。5年前，他在这条小路上告别了爹娘，迈入了解放军的行列。现在他又走在这条小路上回家探亲，潘泽洲不停地向前奔走，晨曦已经映红了大地。他环视了一下家乡的美景，不禁又想起他西藏的“家”，那里有可爱的连队，亲密的战友。潘泽洲想到这里，连队里许许多多战友的形象鲜活地出现在他的眼前，许多战友的具体问题又在他脑间盘旋，他不禁默默地念叨起来。

刘权生虽然不是我们一个班的，但是，他经常找我谈思想，谈工作，多么亲密呀。他的未婚妻近来和他闹了点别扭，说起来这只是一个误会：中印边境自卫反击作战时，刘权生没有给对方写信，姑娘产生了疑心，认为刘权生变了心，左一封信“谴责”，右一封信“批评”。写了几封信解释都没有把问题说清楚，疙瘩解不开，我应该帮助他解决一下才好。再说，刘学良、陈绍华、罗绪凡等同志不都是刘权生的同乡吗，他们都希望我到他们家看看，把他们的情况告诉家里。是啊，这也是一种思想政治工作，我应该做好这些工作，让战友和他们的家庭都放心。

潘泽洲走着想着，不觉已经来到家门前边。他整理了一下衣帽，迈步跨入家门，母亲刚刚准备烧饭，忽然看到儿子回来了，高兴得发怔。她拉住泽洲从上到下打量了一番，只见儿子结结实实、彬彬有礼地站在面前，一时兴奋得不禁落下泪来。父亲听说儿子回来了，也赶忙从田间赶回来。村里人也都纷纷跑来问寒问暖，好不热闹。

潘泽洲在家过了30天，全家上下那个乐呵劲就甭提啦。可是，假期还未满，他就向父母提出：要走了。父母亲一听莫名其妙，母亲说："你还有5天假期，慌啥子吗！"他把要去战友家看望的事说了一遍，老人们觉得，西藏离家这么远，回来不容易，顺便去战友家里看看也要得，只是不同意潘泽洲占用探亲假这35天以内的时间。这怎么可以呢？在潘泽洲看来，上级批准他探家就是十分关怀自己了，怎么能因为探望战友的家庭而超假呢？再说部队里工作那样忙，能早一天回去，就早一天插手工作嘛！他费了很大力气说服了父母，离开家向自贡市出发了。

二

坐了汽车，又乘火车。夕阳西下时分，潘泽洲来到了自贡市罗湾旅社。刘权生的未婚妻正是在这个旅社的餐厅里工作。他在旅社找好一个房间住下，把刘权生写的信交给旅社的一位服务员，转给刘权生的女友，并转告她，自己是刘权生的战友，是专门受托来看望她的。

过了片刻，刘权生的未婚妻何余琼拿着刘权生的信来到潘泽洲的房间。潘泽洲简单地向她道了几句家常，就问起近来她和刘权生通信没有？

一提这个问题，姑娘气上心来。她把刘权生从前年下半年很少给她写信的事说了一遍，最后又说了一大串"刘权生当了解放军就变了心"等一类的话。

潘泽洲没有立刻从正面回答姑娘提出的一大堆问题，而是首先谈刘权生入伍两年来的进步情况，何余琼开始还不大听得进，以后，越听越入耳，慢慢脸上挂起喜悦的笑容。

潘泽洲看到何余琼态度缓和了一些，才说出了刘权生从前年下半年和她通信少的真正原因。何余琼的疑虑解开了，但是，从言谈中潘泽洲又发觉，姑娘希望刘权生能很快回来结婚。于是，潘泽洲又把青年人应该怎样对待工作和婚姻问题的道理讲了一番，劝她不要过早考虑结婚问题，应该和刘权生在不同的岗位上，互相鼓励，共同进步，看谁工作做得好，看谁为人民贡献大。

一席话说得何余琼眉开眼笑，连连点头。

第二天，潘泽洲又跑出20多公里，探望了刘权生的家，使刘权生的父母也放心了。

次日，潘泽洲用过早饭又上了路。走了几里光景，来到陈绍华家里。陈妈妈是模范军属，她亲切地对潘泽洲说："你回去告诉绍华，叫他在队伍上好好干，我决心向黄继光的妈妈学习，也希望他立个雄心壮志，向黄继光学习，当个英雄、当个模范，千万不能给咱们工人阶级丢脸！"

又走了8里路，潘泽洲累得满头大汗，来到了刘学良家里。刘学良经常向妈妈写信夸他的班长好，如今班长居然来到妈妈面前，妈妈怎能不高兴呢！

刘妈妈家里以前闹了些家庭矛盾，惹得全家不够团结，现在看到儿子的班长回来了，不免一五一十地叙说一番。潘泽洲根据刘学良的嘱托，又经过刘妈妈同意，召集全家人开了一个"家庭会议"，婉转地进行了调解，说了一些团结重要的道理，鼓励全家和和睦睦搞好生产。一番话说得全家老小频频点头。最后，刘妈妈说："我们今后一定和和气气过日子，再也不吵不闹了。你回去告诉学良，叫他不要挂念我们，安心当兵。"

潘泽洲就这样在自贡市住了三天，访问了五位战友的家。给各个家庭带去了儿子在部队上的成长情况，鼓舞了全家；又满载着各个家庭的嘱咐和勉励，动身回西藏了。

三

潘泽洲回来了。同志们争着帮助班长扛行李，拿提包，像迎接家里来的亲人一样，前拉后拥地走到班里。潘泽洲刚刚坐到大通铺上， 同志们就嚷嚷开了。

"班长，我家怎么样？"

"班长，你见到我妈妈了吗？"

搞得潘泽洲一时应接不暇，只是答应着："很好，很好。见到了，见到了。"

晚上12点啦，还有人和潘泽洲悄悄地谈话。

陈绍华看到了妈妈的来信，又听班长讲述了妈妈的嘱咐，小伙子激动得心里"怦怦"直跳，决心继续力争五好。刘学良知道了家里纠纷在班长帮助下得到了解决，心里又感激又愉快，拉住潘泽洲的手说："班长，你真行，硬是把思想政治工作做到战士家里去了。"刘权生同未婚妻的误会解开了，心上的疑团也冰消雪融，干起活来分外有劲……

说来也真巧，潘泽洲回到连队不久，这五位战士又都先后接到家信，纷纷感谢潘泽洲班长牺牲自己的假期，远走几百里去探望他们，并且勉励自己的亲人好好向潘班长学习，当个雷锋式的好战士。

夺不去的红心

4月3日，满地春光，一辆大客车急速而稳健地驶进丹棱县汽车站。车刚停，一个40来岁的中年人刚刚走出车门，丹棱县委在家的常委和农机厂的领导和工人同志们，一齐拥上来：

“老姜，欢迎，欢迎！”

这个“老姜”，就是姜志学，四川省丹棱县农机厂的技术员，“缩放型系列引射器”的主要研制者。这次他是以这项科研成果研制者的身份，代表他们“引射器科研小组”出席全国科学大会的。此时此刻，全国科学大会一幕幕感人肺腑的情景还在他脑际萦绕，他的心情像波涛一样汹涌澎湃，难以平静，领导和同志们突然又来欢迎他，这就使他更加激动不已了，他显得有些手足无措，心里不禁默默念叨着：这都是党中央对我们知识分子，对我们科技人员的关怀啊。要不是党中央一举粉碎了“四人帮”，我们哪能有今天呀！想到这里，他不禁眼圈湿润了。

姜志学，这个旧社会的讨饭娃，解放以后党给了他读书的机会。他是四川省宜宾人，高中毕业后，看到宜宾机器造纸厂，心里羡慕，心想能到这个厂工作就理想了。所以，考大学时，在升学志愿一栏内他填了“化工造纸”四个字。然而，组织上却找他单独谈话说，现在党最需要国防科研人才，你报考北京航空学院怎么样？

姜志学热爱毛主席，向往北京城。但是，他做梦也没有想到能够到北京上大学。就这样他进了北京航空学院。1959年毕业以后，被分配到某国防科研单位从事科研工作。在此工作期间，他曾两次被评为先进工作者，还出席过上级领导机关召开的积极分子代表大会。

就是这样一个同志，在“四人帮”当道的时候，被诬蔑为“资产阶级知识分子”“臭老九”。他从事的科研工作进行不下去了。图书馆有成堆的资料，但不敢去看，因为钻研技术就是走“白专道路”，“知识越多越反动”。姜志学从他进大学那天起，就带着阶级的嘱托，下定决心要在科学技术上有所作为，有所贡献，可是眼下钻研业务都成了犯罪，有些干部也不敢接近他了。据说这是个“阶级感情”问题，“为什么不去接近工人农民，偏偏跟臭知识分子打得火热！”知识分子居然成了专政对象，他怎么也想不通。

就是在这样的情况下，再加上姜志学夫妇长期分居两地，他一气之下，要求离开北京。1972年，姜志学带着愤怒和依依不舍的心情，噙着眼泪告别了天安门，离开了他心爱的国防科研阵地，调到了他爱人工作的地方——四川省丹棱县。

难道社会主义祖国，难道广大人民群众真的不需要科学技术吗？姜志学来到丹棱县农机厂，实际生活告诉他完全不是那么一回事。

他一到工厂，就听到工人们诉说水泵有底阀抽水的苦衷。原来农村灌溉都用的是柴油机-水泵机组，这些水泵都带有底阀。底阀就是水泵进水管下那个铁家伙，有二三十斤重，开机前需要首先用水把它灌满，既费力又费时间，搬动又不方便，工人和贫下中农都伤透了心。一位老工人对他说：“有一年冬天，我到农村巡回修机，正好碰上一个生产队的水泵底阀扯拐。你灌满了水去开机的时候，底阀的水又跑光了，又得灌，最后没有办法，只好跳下池塘修理，冻得心头直发抖。”1973年，姜志学出差到三台县农机厂，一个工人向他诉说，有个抽水站，正在抽水时底阀出了故障，一位农民潜下水去排除，因为事前没有停机，下去以后被底阀吸住，既不能呼救，又逃不出险区，结果丧失了生命。

听了这些，姜志学心情非常沉重，久久没有说话。他想：党和人民送我上大学，学习了知识，掌握了科学技术，不能为社会主义服务，还要我们这些人干什么？他决心要革有底阀这个命。

当时三台县农机厂正在研制引射器，准备用引射器代替有底阀。但是他们搞了好几年，还没有成功。他回厂以后和本厂工人谈起这件事，不少人对他说，老姜，这可是个大事，只要引射器搞出来，就可以代替底阀抽水。这个，前几年我们也搞过，因为缺乏理论指导，没有成功。你有学问，只要你能算出来，画出来，我们保证给你造出来。所有这一切都深深打动了姜志学的心。他觉得，党和人民对待科学技术人员的态度和那些怪头怪脑的自称为马克思主义的人截然不同，他决心在科技战线上为党做一番贡献的念头又重新燃烧起来。“四人帮”夺去了他理想的工作环境，但夺不去他为党为人民工作的红心。

所谓引射器，就是设置一种装置安在柴油机排气管上，这个装置与水泵的进水管相通，然后利用柴油机排气的力量，把水管内的空气抽出，使水自然上升进入水泵。这样就可以取消底阀抽水。

道理说起来很简单，把它变成现实谈何容易。这里首先需要通过一系列推导和计算，在这个县属小厂首先资料就是一个困难。姜志学抱着一颗为贫下中农服务的红心，在县里找到一本“195”型柴油机说明书，到省图书馆借了一本《真空技术》和一本《蒸汽喷射制冷装置》，再加上他自己的一本《空气动力学》，就依据这仅有的四本资料，他进行了一个多月的研究，推导出了一系列理论公式，计算出了引射器的结构尺寸，造出了五个样品，准备开始实验了。正在这个节骨眼上，“四人帮”的种种余毒压过来了。有恶意的攻击，有无知的嘲弄，也有些好心的糊涂人出来劝解说：“老姜，你何必钻这个光专不红的死胡同呢？搞到底，成功了，问题不大；失败了，工人好说话，你是有技术知识的人，不好脱手啊！”姜志学在党支部的帮助下，顶住了这股歪风。他说：“我们想贫下中农所想，急贫下中农所急，没有错。有阶级存在，就有阶级斗争。‘文化大革命’以来不是看得很清楚吗，办坏事也会有人支持，办好事也会有人反对，关键是我们走的路是否正确。只要是正确的，就坚决走下去，决不回头。”

这时党支部进行了研究，决定正式成立一个三结合科研小组，重点突破引射器。支部书记卢叔权任组长，姜志学任课题负责人，此外还有一些老工人和青年工人参加。这样一来，老姜的劲头更大了，为了进一步搞好实验，他把柴油机和水泵抬上紧靠工厂的城墙上，搭上油毛毡，下边挖一个水池，成了一个简单的实验室。没有测量时间的仪表，到县体委借来跑表代替；没有油耗测量表，到医院借输液瓶代替。一切从简，自力更生，干了起来。这时省地有关部门，也派来技术人员协助。

万事起头难。搞创造，走从无到有的道路更难。别看一个小小的引射器，名堂还挺多的呢。引射器内的喷嘴和喷管中心线要对端正，相差不能超过0.005毫米，不然进水管内的空气不但引射不出来，反而会把外边的空气压进来，形成空气倒流。就是这样一个问题，他们反复地实验，失败了四五十次，先后制造了三批样品，最后才得出比较理想的数据，闯过了这一关。

成效越来越明显，姜志学的信心也越来越大了，特别是1975年1月，敬爱的周恩来总理根据毛主席的指示，在全国四届人大会议上庄严提出在本世纪末实现四个现代化的号召以后，给了姜志学和科研小组以极大的鼓舞。他们常常在实验室里工作到深夜，有时甚至到次日凌晨，第二天照常上班。眼睛熬红了，嗓子沙哑了，也不休息一下。有时一不小心，柴油机上的排气管烫伤了手，擦点药水，又继续干起来。有一次，为了到农村搞实验取得第一手材料，姜志学和本厂一位老师傅冒着严冬凛冽的寒风，到唐河公社红光大队和贫下中农一起，挥动锄头开出一条水沟，把渠里的水引到一个小山包下面，在山包上平好地基，安上机组进行引射器抽水试验，搞了一天也没有把水抽上来。晚上他把引射器拿回来，和科研小组的同志找原因，一直工作到晚上12点。实验室是蔑笆围起来的，四周透风，夜风不停地吹，冻得他们手脚发僵，但是没有一个同志退缩。实在坚持不住的时候，他们就跺跺脚，搓搓手，又干起来。最后终于找到了原因。第二天一早姜志学又返回红光大队，解决了引射器的抽水问题，并取得了新的经验。正在紧张的时候，姜志学的妈妈和两个孩子都病了，住进了医院。领导和同志们劝他回去照顾一下，他说："眼下正在关键时刻，我不能走，相信医院会照顾好的。"领导上看到老姜这样公而忘私的精神，很受感动，于是派出了两个工人，帮他到医院照顾老人和小孩。

姜志学就是以这种精神，在党的领导下，在三台县农机厂和有关部门的帮助下，和工人同志们一起，经过一年多的奋战，先后实验600多次，终于研制成功了"195"型柴油机引射器。经过多次实地使用表明，引射器抽水比有底阀抽水不仅使用方便安全，而且省油、省材、省钱、省力，群众称之为"四省器"。

1975年6月，乐山地委科委和农机局受四川省农机局的委托，召开了"195"型柴油机引射装置鉴定会，肯定了这项科研成果，并加以推广。

"195"型柴油机引射装置解决了，那么其他型号的柴油机又怎么办呢？

姜志学和科研小组的同志们又乘胜前进，奋战了几个月，经过几百次实验，解决了“1105”“295”“2105”“175”各种型号的柴油机引射装置。工作到此就结束了吗？

不，姜志学不这样想。他根据自己多年来从事科研工作的经验，认为一个科研成果取得以后，都应该以毛主席哲学思想为指针，进行分析综合，写出技术报告，这样才有推广价值，同时也可以避免全国各地同等水平的重复性的研究，为国家节省资财。党支部认为他的意见正确，鼓励他从事这项工作。这时正是“四人帮”大批“唯生产力论”，阴谋篡党夺权，不可一世的时候，他却要写技术报告，岂不是在太岁头上动土！果然不出所料，各种谬论又过来了，说什么“姜志学写技术报告是争名夺利，是资产阶级名利思想的表现”。

姜志学听到这个反映，非常气愤。他觉得这对他是一个侮辱。但是又一想，为什么“文化大革命”以来，社会上总有一股歪风，不让你走正道，不让你干正事，谁想为党做点工作，甚至说几句公道话，都要遭到攻击、谩骂甚至毒打，难道这不正是阶级斗争的反映吗？想到这里，他愤慨的心情反而平静了。他冷冷地哼了一声说：“争名夺利？我就是要争名夺利。没有共产党就没有我姜志学的今天，我的知识是党给的，我应该用它为党工作，我就是要为党争这个名。引射器，群众都说是‘四省器’，我把技术资料整理出来，传播出去，就是为人民夺利，这有什么不好。”

姜志学抱着这样的想法憋着一肚子气写了起来。然而工作又是艰巨的。一千多次实验，成堆的数据，要经过“去粗取精，去伪存真，由此及彼，由表及里”地制作整理，上升到理论的高度，写成系统的条理的技术资料，确实不是一件轻而易举的事。但是不管多么困难，姜志学也要决心完成它。他觉得这不仅是工作的需要，也是斗争的需要。为党工作绝不能让歪风一吹就半途而废，那只能对敌人有利。于是他又展开了顽强的工作。除厂里的正常生产以外，一有时间就用来写作。白天写，晚上写，有时写到午夜一两点钟。由于过度劳累，姜志学消瘦了，母亲看到他憔悴的面颊，常常心疼地劝阻说：“志学，你为党多做些工作我不反对，但是也要注意身体呀！”姜志学对于母亲带有责备口吻的关怀，总是一边工作，一边应付着：“对，对，对！”然后又继续工作。以后母亲知道了他写的那个材料的重要性，也不再劝他了，只是在他工作得太晚的时候，悄悄起来，做一些好吃的东西放在他的面前。有时他的爱人为了照顾老人，也主动起来承担新增加的家务工作。姜志学就是这样在全家的支持下，不，应该说是在全厂工人的支持下，在广大贫下中农的支持下，完成了近四万字的技术报告，经省有关部门鉴定推荐，被国家列为1975年至1976年全国科研重点成果之一。1976年年底，在全国农业书记会议上作过表演；四川省峨眉电影制片厂，为他们拍摄了科技片；全国许多省市自治区也向他们索取资料，进行试制推广。

现在姜志学满载党中央的关怀和教诲回来了，手捧全国科学大会发给他们的科研成果奖状回来了，县委领导和厂里的同志们都来热烈欢迎他，他怎能不感慨万分呢，怎能不高兴万分呢！回厂以后，姜志学又投入了一项新的科研项目。他又像往常那样继续地奋斗起来。

回忆篇

难以忘却的西藏

近来身体欠佳，决心什么也不写了，休息一段时间再说。不料接到战友转来的“庆祝西藏和平解放五十周年征文启事”，心里突然像翻江倒海一般，怎么也平静不下来。曾经度过的西藏岁月又浮现在眼前。那里的蓝天白云、青山绿水不断撞击着我的心灵。我也说不清楚西藏在我心灵深处为什么有如此重要的地位，她简直就是我生命的圣地，我永远也离不开她。我想得很多，一时又理不出头绪，我想还是叙述几件当年进藏时的故事，献给西藏和平解放五十周年。

糌粑茶水

昌都战役结束后，因为后方供给一时接济不上，部队发生了粮荒。为了胜利度过粮荒，巩固前沿阵地，为明年进军拉萨做好准备，上级决定：留五十二师师部和一五四团、一五五团于昌都地区冬训待命，其余部队一律撤回金沙江以东执行筑路任务。我当时在一五五团任记者，有幸留了下来。

1950年10月24日在昌都开过会师祝捷大会以后，我随一五五团团部驻防昌都以北90华里的日通。到日通以后我们的主要任务是割马草。这时已临冬季，山上的野草已近枯黄，仅靠割野草显然不够过冬。当时青稞刚刚收割完毕，经过交涉，我们就到地里拔群众收割以后不要的麦茬代替马草。

这时我们每人每天的口粮已由进军时的1斤代饭粉减为8两。我们每天只吃两顿饭，把代饭粉用开水煮成面糊糊喝，其他就什么也没有了。这时，我们最大的幸福就是上山割野草时能偶尔挖到一些仙人果，用开水煮过，就可以美餐一顿。但这种机会毕竟太少了。每日饿得头晕、腿软，浑身无力。

有一次经上级批准，我们在群众那里买来一些牦牛的内脏，大家欣喜若狂。可惜炊事班没有经验，他们把没有洗干净的牛肚子放入锅内煮，可以说是煮了一锅牛粪汤，然后分给大家吃。我们倒入碗中，只觉一股臭味冲天，怎么能吃呢？即便如此，碗里的东西也舍不得丢掉。只是把汤倒掉，把肉洗一下，又狼吞虎咽地吃了。当时真是饥不择食啊！

我们宣传股的同志除了白天割野草、拔麦茬以外，晚上还要收抄要闻、编稿出版，供部队传阅。由于长期的劳累和饥饿，有一天晚上我们正围着炉子开会，突然收音员苏斌昏倒了。宣传股长王心前（以后曾任西藏军区政委、成都军区纪委副书记，现已离休）看到以后半天没有说话。过了一会儿，他突然从身上掏出仅有的两块银元的津贴费，朝我和孟若谷叫道：

“你们两个去找老百姓买点糌粑来。”

“这个，”我犹豫了片刻说，“不是说进军西藏不吃地方，不准向老百姓买东西吗？”

“是的，是不准买。不过上级还说过，经过领导批准，必要时也可以买一点。现在我批准了，你们去买吧。只买这两块钱的，多了咱也没有。”

他这样一说，我和孟若谷当然高兴。我们拿着两块大洋找到一户藏胞家，说了我们的来意。主人还不错，满口答应了，大概给我们装了三四斤糌粑。我们拿回来以后，王心前同志非常严肃地说：“每晚每人一把，贴补一下。苏斌今天两把，以后和大家一样，不准特殊。”

我们拿过茶缸，由孟若谷分，每人给我们抓一把糌粑放入缸内，但轮到苏斌时他只要一把，不要两把。他说，他不能特殊，要和大家一样。我们都很感动，也只给他抓了一把。我们把分得的糌粑放入茶缸底部，然后倒上茶水，不敢用筷子搅。因为用筷子一搅，糌粑会马上浮上来。很快就喝完了，太可惜。不用筷子搅，糌粑就沉入水底。我们喝了一杯，重新加上水再喝一杯，可以多喝几杯带有糌粑味的茶水，肚子好像就饱了。

我们正在喝着糌粑茶水时，50来岁的房东老太太端着一小木碗盐巴进来了。她一边比画着，一边用藏汉夹杂的似通非通的语言对我们说：“我早就看出你们挨饿了，但是我很穷，没有糌粑供给你们，很对不起。现在你们有糌粑了，我送点盐巴给你们，请收下吧。这是我的一点心意。”

老人家非常诚恳，我们只好收下。每人茶缸内又放上盐巴，喝起来更加可口、更加入味了。说实话，只有这时我才知道了盐巴和粮食对人的重要。

流动报馆

1950年年初，十八军接受进藏任务后，把师团报纸的名称一律改为“战”字头，譬如，五十二师师报为《战线》，一五四团为《战胜》，一五五团为《战利》，一五六团为《战勇》；五十三师师报为《战旗》，一五七团为《战声》，一五八团为《战友》，一五九团为《战锋》等等。这时我在一五五团任记者，当然也成了“战利”报的积极撰稿人。

当时《战利》报编辑为蔺仲文。报纸为油印小报，不定期，有时一天一期，有时两天一期。报纸虽不起眼，但由于当时四川刚解放，没有什么报章杂志可读，所以团报很受欢迎。干部战士能在团报上发表篇文章，或在团报上受到表扬就是一件了不起的大事。我也为这个报纸写过不少文章，可惜现在一篇也找不到了。

昌都战役时因为部队执行任务，行动分散，速度又快，没有出报，只出点新闻简讯，供各级领导参阅。

1951年5月，和平解放西藏的“十七条协议”签订，下半年向拉萨和平进军时我们又开始出报纸。这时蔺仲文同志到内地学习，编辑工作落在了我头上。我们白天一边行军，一边收集稿件，晚上宿营后就趴在烛光下编稿件，交油印组刻写印刷。次日早上行军时，我们提早出发，赶到部队最前边，给前进的部队发放报纸，部队过完了，我们的发行任务也完成了。然后又随部队继续前进，继续收集稿件，准备第二天出报。

报纸在部队中很受欢迎，领导十分重视。我记得我们出昌都西进过第一座雪山——拉贡山时，当天下午我们宿营于东山脚下，看着一座雪山晶莹剔透，直插蓝天，十分壮观。但一想到明天就要翻越它，又不禁胆战心惊。这时团政治处主任刘畴范同志走过来亲切地对我说：“伙计（这是他的习惯，不管对干部战士他都爱这样称呼），这座山不低，明天过山，咱们得给部队鼓鼓劲啊！”

“咋鼓？那就请你写个社论吧，向部队说几句话，提些注意事项！”我说。

“这个任务落在我头上了？”他犹豫了一阵子，“好，我来写。伙计，我的文化水平不高，写了以后，你得帮我好好改改啊。”其实刘主任文化水平不低，只是他遇事向来谦虚就是了。

住下以后，他在帐篷内秉烛夜战，整整写了一个多小时。把和平进军的伟大意义，翻这座山与进军的关系以及注意事项，都言简意赅地表述了出来，讲得十分明确。第二天上山前我们发给了部队。一边行进，一边宣传，起到了很好的鼓动和宣传作用。有些连指导员事后说："希望团报今后多出点这样的社论，对战士们太有教育意义了。"

写到这里，我不禁怀念起刘畴范同志，他是一位1938年入伍的老同志，工作一贯认真负责，对同志平易近人，毫无架子。可惜因长年劳累过度，60年代就离开了人世，想来令人悲伤。

翻越瓦合山给我留下了深刻的印象。瓦合山在拉贡山以西，有6个山头。第一天我们决定住在第一个山头与第二个山头之间。当时到山上一看，惊呆了。满山遍野全是积雪，苍茫一片，连一棵小草也看不到。幸亏我们在山下捡了一些干柴，不然吃饭都将成问题了。我们扒开积雪，支好帐篷，整理好住处，开始埋锅化雪做饭。我和刻蜡版的同志把背包放在积雪上做桌子，又拿来几个背包做椅子，就开始工作。这时天还未黑，夕阳西照，白雪辉映，光线很强，为防雪盲，我们戴上风镜足足工作了一个小时。正工作间一片乌云压来，雪粒夹着冰雹从天而降，打在脸上像刀割一般。我们赶紧收拾东西，躲进帐篷。吃过饭，我们重新用背包架成桌椅。此时天已黑，只好挑灯夜战。雪粒和冰雹不停地敲打着帐篷，我们编稿的、刻蜡版的、记录新闻的，忙个不停。我编完稿就睡了，可是搞油印的同志不能睡，这时他们的工作才刚开始呢。他们什么时候完成任务的，我全然不知。第二天天不亮，一声号响，我起来一看，报纸已全印好了。当我们把报纸发到部队时，战士们都说："哎呀，在雪山上你们还能出报，不简单。"这是我第一次在雪山办报，现在回想起来还觉得挺自豪。遗憾的是，当年同我一起办报的同志，有的为了西藏人民的解放事业已牺牲在雪域高原，永远长眠在那块土地了。

1951年冬，我们进驻藏北重镇扎雪奔噶。二营和我们驻在一起。三营驻桑达奔宫，一营已进驻山南地区。因寒冬已至，部队马匹甚多，马草成了大问题。团政委李传恩同志决定派几个连队到扎雪奔噶东北的一片森林里割马草。当时全国正在进行抗美援朝捐献活动，有捐飞机的，有捐大炮的，具体作法都是捐钱，以钱折价而算。这时李传恩同志想了一个办法，他说，我们不是一般地割马草，我们叫“爱国割草捐献活动”。割100斤马草为1块大洋。谁割得多就捐献得多，这就是我们以实际行动支援抗美援朝。为了更好地开展这个活动，传恩同志亲自到森林坐镇指挥，把我和邵伯富也带了去，在那里出报。我采写编稿，邵伯富刻印发行，把每天各个连队的成绩都反映出来，对一些典型人物、典型事迹还写点小通讯刊登出来。在部队形成了互相鼓励、你追我赶的局面，使割草工作开展得有声有色，很快就完成了任务。

1952年5月，我们进驻墨竹工卡一带，承担康藏公路西线筑路任务。这时我们的团报变成了宣传单，我仍为编辑。有什么筑路信息、上级指示、经验介绍、好人好事就随时出，不定期、不定篇幅，很灵活、很及时，部队也欢迎。军区政治部宣传部夏川部长为此还表扬过我们，认为这种出报办法值得推广。

1954年康藏公路西线筑路指挥部迁至太昭办公，决定出一张筑路报纸，把我和一五五团的油印组借调来完成这个任务。报纸的名称仍然叫《战利》，由我负责编辑工作。当时筑路指挥部政委由西藏军区组织部部长杨军兼任。他对报纸抓得很紧，报纸办得比较正规。报纸为油印，四开四版，大概每周一至二期。发行范围除步兵一五五团外，还有军区炮兵营、第一施工局和各个工段。报纸出了39期。除及时传达上级指示、首长讲话、筑路动态和施工经验交流外，还发表了许多军队和藏族民工在筑路中团结友爱的小故事，对增强军民关系，提高藏族民工的觉悟起到了很好的作用。

1954年7月25日，中央驻藏代表张经武将军和达赖等赴北京出席第一届全国人民代表大会路经太昭时，达赖向我们赠送了锦旗。锦旗上用藏汉两种文字写道：“你们是毛主席教育下为建设西藏、巩固国防、克服困难、努力筑路的英雄，是西藏人民离不开的亲人。”为此，我们专门发了消息，还发表了题为《欢迎达赖喇嘛和班禅额尔德尼出席全国人民代表大会》的社论。

藏族老阿妈

1952年5月，我们进至墨竹工卡一带，执行康藏公路西线筑路任务时，首先进驻的是仁津里村。仁津里坐落在鹿马岭下，拉萨河畔。我们刚进此村，团部管理员叫我们住在一户农奴家里。当我们兴致勃勃地提着背包进房时却遭到拒绝。出来同我们交涉的是一位藏族老阿妈，40多岁，黑里透红的脸上挂着几分忧愁，说是她家地方小，住不下。无论我们怎样说，老阿妈就是不让进门。最后，她指了指门外一个牛棚，毫不客气地说："你们实在没地方，就住这里吧。"牛棚不到10平方米，堆满了牛粪。宣传股十来个人，还要办公，怎么住得下！宣传股长王心前同志看到阿妈有顾虑，忙说："好吧，好吧，我们就住这里。"

发生这种情况在当时是难免的，因为这里刚解放不久，群众不了解我们。我们住下以后就按照老规矩，经常给阿妈家打扫卫生，整理庭院，去河里背水，有时还向阿妈宣传我党我军的政策。当时，康藏、青藏公路尚未通车，补给困难，我们吃不饱饭，每人每天只有一斤代饭粉。一天，我们突然发现牛棚里放了一袋糌粑和一包酥油，我们猜想一定是阿妈送来的。我们立即还给了她，除向她表示感谢外，还向她说明了我军的"三大纪律、八项注意"，不拿群众一针一线的政策。阿妈听了很受感动。

一周后，阿妈找来一个翻译，要我们搬进她家去住。她指着牛棚说，这里实在太小，太委屈你们了。她家一共有三间房，居然要腾出两间让我们住。我们说，有一间就可以了。她说："不行。你们都是本保（长官之意），要看书，要写字，一间不行。"

我们有了两间房子，一间住人，一间办公，确实方便多了。有时阿妈的儿子香巴、女儿哈牧也到我们这边玩耍，要我们教他们唱军歌。他们也教我们唱藏歌、跳藏舞。一天晚上，老阿妈提着糌粑和酥油茶，来到我们的房间，要我们每人拿出自己的茶缸，然后她把糌粑放入缸内，斟上酥油茶，请我们饮用。在摇曳的酥油灯光下，阿妈面带笑容，用生熟的汉话加手势说，她是一个差巴（旧西藏给农奴主支差的农奴），丈夫早已去世。前一段时间听人说解放军不好，杀人放火，共产共妻；但也有人说解放军好，是为穷人打江山的。她不知道谁说的是真，谁说的是假，拿不准。所以没让我们进她的房子，很对不起，现在什么都看清楚了。她还问我们："听说共产党也很好，也是为穷人打江山的，共产党来了没有？"我们告诉她："解放军是共产党领导的军队，执行的是共产党的政策，解放军里就有共产党。解放军来了，共产党就来了。"说得阿妈高兴地笑了。这一次谈话，实际上是阿妈和我们的一次交心，情深意长，难以用笔墨形容。

从此以后，我们和阿妈家更加亲密了。阿妈外出，常把房门钥匙交给我们保管。晚上洗脚，阿妈也常给我们送热水过来，不用还不行。有时阿妈不在，香巴、哈牧回来了，赶上吃饭，就在我们这里喝点代饭粉稀饭，不分彼此，像一家人一样。

1952年年底，我们离开仁津里，进驻墨竹工卡，以后又东返进驻太昭。因在这一带筑路，我经常骑马从拉萨到太昭检查工作，阿妈这里是一个马站，路过这里我就住阿妈家。每次到来，阿妈就像接待久别的亲人似的问寒问暖，说个没完。香巴、哈牧都是不过10来岁的小孩子，不免扑过来调皮一阵子。第二天走时，阿妈总是煮好两个鸡蛋，在我的左右衣兜各装一个。我知道阿妈家日子艰难，缺吃少穿，就推辞不要，但阿玛却非常坚决地说，如果你不要，我可要生气了。她的真诚常使我暗中落泪。

1954年康藏公路快通车时，我最后一次住在阿妈家。阿妈知道公路快通车了，今后我们见面的机会不多了，特意煮了一大锅牛肉，放在我的面前，斟上青稞酒，请我吃肉喝酒。老阿妈泪汪汪地说："今后打这里过，一定要来家里瞧瞧，我们忘不了你们。"说得我几乎掉下眼泪。这时香巴凑近我，紧挨着我坐着，想说什么。但阿妈不断向他递眼色，不让他说。我催香巴："想说什么？说吧，没关系。"香巴鼓足了勇气："叔叔，你给我一条裤子好吗？"当时西藏还未进行民主改革，群众穷，很少有人有裤子穿，只是穿一件藏袍了事。但是，他们很希望穿上一条裤子。

这本来是一件小事，但因为那天我是路过，没多带衣服，没有裤子送他。我拍了拍胸脯说："这不成问题，下次来一定给。现在我没有，我的裤子脱给你，我就不能走路了。"说得大家都笑了起来。没料到，从此我却再也没有机会到阿妈家去了。

岁月匆匆，往事悠悠。每当我想起这位藏族老阿妈，总是心潮起伏，久久不能平静。老阿妈给我的太多太多，我能给予她的太少太少，连她儿子向我要一条裤子这样的小事我都不能办到，实在对不起他们。

如果老阿妈健在的话现在已经90多岁了，香巴和哈牧也是60多岁的人了。我今年已73岁。我很想念阿妈、香巴和哈牧。我想见他们一面，亲手向香巴弟弟送上一条裤子，这是我唯一的愿望，但愿今生能够实现。

西藏的民主改革

1959年，西藏实行民主改革，废除“政教合一”的封建领主专政的政治制度，百万农奴翻身解放，西藏跨入社会主义的康庄大道。

西藏民主改革的胜利实现，开辟了西藏历史的新纪元。以前的旧西藏，处于封建农奴制社会，僧侣贵族专政，神权与政权结合，从精神和政治上对劳动人民实施统治和压迫。农奴和奴隶终身依附于三大领主，他们被剥夺了人身自由，领主对农奴和奴隶可以随意打骂、处罚、出卖、赠送，甚至处死。农奴和奴隶要上缴沉重的地租，承担上百种税负和无偿差役。在封建农奴制社会，西藏人民的人权何在？而且，在封建农奴制社会，生产工具简陋，生产粗放，技术水平极为落后，经济文化发展长期处于停滞状态，广大劳动人民被剥夺了受教育的权利。近代以来，帝国主义的入侵，更使西藏人民遭受双重灾难。变革旧的社会制度是西藏人民的迫切愿望，也是西藏社会发展的客观要求和必然结果。西藏实行民主改革之后，各族人民在中国共产党的领导下，当家做主，经济文化不断发展，教育科技等各项事业日益进步，生活水平得到前所未有的提高，人民充分享受着各种权利和自由。雪域高原，到处充满了祥和、安定和幸福。

在西藏进行和平改革，这是中央的既定方针。《关于和平解放西藏办法的协议》第十一条即明确规定：“有关西藏的各项改革事宜，中央不加强迫。西藏地方政府应自动进行改革，人民提出改革要求时，得采取与西藏领导人员协商的方法解决之。”

鉴于当时西藏的实际情况，1956年中央提出：在第二个五年计划内西藏不进行民主改革（即“六年不改”）。第三个五年计划内是否进行民主改革，中央的意见是到时根据西藏的具体情况而定。意思是若条件仍不成熟，还可以往后推。但原西藏地方政府和上层反动集团所要的是永远不改革，永远不废除黑暗的封建农奴制度，永远压迫剥削百万农奴。他们把中央的等待、教育视为软弱可欺。1956年下半年他们就暗中指派一些人在昌都部分地区发动武装叛乱，到1958年这种叛乱活动居然发展到拉萨地区。笔者当时在西藏军区政治部报社工作，亲眼目睹了叛乱的过程。

在平叛过程中，中央根据西藏人民的要求制定了边平叛边改革的政策。规定：对参加叛乱的三大领主及其代理人的生产资料实行没收无偿分配给农奴的政策；对未参加叛乱的三大领主及其代理人的多余生产资料实行赎买，尔后无偿分配给农奴的政策。对后者，仍然是和平改革。

1959年西藏全区贵族和大头人共642户，未参与叛乱者172户，占贵族头人总数的26.8%。全区大小寺庙2138个，未参与叛乱寺庙1167个，占寺庙总数的55%。全区农奴主代理人约有4000户，未参与叛乱者2800户，占农奴主代理人总数的70%。对这些未参与叛乱的贵族、大头人及其代理人，包括寺庙和宗教上层人士多余的生产资料（土地、牲畜、农具）都实行了赎买政策。当时每克地（一克相当于内地的一亩）按30元计价（相当于当时内地一个基层干部一个月的工资）。骡、马每头100元。耕牛、母犏牛每头50元。母黄牛、母牦牛每头30元。一般菜牛每头20元。房屋、农具都按大小和质量定了价。

对赎买对象的庄院、主房和寺庙属于寺院范围的房屋均不赎买，仍归主人所有。赎买的房屋，仅限于贵族和农奴主代理人多余的房屋。

赎买的土地都属于贵族、大头人、宗教上层人士的。农奴主代理人无土地，当然无从赎买，民主改革时，均按当地农奴的一般水平，同样分给他们一份土地。

对每户贵族、大头人、寺庙的堪布、活佛等，改革中每户都留有一至三匹乘马，一亩菜园地。对爱国进步和代表性大的活佛、堪布待遇则更优厚些。

对于牧区的赎买政策则更为宽松些。在牧区实行牧主牧工两种政策。对未参与叛乱农奴主和牧主的牲畜仍归本人所有，不赎买。只是废除三大领主在牧区的各种封建特权。废除人身依附制度，解放奴隶，变封建人身依附关系为雇佣关系。适当提高牧工的生活待遇，改善牧工生活。

当时有些干部想不通，他们认为：“农奴主的财产都是剥削来的，现在进行改革还要对他们进行赎买，这样一来他们不是更富了吗？”有些甚至认为：“实行赎买政策是为农奴主办事。”有的农奴也想不通，他们说：“农奴主千百年来剥削压迫我们，现在土改了，中央还拿钱买他们的财产，太便宜他们了。”有些赎买对象对党的政策半信半疑，付赎买金给他们，他们不敢要。对于这些情况，领导上都从党的政策的高度出发，从西藏社会发展的高度出发，进行耐心教育和说服工作，使干部（主要是县以下基层干部）和农奴思想上想得通，使赎买对象解除顾虑。

到1961年2月西藏的和平改革基本胜利完成。赎买土地约90万克，占全区耕地总数的（不包括休耕地）32%；牲畜82.4万头，占农区牲畜总数的29%；房屋64200间，农具2万套。国家为此付出了一笔巨款。广大农奴得到这些生产资料后，欢天喜地，西藏的农牧业生产出现了前所未有的发展速度，群众生活水平得到明显提高，农奴主的生活水平也未降低。1961年下半年，前不丹驻藏代表罗贾之子索朗诺布来藏，途经亚东，该县上层人士曾请其吃饭，他看到主人家的摆设同以前一样，吃的用的也很好，不禁惊叹道：“你们还是和以前一样嘛！”

我们对参与叛乱的农奴主及其代理人是实行了没收其生产资料无偿分配给农奴的政策。但也按照当时分给农奴的水平分给他们一份生产资料，使他们生活有所保障。对转变了立场，而确有专长的还安排了工作，让其有机会为社会服务。有些农奴因为苦大仇深，在对农奴主说理斗争时有些过火行为，如张口骂了几句，出手打了几拳，当然是不对的。一旦出现这种局面，在场的干部和解放军都作了较好的处理，使他们免受伤害。关于这个问题，不妨听听原拉萨叛乱武装司令拉鲁·次旺多吉是怎样说的：

“会场设在现在（拉萨）文化宫，到会足有一万多人。大会一开始，农奴们纷纷跳上讲台揭发我、批判我。我觉得这些讲话都讲得很有理，口服心服。大会越开越激烈，群众越来越气愤。突然，台下愤怒的人群吼叫着，高举拳头，潮水般向我涌来。我想：糟了，今天非活活把我揍死不可。我绝望地闭上了眼睛。不料，这时汹涌而来的群众，被我身边的两位解放军干部拦住，其中一位排长张开双臂，把人群和我隔开，嘴里不住地喊着：‘不许这样，要讲政策。’另一位解放军干部用身体护住了我，始终没让我挨到一拳。回到看守所，我躺在床上，心情非常激动。我想：如果没有解放军的保护，我今天非被打成肉泥不可。过了一会儿，我听到窗外所长对排长的问话：‘今天没出事吧？’听到这里，我流下了眼泪。我深深感到共产党伟大。共产党对我这个罪大恶极的人还这样关怀，这样通情达理，我服了。”

对一个曾经拿着枪炮想消灭他们的人能做到这一点，其他的可想而知。至于说现在，情况更不相同了。拉鲁·次旺多吉先生早已转变了立场，站到了党和人民一边，现为西藏自治区政协副主席，在西藏的稳定和发展中做过许多工作，是一位爱国老人。

怀　念

老袁同志，我对他了解得不多，但感情忒深。

老袁同志叫袁迎堂，安徽省北部人，出身农民。在旧社会为地主扛过30年长工。1948年淮海战役后，他看准了只有共产党、解放军才是穷人的贴心人，他报名参军，决心打过长江去，解放全中国，为穷人打江山。这时他已近50岁了，部队不收他，他不依，非当兵不可。部队看他决心大，实在推脱不掉，只有收下了。

他入伍干什么呢，年纪大，又没文化，只好让他当行李员，俗称“挑夫”。那时解放军装备差，团以上干部才有马骑（实际上只是驮行李，有时伤病员乘用一下，首长们很少乘马行军），营连干部没有马，他们的行李由行李员挑。一个连四个连级干部，东西都不多，大概有两个行李员就够了。老袁同志参军后就干这个行当。他干得很认真，过长江、打湘南战役、进军大西南，他一直当行李员，从没有怨言，从不说一个苦字，也从没有掉过队，干部战士都说他好。

一

进军西藏。昌都战役后，中央人民政府和西藏地方政府谈判成功，签订了《中央人民政府和西藏地方政府关于和平解放西藏办法的协议》，西藏和平解放。1951年下半年我们从昌都向拉萨和平进军，为了行动方便，以一个小部门为一个伙食单位，配一个炊事员。当时我在步兵五十二师一五五团任记者。一天，上级为我们宣传股派来一位炊事员，看样子有50来岁，头发都花白了，但很精神，黑黝黝的脸庞，黑里透红。大概是为了显示他还能进军拉萨的缘故，胡子刮得干干净净，衣服也整齐清洁。他拿着一根扁担，据说这是他从安徽老家带来的，已经跟着他走遍了半个中国。扁担不长，和他的个子差不多，泛浅红色，有人说是枣木的——质地坚硬，善挑重担。由于长期使用，肩挑背磨，亮铮铮的，可以照见人影，摸一摸滑润而柔和。

我们正在开会，他来了。经领导一介绍，他抱着扁担站在一旁笑，算是报到了。

从此，老袁同志用他的枣木扁担，挑着我们宣传股十几个人的锅碗瓢勺上了路，向拉萨进军了。一走就是1000多公里，朝行暮宿，拾柴埋锅，爬冰卧雪，洗锅刷碗。有时柴湿风大，生不着火，灶烟常常熏得他泪水长流，但他从无一句怨言，反而向我们道歉说："饭晚了，饿了吧？"

有时行军走到下午，累得人四肢无力，挪一步都十分困难时，老袁总是对我说："把米袋子拿过来，"并指一指他的挑子说："放这头！"我的天哪，大家都累了一天啦，他又是50多岁的人了，我怎能再加重他的负担。嘿，你要是不给他，他还给你发脾气："咋啦，看不起我？看我老啦？我比你中，放过来吧！"说老实话，这时我总是抱着无限感激和抱歉的心情，把米袋子放在他的挑子上。过不了多长时间我又拿过来。

老袁也有不高兴甚至发脾气的时候，都知道他是个倔老头。有一次，他的扁担放在路上，我们副团长的夫人从上边跨了过去，他发火了："一个女人家，怎么能从我的扁担上跨过去呢？这不霉气嘛！"这可能是他们家乡的民风民俗，女人是不能从男人扁担上跨过去的。

我们几个人赶紧过来，向老袁解释说："算啦，算啦，那是副团长的爱人，刚从四川参军来的学生，不知道咱们北方的规矩。"我们的话还没说完，他的火更大了："副团长的爱人也不行，现在解放啦，官兵平等，越是当官的爱人越是要爱护当兵的。这扁担就是我干革命的武器，跟战士们手里的机关枪、大炮一样必须好好地保护，不能对不起它。"这位倔老头居然上纲上线来了，弄得我们手足无措，不知怎样向他解释了，副团长的爱人委屈地哭了起来。我们一群人向他说好话，事情才算平息下来。

二

从昌都到拉萨自古以来号称有穷八站，富八站，不穷不富又八站，三八二十四个站。这些站说是一天走一个站，其实有些站两天也走不完。从昌都到边坝为不穷不富的八个站。这一段路程虽然雪山冰河不少，但雪山下还有树木和村庄，有些地方还能买到马草，道路总的说还算好走。从边坝到太昭为穷八站，这一段路可就难走了，路上树木、村庄极少。有时走一天见不到一个村庄、一棵树木、一个藏胞。山上要么是雪要么是光秃秃的，什么也没有，顶多山腰向阳处有些矮小的灌木丛。这些灌木既不像树也不像草，但含油质，能点燃做饭，帮了我们的大忙，不然这八个站还真不好过呢！老袁对这种树最感兴趣，他说："文成公主好，她一吐解决了我们的大问题。"

这八个站路对我印象最深的要属从嘉黎出来翻楚拉山到太昭那一段路程。楚拉山海拔6000多米，山垭口行人处有5000多米，前边的部队从这里过几乎都死过人，大家都称它"死人山"。我们是1952年初春时节翻这座山的（1951年冬我们在扎雪奔噶住了一段时间）。来到山下看到前边部队留下的一排坟墓不禁毛骨悚然，一种塞外沙场的悲凉凄惨感觉向人袭来。刚到这里站脚未稳，上级马上传来命令：今日不走了，早点宿营，吃饱喝好，晚上12点出发，明天上午12点以前一定翻过这座雪山，12点以后风大，过不去。接着上级给我们每个小伙房发了一些牛肉，让我们晚上炖好，出发前每人喝上一碗肉汤，吃上几块牛肉，热热乎乎，鼓足勇气，直冲山顶，力争没有一个伤亡，顺利翻过这座雪山到达太昭。从太昭到拉萨是富八站，到了太昭再向拉萨挺进就好办了。

晚上，荒凉的原野上搭起了朵朵帐篷，灶膛里的火苗一闪一亮，如同篝火，在寂静的荒野上此起彼伏。这里没有村庄，没有树木，除了我们以外什么都没有。有的帐篷里的同志已经入睡，有的正在用饭。我们宣传股的几位同志吃过饭正在帐篷内开会，研究明天的宣传鼓动和通讯报道工作。帐篷外的山风不停地刮着，吹得帐篷一鼓一胀，好像马上会爆炸似的。人们放下皮帽上的双耳，搓着双手都觉得寒冷，奇怪的是，这样冷的天气，我们在帐篷内研究工作，老袁却坐在帐篷外边一动不动，他向来没有这样过。他从不听我们研究工作，今天怎么啦？我们也不把他当外人，他愿听就让他听吧。

我们的工作刚研究完，他一把拉住我："可完了，走！"到哪里去呀，弄得我莫名其妙。他把我拉到临时用石头搭建的锅灶前，命令似的说："坐下！"我坐下后，他神兮兮地揭开锅盖，随着一股飘来的肉香，他取出几块骨头，递给我，不容分辩地说："啃吧，趁热！"炖肉，炖好后，剔去肉，啃骨头上剩余的可怜兮兮的肉星星向来是炊事员的事，也是炊事员的"专利"，今天怎么叫我啃呢？说句不怕丢人的话，当年进藏因为后方运输困难，我们的口粮每人每天都有定量，只能说基本够吃，很难说吃饱，谁想多吃一口是不允许的。这时老袁拿出应该由他啃的肉骨头让我啃，显然是对我的厚爱甚至是偏爱！我也很想啃，但我看到他的满头白发，又不忍心啃了，我说："老袁，你年纪大了，还是你啃吧！""唉！傻瓜，我老啦，不中用啦，你还年轻，才20出头，又有文化，对革命比我有用，今后日子还长。啃吧，吃饱点，明天冲过这个山去。"老袁十分自然而诚恳地说完这句话，一动也不动，好像这都是应该的，我必须啃下去这几块肉骨头。

我看了看眼前的雪山，高耸入云，再看看老袁，他毕竟50多岁了，他明天能翻过这座雪山吗？万一，想到这里我眼睛湿润了，怎么也不忍心啃吃这几块肉骨头。

"你怎么啦，咋不啃哩？"他好像猜透了我的心事说，"我在旧社会吃的苦多，这点困难，我顶得住！"说罢，把肉骨头向我手上一塞，带着命令而又有一点生气的口吻说："吃，不要乱想！"

一切都在不言中，我怀着极为感动的心情，含着眼泪很快啃完了几块肉骨头。老袁笑了，笑得那样舒心而坦然。"赶紧回去睡吧，过一会儿就该起床了！"他像关心小孩似的对我说。

三

果然，晚上12点号声响了，在整个山谷回荡着。我们立即起床，收起帐篷，整好行装，来到临时灶前，吃了饭，每人还吃了几块肉，喝了一碗热乎乎的牛肉汤，立即精神焕发，待命出发。老袁也收拾家当，整理扁担，一头放上灶具，一头放上他的全部行装——一个小背包，腰束皮带，放下皮帽耳，脖子上系着一条白毛巾。虽然年纪大些，却也显得格外精神。一声哨响，长长的队列在夜幕中出发了。

天很黑，什么也看不到。反正夜行军对我们来说并不陌生，跟着前面的人走就是了。老袁走在我们的前边，他脖子上的白毛巾成了我们的向导。我们高一脚低一脚地走着，什么时候上的山也弄不清楚。到了天亮，我才发现我们已经进至山腰。山路崎岖蜿蜒，坎坎坷坷，直至山顶一个凹陷处——大概那就是我们要通过的地方。山上全是积雪，终年不化。道路虽然不够平坦，但还勉强可行。要知道这毕竟是入藏的一条古道，千百年来不少人在此行走，没有路也磨出一条路来了。团宣传队的同志早已提前来到山上，向我们唱快板、呼口号，鼓励我们上山，有时候交代几句注意事项，在十分难走的路段上也会过来拉我们一把。进军西藏走了一年多，对于爬山我们有一套经验。山越高，越不要慌，慢慢爬。累了，停下休息片刻，不要停久了，更不要坐下。越接近山顶，空气越稀薄，呼吸越困难，这时千万不要急，要坚持、坚持、再坚持，稳步前进，咬紧牙关，冲过山去。我们都按照这个办法向山顶走去。

山上不仅没有一棵树，连一棵草也看不到。这时正是1952年初春，可能草还没有长出来，到了夏季会不会有草呢？也难说。路上没有积雪，只有风不停地刮着，把山上的积雪不断吹下来打在脸上有些冰冷刺骨，大概是这个原因路上才没有积雪的吧!

“同志们，注意！到山顶了，弯下腰，向前冲！”一个同志在山垭处发出了命令。我抬头一看，只见山坳处像一个石门，不宽，大约三四米的样子，长大约20多米。因为山西面尼洋河谷的热空气和这里的冷空气相撞，结成浓厚的白雾，把整个山头笼罩得严严实实。浓雾夹着风，风夹着浓雾，由西向东顺着这个“山门”（山坳，我们必经之路）像一股喷泉冲刺而来。我们的任务就是顶着这“喷泉”冲过去。这时正是上午10点钟，据说风力还不算大，12点以后就难以翻过去了。

我们个个像百米赛跑的运动员，整理好衣服，束紧腰带，把皮帽的帽耳拉到下颏下边扣紧，弯着腰，一个紧跟一个向山坳处接近。一到山坳处就觉得一股强大的风力向你冲来，你不弯腰随时有被冲翻的可能。更可怕的是，由于风大，空气稀薄，你感到喘不过气来。这时雾又特别浓，白茫茫一片，呼呼作响，震耳欲聋。四周什么都看不清楚。传个前面传下来的口令，只有扭头背着风传。要是迎风传话，你很可能会被风吹断气，一命呜呼。我们艰难地向前走着，什么也看不清，什么也听不到，耳边只有风在尖厉地怪叫，叫得吓人。这时，我一不留神被一块石头绊了一跤——跌倒了。突然一根扁担出现在我的面前，大声地吼道：“快，拉住！”我抓住扁担一头的背包，迎着风冲出了山坳。定睛一看，啊！原来是老袁。“怎么样，你没事吧？”老袁问。我说：“没事。”我们一同向山下走去。走着，走着，我突然发现老袁满脸是血。我忙说：“老袁，你怎么啦？”他向鼻子上抓了一把，一看：“啊，又流鼻血了。”他伸手从棉衣内撕出一块棉花，塞入鼻孔，“没事，我一爬山就流鼻血。爬过来了，没事，走吧。”

我们顺利地闯过了“死人山”，也没死人。以后我们在太昭、墨竹工卡一带驻防，老袁同志因为年纪大，统一到军部集中，转业到西藏地方工作。

四

1955年我调任西藏军区政治部报社编辑。一日，到军区八一农场采访。到了农场我才知道老袁在这里任炊事班长。我想等采访结束一定去看看他，不料采访还未结束，他却来了。一进门就一句话：“会议完了到炊事班吃饭，我在那里。”说完就走了。场领导奇怪地问：“你们认识？”我说：“岂止认识，非同一般的老战友。”我简单地叙述了我们的关系，场领导说：“那这顿饭，你得吃！”

采访完毕，我来到炊事班，老袁正在卖饭，忙得不可开交。我找个凳子，坐在案板前一声不响地等着。环顾四周，厨房里很整洁，锅碗瓢勺、红案白案、罗筐背篼……摆放得有条不紊。最为醒目的是，一个墙角的空旷处放着一根扁担——还是那根枣木扁担，黑里透红，油光发亮，一尘不染，周围没有一件杂物。看来老袁是把它当成文物保管起来了，谁也不敢动它。它有一种威严的神圣感静静地“矗立”在那个地方，接受着别人的尊敬。我觉得它应该有这个待遇。

过了一会儿，一个炊事员把老袁换了下来。老袁用一个盘子，把他们卖的四样菜每样给我打了一勺，满满一盘子，端在我的面前，又端来一碗米饭，一碗汤。“吃吧，不够，我再给你舀。”他憨厚而认真地说。

“这么多，还能不够。”我不好意思地答道。

吃过饭，我对老袁说：“这顿饭的钱我不给了，算你请客。粮票我得给，大家都是有定量的。”

“不，钱、粮票都不用给。你也不是天天来，多少年就吃这一顿，啥都不用给。”他说不给我就不给，不然他会发火的。

几句话以后我看他无话可说了，就告辞。他说："好，你走吧！"我刚走出几步，他又突然喊道："回来、回来！"我赶紧回来。我知道他的脾气，他叫你回来你就得回来，不敢怠慢。

"还是一个人？"他把我拉到一个没人的地方，很严肃地问。

"今年快30了吧？老大不小啦，该成个家啦！不能老是一个人混。看到有老老实实的姑娘找一个，成个家。不要那些花里胡哨的，要会过日子的。听到没有？"他非常认真地说。

"听到了！"我十分感动地回答。

"听到就好。你忙，走吧！"

我就这样告别了老袁。

五

1959年拉萨平叛胜利以后，军区政治部的办公大楼竣工了，我们搬进新楼办公。各方面条件也相对好起来，这时我也结了婚。一日我正在编写稿件，军区大门口的门卫来电话说，八一农场有个姓袁的老头来找我，脾气还挺倔。我一听即知是老袁同志来了，忙对门卫说："那是老西藏、老革命，你们对他态度要好，请他马上进来！"我把手上的稿件和文件整理了一下，收入抽屉锁上后，立刻下楼迎接。这时老袁已进来了。他身着一件黑夹衣（这时的拉萨已是七八月天气，但依然离不了夹衣，这就是当时拉萨的特点），内里的白衬衣露出一圈白边，肩上扛着他那根黑里透红的枣木扁担，扁担的后边挑着一篮子菜，有莴笋，有黄瓜。这在当时的拉萨该属上等菜，只有在首长的小伙房里能见到，我们这些人是很难吃上的。有些同志看到老袁给我送来一篮子这样高级的蔬菜，莫不投以羡慕的眼光。有的还说："老焦不简单，八一农场还有这么一位好战友。"

老袁看到我以后把扁担往地上一放："走，到你家里看看。"我说："不到办公室坐坐？"他说："不去、不去，那是办公事的地方，我去干啥！"

我的宿舍距办公室不远，不一会儿就到了。我让老袁进屋坐，他说他的脚脏就不进去了。他向室内看了看，很满意地说："中、中，这就算成家了，中。"

我的天哪，我结婚并未向他透露过，也不知他是怎么知道的，他实在太关心我了。很清楚他今天是来向我表示祝贺的。

“媳妇是哪里人？多大啦？干什么工作的？”他把菜篮子往我门口一放，像查户口似的，一连串的问题都提出来了。我一边给他搬凳子，一边答道：“成都人，现在自治区人民医院当党支部书记，年龄和我差不多。”

“啊！又是党员，又是干部，中、中。”他捋着花白的胡子高兴地说。

当我向他表示感谢时，他一摆手：“谢啥，你成家，我不来看看那还像话？今后好好过日子，好好工作吧！”说完拿起扁担就走。

老袁给我送来这样高级的蔬菜，又向我表示了一番美好的祝愿，更确切地说是嘱咐，而一口水都不喝，也不进屋，我实在过意不去。我留他吃饭，他坚决不干。他说：“你们在办公，我不耽误你，你去忙吧，公事要紧！”一边说着，一边走。我送他，他反对。他就这样一个人孤孤单单地走了。我心里感到一阵难过。但也不敢强送他，强送他会发火的。

又过了一年多，我打听到老袁的子女在安徽日子过得很紧。我从侧面了解到他老家的通信地址和子女的名字，背着他给他家汇了50元钱。我想这事他不会知道是我干的，因为汇款单上未落我的真名。不料老袁神通广大，没有过多久他居然查出来了。一次我到军区生产部采访，他却意外地来了（八一农场是生产部的下属单位）。他从办公室把我叫出来，和蔼而又有点不容分辩地说：“钱是你寄的！”我知道瞒不过，忙说：“是的。”

“寄钱干啥，年轻人吃点苦有好处。叫他们也锻炼锻炼嘛！”他一本正经地说。

“那是我一点心意，不算什么！”我解释说。

“寄点也可以，哪能一下子就寄50块？太多了。你也结婚了，也有孩子了，今后的拖累也会大起来的，要注意节约。富日子当穷日子过，今后不要再给他们寄了。记住，富日子当穷日子过！”他像往常一样，话说完转身就走，对我寄钱一事不但没说一个“谢”字，反而把我“训”了一顿。但我心里却有一种说不出的感激。

生产部距八一农场足有一华里远，他走了。这时的老袁已接近70岁了，头发已经全白，满脸皱纹纵横交错，刻记着他平凡而又深刻的人生里程。虽然他总喜欢迈着当年进藏时的矫健步伐，但年岁不饶人，步履显然已有些蹒跚了，腰也有些佝偻。他走了，慢慢地走了，走向他永远也离不开的西藏军区八一农场了。他的满头白发迎着高原的寒风慢慢消失在拉萨平原的田野之中。此后不久，史无前例的“文化大革命”开始了，一切都乱了。没过多久，我也受到不公平待遇，被迫离开军队，离开西藏，复员回内地当了工人，从此我再也没有机会见到老袁同志了。

我怀念他！

我相信他也会怀念我的！

一切的一切都在遗憾和悲伤中。

六

党的十一届三中全会以后，组织上给我落实了政策，恢复原级别，改作转业处理，重新安排工作。20世纪80年代初，西藏自治区党委党史资料征集委员会聘请我到成都编写西藏党史，主编西藏党史刊物。我住在西藏自治区人民政府驻成都办事处，与西藏的联系多了。凡是从拉萨回来的同志我都向他们打听老袁同志的消息，但大都说不清楚。有一次一位同志给了我一个确切的消息——粉碎“四人帮”以后，组织上为了照顾老袁，把他转回安徽老家养老去了。问他家的通信地址，来人回答，不知道。我原本有他家的地址，因“文化大革命”多年折腾，早已丢了。我只有仰天长叹，再也找不到老袁了。

又过了几年光景，拉萨八一农场有人到成都来，当我问到老袁时，他们却说，八一农场没有这样一个人，他们向来也没有听说过有这么一个人。好像老袁从未到过西藏，西藏也从未有过这么一个人。我悲愤不已，这么一位好同志怎么这么快就被人们忘掉了呢？不，不应忘掉他。西藏的雪山冰河不会忘掉他，八一农场的土地不会忘掉他。那里留有他进入老年以后依然进军西藏的脚印，留有他的血汗和智慧，留有他一往情深的爱——爱高原、爱边疆、爱藏胞、爱战友……西藏怎么能忘掉他呢！

老袁同志，我怀念你，你在何方？你还健在吗？你还健在的话，大概已百岁出头——要知道我今年已75岁了呀！老袁同志，我希望你健在，希望你能看到我这篇文章，这是我对你的问候和唯一的一点报答！

老袁同志，我父辈式的战友，我对不起你。我没有作出像你期望我那样应做出的轰轰烈烈的事业。但有一点我可以告慰你，不论在战斗部队还是在机关，不论在军队还是在地方，不论在边疆还是在内地，不论当干部还是当工人，凡是党和领导交给我的任务我都完成了。我没有什么特殊贡献，也没有犯过任何错误，受过任何处分，我无愧于良心。尊敬的老袁同志我也无愧于你。

老袁同志，我认为你是当年伟大的中国农民支援中国革命的典型，我永远尊敬你，热爱你，也永远尊敬和热爱你那根黑里透红的枣木扁担。老袁同志，假若你健在的话，祝你心情愉快，健康长寿！请原谅我还要说一句不该说的话——假若你不在的话，祝你在天之灵安息。我们的祖国已经走上了建设中国特色的社会主义康庄大道，目前正在全面建设小康社会，日子越过越好，你可以含笑九泉了。

一段接新兵的经历

这是一段怪异而又苦涩的经历，说起来好笑又好气，有时令人惭愧，有时令人落泪。但是以往不敢说，更不敢写。现在好了，敢说了。我不妨把它写出来，让更多的人看看，说不定还会有点好处。

一

1959年对于西藏来说，可是个不平凡的一年。这一年我们在拉萨、山南、麦地卡三个地区进行了三个平叛战役，都取得了巨大胜利。按照中央制定的政策，这三个地区边平叛边改革，群众翻身解放，开始得到了一些实惠，民心大快，形势大好。12月上旬我到巴河桥附近一三四师四〇一团驻地采访了该团在麦地卡地区平叛战斗中出现的战斗英雄胡汉剑的事迹，回报社后写了个初稿刚交上去，还未得到报社领导表态，军区政治部就通知我到内地接新兵去，而且马上出发。我只好打好行装到指定地点集中。

到集中地点我才晓得，我们组建的是一个新兵师建制，由军区司令部、政治部、后勤部抽人组成新兵师的司、政、后机关。我在新兵师政治部做宣传工作。军区首长很重视这项工作，决定让我们学习一个星期。我记得先后来给我们讲课的有军区副司令员王亢、政治部主任吕义山等。他们讲的内容：大致是这几年内地遭受了自然灾害，生活有些困难，但是形势是好的，特别是实行人民公社制度以后农村形势更好。你们回到内地以后看到地方上的一些事情不要乱发言。你们的任务是接新兵，把兵接回来就行了。在接兵过程中假若与地方上发生了矛盾，要通过地方党委来解决，要尊重地方党委。首长们还特别交代，在地方党委会上只能是讨论与接兵有关的事宜，其他问题我们一概不介入，不发言。讨论接兵有关事宜，在地方党委会上有不同意见可以发表，态度要好。讨论问题也好，争论问题也好，只要是地方党委第一书记一发言，你们就不要再讲什么了。那就是决定，照办就行了。

首长们给我们讲到这个程度，我认为很精辟，很透彻。

二

一切准备停当，这年12月下旬，我们就带着行李，登上汽车，冒着严冬通过青藏公路到了青海西宁，然后改乘火车，经兰州、宝鸡到了成都。

到成都一下火车，只见车站上到处是人，农民居多。他们共同的特点是：面孔黄而瘦，充满饥饿、忧愁、困惑的表情。谁也不说话，只是毫无目的地走来走去。西藏军区驻四川办事处来接我们的同志说："都是'盲流'。走吧。我们有车，赶紧上车！"这些人为什么被称为"盲流"，我一时弄不明白。事后我得到的解释是农村没吃的，想到城市找饭吃，其实城市也没吃的，盲目地到处乱跑，所以叫"盲流"。这话听起来好像有些道理，只是没有饭吃的责任不在他们。

军区驻川办事处主任王辛有兼任我们新兵师师长，政委李文江兼任我们新兵师的政委。这二位首长都是老红军。办事处副主任王立峰兼任我们新兵师的副师长，这是一位1937年入伍的"老八路"，煤矿工人出身，打仗勇敢，对人诚恳，对下级非常爱护。我们到办事处后，首长们亲自出来接待我们。李文江政委说："你们住在招待所，和我们司、政、后机关一起吃饭。"他沉思了片刻又说，"招待所已经是分餐制了，现在四川省领导机关都是分餐制。每人每月19斤粮，半斤肉，2两油。当然这是自然灾害造成的，是暂时的。你们在西藏供应要好些，让你们一下子实行分餐制怕受不了。我们川办机关沾了西藏的光，虽然比不上你们的生活水平，比招待所要好些，还没实行分餐制，我们在一起吃吧。"

于是我们和川办机关一块儿吃饭。虽然菜蔬油水不大，但填饱肚子问题不大。当然不能和拉萨比，我们在拉萨是每人每月45斤粮，每天2两油，肉类和其他副食都不成问题。

我们在川办大概住了十来天，每天学习当前的大好形势和接新兵的政策。一次川办为了照顾我们这些从前方战区回来的同志，给我们每人发了两块点心。说是点心，其实就是油炸馒头，只是个头小一点，表面上捏了一点并不精美的花花罢了。这个东西在当时是相当宝贵的，我舍不得吃，拿着它去看望了一位老战友的夫人，她当时转业在成都一家制药厂任党支部书记。我把这个“礼物”交给她，她说：“你们接新兵任务那么重，回去以后还要打仗，你们的身体需要补养，我们在后方可以坚持的。这个礼物我不能收。”经过再三谦让，我做了许多解释工作，最后她总算收下了。事过几十年后，提起这件事，她仍感激不尽呢。

三

按照四川省的统一安排，我们接兵的地区为川北的三台、盐亭、射洪和德阳四个县，新兵师师部设在三台县委招待所。到三台县吃第一顿饭我就出了一个洋相。那是我第一次吃缸缸饭，饭端上来以后，一人一个黑陶瓷缸，不论你够不够，只此一缸。我还是按照平时吃饭的动作端起就吃，不料瓷缸烫得很，我猝不及防，慌乱之中把瓷缸掉在了地上，摔得满地都是白米饭。在一旁招待我们就餐的干部赶紧把饭从地上捡起来，为难地说：“哎呀，这怎么办，这怎么办？”他的意思很清楚：把从地上捡起来的饭招待客人显然不恭，但不如此又怎么办呢？一人只有一缸啊。还是位于上座的一位领导同志，可能是县委书记或者是县长，马上拍板说：“愣着干什么，再换一缸来。”算是解了一个围，我的尴尬心情才慢慢平静下来。

当时中央指示，党、政、军各级领导机关没有十分特殊情况一律不准请客吃饭，这无疑是正确的。但是我们到地方以后，从县到区、到公社（即乡）以至生产大队、生产小组都有人请。他们不叫“请客吃饭”，叫“吃便饭”。请得都极为认真诚恳，你不参加还不行。吃来吃去，我发现一个秘密，有的地方干部这样搞也是想趁机吃顿饱饭。

也有的地方不请我们吃“便饭”的，那就是德阳县。为什么？这里有点小原因。

德阳县是我们新兵三团的接兵地区。新兵团是步兵五十四军一三四师组建的。这个部队并非我们西藏军区的老部队，当时他们在西藏平叛，临时归我们指挥，所以接新兵时他们组织的这个新兵团也归我们指挥。这时德阳县正在建设“二重”这个大工厂。据县委有关同志讲，上级给他们下过指示，让他们保留一批出身好、身体壮、有文化的青年，准备将来入厂当工人、当骨干。我们接兵下到农村的干部要的也是这样的青年，于是军地双方就产生了矛盾。我们的干部到农村去找一个重点青年进行目测，地方干部就把他藏起来，说是“走亲戚”了，或是出门办什么事去了，不在家。总之不让见。但是青年们都想当兵，特别是当时农村生活困难，他们总想“跳出农门”。青年们这样想，他们的家长也这样想。地方干部想把他们藏起来，而家长们总是背地里悄悄告诉我们，他们的孩子在哪里，我们一找就找到了。

找到一看，果然是出身好、身体壮、有文化、长得又漂亮的好青年，当然非要不可。青年也愿意跟我们走。这样就矛盾了。这类事例越多，矛盾也就越多。这样一来确实难为了三团的同志，他们往往过几天就到新兵师师部来诉苦，我们也劝他们不要和地方上的关系搞得太僵。好青年都想要，要体贴地方上的困难，该让步时不妨让点步。有的同志说：“咱们招兵打仗的，又不是招女婿，脸黑点，难看点，文化低点有啥关系。只要思想好，打仗不怕死就行，不要太挑剔。”

新兵三团的同志说：“你们不知道，离开西藏时，师首长向我们交代了，我们师准备建立一支战士演出队，就是要招一批思想、身体、文化、外表都拔尖的青年。这些人不光演戏，将来还要作为干部培养呢。这个任务我们完不成怎么办？”

有一次，在三台县委招待所还是德阳县委招待所我记不清了，反正是研究工作，大概各团主要领导干部都参加了。大家议事很随便，轮到某团政委发言时，他说：“现在农村青年为什么这样积极参军，我看主要是为了到部队吃饱饭，农村太苦了。”他的话还未讲完，主持会议的首长马上火了：“混蛋，胡说什么！你这个话是错误的，你要检讨。”他讲到这里，突然停了下来，指了指门口的干部：“出去看看，外边有没有人。”

几个干部出去到房前屋后查看了一遍，回来说：“没有人。”

首长接着说：“这个话到此为止。出去以后，谁也不准说，不要再提了。”

我认为首长同志对这个问题的处理十分高明。那个年代像这位团政委的言论，若抓住不放，上纲上线，一批一斗，定个右派分子或右倾机会主义分子是绰绰有余的。但首长巧妙地把它压了下来，平安地过去了，实在是挽救了一个好干部。

四

我们和德阳县这个矛盾并未就此结束。接收新兵工作快要结束时，听说德阳县委要告我们。说我们过多地招收了他们的好青年，影响到“二重”这个大工厂下一步的招工计划。王立峰找到我说：“咱们也得告，不告就被动了。”于是由我写状子，状子的抬头是交四川省委的。

状子写好以后，由王立峰同志作了修改审定。最后是否上交了四川省委，我就不晓得了。德阳县委是否真的告了我们，我也不晓得。

这篇文章我想到此结束，不写了。总之，这段历史是我一生中一段复杂、荒唐、可笑而又无可奈何的经历，所以我称它为：怪异而又苦涩的经历。有人说，那是否定我们自己的一个时代，我不完全同意这个看法。在我看来，不是那个时代否定了我们，是我们否定了那个时代。尽管我们以往也自觉、不自觉或被迫地说过一些假话，做过一些错事，但我们的良心毕竟没有泯灭，何况有时还向错误的思潮作过一些斗争呢！我们是那个时代的受害者，但也学到不少东西，我们是胜利者。

初审敌少将

1950年3～4月间，我们在四川洪雅一带剿匪。说是剿匪，实际上我们的主要对手并非一般土匪，而是西南战役后国民党反动派留下的零散部队。当时我在十八军步兵一五五团任记者。

一日，一营从瓦屋山、柳江镇一线送来十多名战俘，其中有一人40来岁，很有点风度，但是却穿一件很不合身的小棉马褂，冻得瑟瑟发抖，不管怎样看，总觉得这个人不像国民党的一般士兵，很可能是个大官。此外还有个妇女，20多岁，短发，细皮嫩肉，显然不是劳动妇女。开始，他们冒充夫妻，想蒙混逃跑，战士们稍一审问，便戳穿了他们的阴谋。原来这个妇女是个报务员，她还有一部电台呢，他们根本不是夫妻。但这个男的是干什么的，不知道。部队在前方战斗频繁，任务繁重，当然解决不了这个问题，就连俘虏和这个矛盾一块儿送交团领导机关处理。

当时团政治处接受这个任务，一说到审问这个俘虏，谁也不愿去。政治处副主任刘畴范叫我去审。我说："这是保卫股的任务，怎么叫我去呢？"他说："他们都没见过国民党的大官，不敢去。你不管怎样还读过书，见多识广，你去简单审问一下，写个材料，连人一块儿交上去就行了。"他这样一说，我只好从命。

我们住在洪雅县城内一个大地主的院内。我坐在临街房屋的二楼上，面前放着一张小桌子，桌子上面放着纸张和钢笔，以便记录。一位战士持枪把那个俘虏押了过来。他老老实实地、又有点不甘地低着头，站在那里。

我坐在桌子后边一本正经地开始了审问，押送俘虏的战士在一旁持枪护卫着。当时我的表情是个什么样子，我不知道。不过从心情上说，我既有点自豪，又有点忐忑不安。对方可能感到大势已去，还比较老实。

"姓名？"我问。

"李有光。"他答。也可能叫"李有禄"，我记不清了。

"你是干什么的？"

"胡宗南办公室副主任。"我一听这个职务不算很高，但属要害部门。于是我又问他：

"你是什么阶级？"我们叫军衔，国民党军队叫阶级，这个常识我有。

"少将加三级。"他答得很干脆。但少将还要加三级是什么意思，我就不懂了。那时年轻，爱面子，心想：不懂也不能向俘虏请教。于是，我装着很懂的样子，"嗯，嗯。"点了点头，马上又问道：

"你既然是胡宗南办公室副主任，胡宗南在西昌坐飞机逃跑时你为什么不走？"

"我上去啦，因为飞机超重，胡宗南叫我下来的。说是让我在川西打游击，他们以后派飞机来接我。"

"胡宗南上飞机逃走时有些什么表现？"我问到这里，他停留了片刻，答道：

"人瘦多了，很少说话，脾气心情都不好。"

大体上我就问了这些，更多的没有问。对他回答的这些话也没有深究，只是写了一个材料就把他们交到上级机关去了。至于其他人员，特别是那个女报务员我根本没审问。那时我们大都认为：国民党军队中的女工作人员可能都是特务，坏得很，不好惹，最好不要接触。

"文化大革命"后期我们国家释放最后一批国民党县团以上军政干部时，我在报上看到有"李有光"这个名字，但也不知是不是我审问过的那个人。这时我已不在部队工作，也没有人问我这件事，当时是以阶级斗争为纲的年代，乱糟糟的，是非很多，当然我也就不便提了。今天我把这个小材料写出来，这是我亲身经历的，是真实的。

我所经历的昌都战役

昌都战役是和平解放西藏的关键一战，其重要性不言而喻，写它的人已经很多了，但我还是要写。因为这次战役给我的印象太深刻了，它是我一生中最为难忘的一段经历。

金沙江畔

为了叙述方便，我先把战役的整个部署作一个简单介绍。

1950年原西藏地方当局在帝国主义的支持下，为了阻止我军解放西藏，调集了10个代本（一个代本相当于一个小团）约七八千人的兵力，沿金沙江西线布防，阻止我军西进，气焰极为嚣张。为了打好这一仗，我军也作了积极周密地部署。

战役分南北两集团。北集团开辟主战场，以十八军五十二师为主，统归五十二师师长吴忠指挥。十八军侦察营、工兵营由昌都以东的岗托渡金沙江，向昌都进攻，这是一支佯攻部队，兵力并不多。五十二师一五四团在青海骑兵支队配合下，由青海出发，直插昌都以西的恩达，截断藏军退路，防止其向西逃跑。这是迂回合围部队，兵力多一些。我军主力在昌都以北金沙江北岸的邓柯，由五十二师指挥部、一五五团、一五六团、十八军炮兵营组成。其任务是战役发起后，渡过金沙江，五十二师指挥部、一五六团、十八军炮兵营顺扎曲河东岸直取昌都，一五五团顺扎曲河西岸直取昌都。打个比方，这一路部队的任务就是各路部队对藏军形成合围后，由他们直插进去，像切豆腐一样，穿插分割，把敢于抵抗的敌人各个消灭。

南集团由十八军五十三师一五七团组成，在巴塘渡金沙江，直取宁静后，向北直插昌都以南的邦达草原，防止藏军由此取南路向拉萨逃跑。

南北两集团可以说是我军进行昌都战役的主力部队。从更大范围说，云南有少量部队同时向昌都以南的察隅进发，新疆有少量部队向西藏的最西部阿里进发，这是战略配合。

我当时在一五五团当战地记者，是从邓柯进发到昌都的。我们过江前，在金沙江北岸大约停留了五六天，当时千军万马都驻在金沙江畔的河滩上，一方面等待渡江命令，一方面做战前准备。我们住在沙滩上的帐篷里。帐篷很小，但能拆能合。行动时拆开，每人一块，便于携带；宿营时，几张合起来，便是一间房屋，但空间很小，只能爬进爬出。进入帐篷后只有坐卧，想站起来是办不到的。所以平时都不愿在帐篷内，但外边的风沙大，也不好受。上午还好些，每日12点以后风沙就吹起来了。风沙大的时候我们就钻进帐篷，蜷缩起来，风沙一小就钻出来。最困难的是吃饭，都不想进帐篷弯腰吃，总是利用风沙间隙在外边吃。但天有不测风云，有时你正吃得香的时候，忽的一阵风沙吹来，碗里撒进一层沙子，真使人哭笑不得。颗粒大的沙子可以捡出来，肉眼看不到的就难说了。我们在金沙江畔住了大约一个星期，可以说是饱尝了那里的沙子。

雪山吞雪

我们是1950年10月8日过的金沙江。过江前一天晚上伙房烧开了一锅酥油叫大家灌一些，可是许多人都说闻不得那个味儿，不要。我心想过了江困难多，酥油是牛奶打出来的好东西，带一些好，于是灌了一水壶。过了江，吃饭出现困难，这个东西吃香了。原来闻不惯这个味道的同志跟我说好话：“老焦，给点吧！”我故意羞他们：“味道不好闻，要它干啥！”他们总是半开玩笑、半“检讨”地说：“你有远见，我们佩服。给点，给点。”我只好“施舍”了。

团部，是下午过的江，过江后走了几十里路天就黑了下来，于是我们宿营休息。

第二天，也就是10月9日，一早，天还未亮，每人吃了半斤代饭粉就出发了。什么叫代饭粉？这我得交代几句。我们进藏初期，后方没有公路，补给极为困难。上级找专家想了一个办法，把麦子、玉米、花生等按一定比例配好炒熟，磨成面，加一些佐料，主要是盐，装入铁筒，有5斤一筒的，有10斤一筒的，发给大家，这就叫代饭粉。我们过金沙江以后既没有大米，也没有馒头，更没有蔬菜，就吃这个家伙。每人每顿半斤，一天两餐。

饭后我们顺着一条山沟向上走，路旁有不少树木，地上也有青草。越往上走树木、青草越少。再往上走，树木青草全无，出现了雪。这天我吃的代饭粉是一种制作时偷工减料没有炒熟的产品，上午还好，到了下午就拉肚子。每走一段路，我就从队列里出来拉一次肚子。拉了几次，两腿发软，再说队伍也不能等我，我慢慢就掉队了，天黑以后才走到山顶。只见四周黑沉沉的一片，从脚下雪地上人马的脚印可以看出部队前进的方向。但一个人影也看不见，只听耳边冷风嗖嗖，吹得浑身发抖，厚厚的棉衣如同一张纸贴在身上，感觉极薄、极冷。早上吃的半斤代饭粉的能量早已消耗完了，我又饥又冷，实在走不动了。但我明白今晚必须翻过这座雪山，若过不了这座山，人就完了。现在需要加热，不然难以前进。加热就是吃饭，这里没火没灶，连一口开水都没有，怎么吃呢？我顺手抓了一把雪塞入口中，然后再拿出我认为是炒熟的代饭粉吃下去。一连吃了几口，人果然精神了。我鼓起勇气继续前进。

大概到午夜12点钟才翻过山，待走到下山路上一个山坳里时，只见远处有几点微弱的灯光，我走了过去。忽然听到政治处副主任刘畴范说："王心前（宣传股长），怎么搞的，焦东海还未到啊？"王心前说："他今天拉肚子，掉队了。"听到他们的对话，我非常感动。我未到，首长们都未睡，一直在等我。我忙说："来了，来了。"

"来了好，来了好。不要吃饭了，赶紧睡，明天早上一起吃。明天走得早。"两位首长说。我立即钻入帐篷睡觉。

冰河露宿

10日早上，果然是很早就起床吃饭。饭毕，拆去帐篷，打好行装就出发。这一天几乎全天走下山路，有时也爬点小山包，一直走到太阳快落山时才走到一条河谷。河水不大，从北向南流去。水清极了，无任何污染，两岸浅水处结着一层薄冰。河边有青草，但因冬季来临，已开始枯萎。河两岸一棵树也没有，大概是海拔太高的缘故。我们来到河西岸，踏着河水中的石头（看样子是前行部队有意铺设的）到了东岸。岸边有一山岩，成老虎嘴形状，可能是河水长期冲刷形成的，现在到了冬天，河水小了，山岩露了出来，形成一个半山洞。正在这时上级下了命令，就地宿营，明天再走。团部管理员指着这个半山洞说："宣传股就住这里。"我们一听，高兴极了。其他部门的同志都以羡慕的眼光看着我们。要知道住在这里晚上可以不架帐篷，还可以直着腰进进出出，是何等的痛快。这样安排和我们的工作有关。我是记者需要抄抄写写，宣传股还有收音员，每晚收听广播，次日向团首长通报国内外重要消息，若时间允许还要出油印小报，发往各个连队。所以过江前团首长就向管理部门打过招呼："要照顾好秀才们。"今天算是落实了。

进了山洞，安顿好住处，出来一看，啊，惊呆了。河东岸是一座大雪山，从山脚到山顶全是雪。前边部队走出的路，从山脚蜿蜒曲折直达山顶。山在夕阳的照耀下，洁白剔透，宛如一个巨大的银屏嵌镶在碧蓝如水的蓝天之中，真是壮观极了，美妙极了。毫无疑问这是我们明天必经的道路。今天之所以宿营这样早，大概和这座山有关。这山今晚是翻不过去的，我们又不能在山上过夜，只好在此提早住宿，以便明天大战雪山。想到这里，再也无心欣赏美景了。

晚上做饭（其实是烧锅开水，拌代饭粉而已）时，我端着锅到河边打水，不料到了河边就摔了一跤，仔细一看，河边的石头上因水花溅洒都结了一层薄冰。冰晶莹透明，不失石头本色，难得看出，若不注意踩上去，非摔倒不可。当天晚上像我这样出洋相的人还不少，有的摔在水里，浑身透湿，更是苦不堪言。

饭后，我拉开半米宽的一条帆布铺在地上，就是褥子；打开背包取出一个包袱，垫上鞋子，就是枕头。然后脱去上衣，棉裤脱一半蒙住脚，把棉衣盖在腿上，上身盖上皮大衣，就入睡了。睡至半夜，山风从洞口吹进来，像刀割一样冷，把我吹醒了，我拿过皮帽子戴上继续睡了。这一觉睡得很香。第二天早上起来发觉腰间隐疼，一摸原来是半夜起来时把左轮手枪压在腰间睡着了，硌了半夜的腰，岂有不疼之理。

电台直呼

又是一个天不亮就出发，所不同的是，今天一出发就爬雪山。为了防止雪路打滑，有的同志在脚上捆上绳子。我们顺着蜿蜒的小路不停地向上攀登，越向上海拔越高，呼吸渐感困难，人们不住地喘着粗气。这时前边不断传来口令："注意，要沿着路走！"这个话的分量大家都知道有多重。雪路两侧有些山沟被雪填平了，你稍不注意，一脚踏空，就有掉进万丈雪窟的危险。人们小心翼翼地走着。

中午时分，太阳高照，整个雪山一片耀眼透明，我们急忙拿出风镜戴上，不然会得雪盲的。有的同志嫌戴风镜麻烦，弄来一块纱布，染上蓝墨水包在眼上，也极管用。这时通讯部队的同志打开了电台，一边行进，一边与前边的各个部队联络。团首长们时不时几个人聚在一起，说几句话，简单写上一片纸，交译电员译成密码发出。

一直行进到大概晚上12点钟，我们翻过大雪山，在一个山坳里停了下来。要宿营了，我的帐篷和团长郭从义同志的帐篷紧挨着。只听他说："快要五连，快要五连！"译电员说："一号（团长的代号），你写，我译。"郭团长说："算了，算了，来不及了。"接着郭团长在电台上直呼："五弟，五弟！前边有生意可做，不要休息，火速前进！"这显然是对五连下达的战斗命令。

听完团长的直呼，我走出帐篷，只见另一座大山挡在面前，在夜色苍茫中，山上有一条小路，断断续续、弯弯曲曲，直插云天。它到底有多高，只有天知道。就是在这样的山路上，部队行进了一天，晚上还不能休息，还要继续奇袭敌人，真不容易啊！我不禁由衷地感叹道：我们的部队是世上最伟大的部队，我们的战士是最可爱的人！

第二天听说，前边的部队打得不错。

夜袭缅达

整整走了一天山路，天擦黑时，团政委李传恩同志把王心前、张文祥和我叫到跟前说："今晚打缅达。你们是战俘审查小组，心前同志任组长，老焦、老张为组员。抓到俘虏先由你们审查。"说完，也没有征求我们的意见，便命令道："回去准备，马上出发。"

有什么准备的，我们背上背包跟着他走就是了。走着走着天已大黑，什么也看不到了。我们顺着一个山腰插过去，路有些滑，又不准见一点火光，不时听见"扑通"一声，有人摔倒，但谁也不敢说话，只有悄悄地迅速前进。带队的是团部管理员艾学玉，此人是个老红军，很有战斗经验。我们走得已经够快了，他还嫌慢，不时从前边传来口令："快，快，跟上，跟上！"

过了这个山腰，只听前边哗哗直响，走近一看才知是一条河流。同志们二话没说，纷纷脱去鞋袜、棉裤，稀里哗啦跳入激流向前冲。水有多深，谁也不知道。我不会游泳，找到身边通讯连的两个大个子战士把我夹在中间走。我们平时都认识，他们一看是我，悄悄地说："啊，是你。没问题，走！"我们三人向河水冲去。河边浅水处已经结上一层薄冰，脚踩上去咔嚓咔嚓直响，冰冷刺骨，但谁还能管这些呢，只往河对岸前进就是了。到河中间，河水已淹到我的棉衣，幸好有两个战士架着我，算是安全地过河了。

过了河，我把湿透的裤头脱下搭在背包上，穿上棉裤和鞋袜继续前进。走了不久，一摸背包上的裤头已冻得像一块铁板，但也不敢丢。丢了穿什么呢？

大约晚上一两点钟的样子，在一个小草坪上宿营了。正在架帐篷时，李传恩同志走过来，带着几分歉意和安慰的口吻说："可惜，敌人跑了，没打上。没关系，打仗嘛，这是常有的事。"

这一仗虽然没打上，第二天我才知道我们还是付出了代价的。七连夜渡另一条激流时牺牲了几个战士，令人痛心。

进抵昌都

快抵达昌都时，领导交给我们宣传股一个任务：走在团部后边，收容安置伤病员，距团部大约差半天路程。

一天早上我们来到浦土村，这里距昌都已不远了。我们到了这里，看到村外搭着几顶小帐篷，帐篷上落满一层积雪，帐篷周围的水坑内结着清冷的薄冰。王心前同志上前问明了情况，原来帐篷里都是伤病员。他们的口粮已经吃完了，行动又不便，很是困难。王心前同志当即决定：我们只留下当天的口粮，多余的全部留给伤病员，并嘱咐他们慢慢向昌都前进，只要到了昌都就有办法。把口粮全部留给伤病员，有些同志还舍不得。心前同志说："伤病员都是我们的阶级兄弟，我们不能不管，不能看着他们挨饿。再说只要半天时间我们就到昌都了，到了昌都还能没有吃的？"他的话果然有效，大家全部按他说的办了。

交出口粮等于轻了装，大概下午两点钟的样子我们就到达了昌都。我们到了昌都喇嘛寺下边还问："这里离昌都还有多远？"一个军人笑着对我们说："这就是昌都。"我们看看周围破烂不堪的矮小房屋和狭窄的街道，真不敢相信这就是地图上划成一个大圈的昌都。在我们的想象中昌都一定是个中等城市，蛮气魄的，谁知它竟是这个模样。

我们穿过昌都市区来到云南坝，找到了团政治处，见到各位首长和同志们。原来昨日（10月19日）一五六团已率先进城解放了昌都。说起一五六团进昌都也真叫人振奋。团长王立峰带领先头部队离昌都还有一天路时断了粮，他们杀了战马，每个战士吃了一块马肉，又从百姓家中买来几筐元根（即蔓菁），每人分得四个，带在腰里，直奔昌都而来。所以战士们戏称：他们是带着四个元根进昌都！

10月21日，一五四团在青海骑兵支队配合下插到恩达完成了战役合围。藏军昌都地区总指挥阿沛·阿旺晋美命令部下放下武器，采取了愿意回归祖国怀抱的态度。10月24日，昌都战役胜利结束。

我们到了昌都原以为吃饭不成问题，不料这是一座空城，一粒粮食也没有。政治处领导刘畴范同志知道了我们的情况后，忙动员各部门说："宣传股的同志们为了支援伤病员，捐出了自己的全部口粮，精神可嘉。现在他们没有吃的了，同志们匀一些出来。"就这样我们才有了饭吃。当然和大家一样，不可能吃饱就是了。虽然如此，但想一想昌都战役的伟大胜利，这块国土毕竟被我们解放了，不禁又有一种自豪感，心情非常愉快！

度荒备进

昌都战役以后，大军云集昌都，后方补给极为困难，靠当地供应也不可能，因为当时西藏生产力水平太低，所以，毛主席说："进军西藏，不吃地方。"在这种情况下，部队吃饭一时成了大问题。为了解决这个问题，上级决定，留下一部分部队在昌都地区一边度粮荒，一边进行冬训，以备明年继续向拉萨进军。大部分部队撤回金沙江以东。十八军军直侦察营、工兵营、炮兵营和一五六团全部撤回金沙江以东。留下的部队和布防情况为：五十二师师部驻昌都城，一五四团驻昌都以西恩达一带，一五五团驻昌都至督兰都一线，团部驻日通。

我们返回日通就开始了正式的度粮荒的日子。当时后方也可以运输些代饭粉来，但全靠牦牛运输，数量很少。每人每日只能保证1斤代饭粉，除此以外什么也没有。最困难时每人每日减到8两。这时确实饿得够呛，每日只觉头昏，两腿发软，浑身无力。这个局面一直坚持到春节，才有所好转，但仍未从根本上解决问题。

人要度荒，几百匹战马也要度荒。马料、马草当地买不到，青草到了冬季也没有了。当时团领导经过研究，征得当地群众的同意，决定发动部队拔当地群众收割青稞后留在地里的青稞麦茬，然后加工喂马。有一天，政治处的几十个干部在组织股长高树言、宣传股长王心前带领下，顺扎曲河上溯二三十里拔麦茬。我们在那里整整干了一天，吃过夜饭又干了几个小时，成绩卓著，麦茬堆了两大堆。天已晚，同志们都疲乏得不想走了，于是就在这里过夜。这里既没有房屋也没有帐篷，住哪里呢？不知谁出的主意，钻进麦茬堆里睡觉。主意不错，钻进去果然暖和。但一觉醒来，麦茬粘了一身，实在不好受。再说因为钻麦茬堆，免不了有的在上，有的在下，下边的同志受不了。我记得十分清楚，那晚月亮很好，高高挂在天上，月光如洗，照得周围花花点点，扎曲河清澈的流水淙淙作响，真是景色迷人，不禁使人想起“明月松间照，清泉石上流”的诗句。只可惜天太冷，肚子饿，与这番美景不太协调罢了。

我们就是在这样的情况下，迎来了《中央人民政府与西藏地方政府关于和平解放西藏办法的协议》的签订。这时我们后方运输条件也得到很大改善，于是1951年下半年我们又踏上和平进军拉萨、和平解放全西藏的道路。

昌都地区与西藏和平解放

有人说，昌都是西藏的延安。这话可能有点夸张，但说昌都地区曾对西藏和平解放做出过许多贡献，倒是实事求是的。

昌都战役后，昌都在行政区划上属政务院直接领导，既不属于四川，也不属于西藏，它位于四川与西藏之间，成了我军进军西藏的桥头堡，也成了当时中央向西藏地方政府做和平解放西藏工作的主要渠道之一。正因为它处于这个特殊地位，它就有可能做出许多贡献。

昌都解放后在成立昌都地区人民解放委员会的同时，即成立了争取和平解放西藏委员会，主任是阿沛·阿旺晋美。委员会从1951年1月1日起，即在昌都地区各个阶层中掀起了争取和平解放西藏签名活动。昌都地区各族各界代表人物签名后，签名书送到了拉萨。在此期间，阿沛·阿旺晋美曾和西藏地方政府在昌都地区的四十多位军政官员，联名给达赖和噶厦写信，以自己的亲身经历，介绍我党我军的各项政策，建议西藏地方政府速派代表与中央人民政府进行谈判，和平解放西藏。之后，阿沛又以个人名义给噶厦写信，陈述和平谈判与和平解放西藏的重要性。这两封信，阿沛都亲自派人送往拉萨，交给了达赖和噶厦。

所有这一切，都在西藏上层中引起很大反响。

噶厦接信后经过磋商，派土登列门、桑颇·登增顿珠到昌都与解放军前线部队进行谈判，当时虽然因为噶厦提出了许多不合理条件，谈判没有成功，但和谈的大门毕竟打开了。这两位代表以后都成为西藏地方政府与中央人民政府谈判的代表，随阿沛·阿旺晋美一起赴北京进行谈判，为谈判做出了一定贡献。

昌都战役前后，虽然和平解放西藏办法的协议尚未产生，但是党的各项政策与协议基本精神是一致的，我党我军在昌都前线认真贯彻执行这些政策，在某种意义上说，也是对未来的《协议》的具体体现，其影响是巨大的。比如，昌都战役后，各宗政府人员照常供职，并没有进行改革，只是向各宗派出一位军代表协助宗本处理日常事务。昌都地区成立的人民解放委员会是同当地上层人士和各族各界代表人物通过充分协商，最后经过人民代表会议选举产生的。委员会虽然是一个带统战性质的政权机构，却完全体现了在西藏实行区域自治的原则。委员会委员35人，汉族干部2人，其余33人全为藏族。在7名藏族副主任中，中上层占6人，体现了以藏族为主的原则。这种格局对西藏各个阶层，特别是爱国力量和中间力量是一种鼓舞，他们觉得只有同中央人民政府进行谈判，争取和平解放，早日回归祖国怀抱，西藏才有出路，才有前途。对于亲帝国主义分子来说则更加孤立。

我党我军在昌都地区认真贯彻执行党的各项政策，其影响不仅表现在政治方面，更重要的是表现在人民的思想方面。这个影响是深远的、巨大的，它不仅促进了西藏的和平解放，而且对西藏以后的革命和建设都有着深远意义。更多的不说，这里只说两个例子。一个是金中·坚赞平措。他原为西藏地方政府昌都总管的随从官。昌都战役时，由于他以往受帝国主义和西藏分裂分子反动宣传的影响，对我党我军很害怕，就逃离了昌都。当时昌都已经解放，他心惊胆战，生怕见人；白天不敢走正道，只是在山间树丛中摸来摸去，衣裤挂成片片碎布，手脚划出道道血迹。焦急、恐慌、饥饿、疲劳、寒冷，使他难以忍受。他想这样待下去，还不如回到昌都。他硬着头皮回到昌都，解放军不但没有杀他、侮辱他，还热情接待了他，安排他的食宿，给他讲党的各项政策，使他很快消除了疑虑。接着，解放军又请他出来和民运干部一起做群众工作，他很受感动，明白了许多道理，决心跟着共产党走，跟着祖国走。以后，阿沛派他给噶厦送信，再后来又以随从人员身份同阿沛一起到北京进行和平谈判，对和平解放西藏做出了一定贡献。从这个时候起，金中·坚赞平措就参加了革命，几十年来为党为人民做了不少工作。现为西藏政协副主席。再一个是阿沛·阿旺晋美的姨妹、桑林·平措多杰的夫人桑林·次仁白珍。昌都战役后，她陪同阿沛的夫人阿沛·才旦卓嘎住在太昭阿沛的庄园内，经常听到一些谣传，把共产党、解放军说得一无是处，非常可怕。她们终日提心吊胆，不知昌都到底发生了什么事，也不知自己的亲人下落如何。正在这时，她的丈夫桑林·平措多杰受阿沛之托，由昌都去拉萨给噶厦送信，路过家门，向她详述了他在昌都见到的我党我军的一切行动，使她消除了顾虑，大开眼界，对共产党、解放军有了初步认识。解放军进驻拉萨后，在党的政策的感召下，她参加解放军办的干校，进行教学工作。1959年平息西藏叛乱时，她19岁的儿子在平叛战斗中为人民光荣牺牲，她经受了悲痛的考验，始终站在人民一边，为党工作。几十年来，她兢兢业业，艰苦奋斗，为西藏革命和建设做出了不少贡献。从这里我们可以看出，早年在昌都地区发生的事情，对西藏的影响是多么巨大。

昌都地区对和平解放西藏的另一个巨大贡献是支援运输。在昌都战役期间，昌都地区的人民群众积极支援解放军，英勇作战，取得了战役的圆满胜利。昌都战役结束以后，昌都地区又成立了支援运输委员会，分北、中、南三条路线，支援解放军和平进军拉萨和各边防要点。1954年4月15日，昌都地区解放委员会总结三年来的工作时曾经叙述说，三年来他们动员了16900头畜力（主要是牦牛），在三条运输线长达5530华里的运距内共运了524665驮的物资，支援解放军和进驻拉萨的地方工作人员。每驮物资按120斤计算，即6000多万斤，这是多么巨大的一个数字。觉贡宗头人、昌都地区支援运输委员会觉贡宗分会主任邦达本·根洛，在宗军代表处干部刘平修协助下，1954年3月14日，接受了一批跨界运输重要物资的任务，当时他们带领200多人，赶着500多头牦牛和骡马，在从觉贡到波密松宗兵站的高山峻岭间，往返12趟，费时8个月，终于将6000驮物资安全地运到目的地，胜利完成了任务。这期间他们付出的辛劳和汗水可想而知。

昌都地区的党、政、军、民不光关心支援运输，更重要的是他们随时关心西藏的和平解放事业。早在1951年5月11日，昌都就召开拥护和平解放西藏大会。大会曾致电达赖喇嘛，对达赖派代表赴北京同中央人民政府谈判和平解放西藏事宜，表示极大热忱。大会表示了坚决支持解放军开赴祖国边疆，巩固祖国边防的决心后，恳请达赖指令赴京谈判代表，务必使谈判成功。电报还恳请达赖速从亚东返回拉萨，主持西藏一切政教事务，领导西藏僧俗人民为和平解放西藏大业而努力，免使帝国主义长期压在西藏人民头上而不得翻身，让西藏全体人民能够早日回到祖国温暖幸福自由的大家庭来。这个电报在当时起到了很大作用。

综上所述，不难看出，当年昌都地区党、政、军、民各界，对和平解放西藏是做出过巨大贡献的。

带领藏族民工筑路的故事

有人劝我，把50年代初期在康藏公路西线带领藏族民工筑路那段历史写写。开始我不以为意，后来经过思考，觉得还挺有味道。真是“不想不知道，一想真奇妙”。奇妙什么？奇妙在筑路中有政治，政治中有故事，它的影响远远超出了筑路本身。不信，我先讲个故事给你听听。

立功证和代理村长

1954年我从步兵一五五团临时抽出来，到康藏公路西线筑路指挥部主编一个小报，小报下设一个油印组，有五六个人。哎呀，五六个人一个油印组，在当时可不简单，简直成了一个印刷大机关，指挥部不论印什么材料都找我们。一天，指挥部第一政委杨军同志找到我说：“焦东海同志，我们印个立功证怎么样？”我一听，头皮就有点麻，忙回答说：“不行，不行。我们是蜡纸油印，又不是铅印，更不是胶印，油墨也只有红、黑两种颜色，怎能印立功证呢！”杨军同志听后说：“我们在民工中开展立功运动已经两年。光说立功，没有个证件也不好。再说康藏公路今年就要通车拉萨了，如果再不印发，以后就没有机会了。”

他给我讲了许多要急印立功证的理由，看样子这个任务不干不行，我很不情愿地答应了下来。心想困难归困难，再困难也要设法干好，不然发出去太丢人。我到油印组找到刻钢板的能手邵伯富，请他尽量学着内地印的立功证的样子，刻成宋体字，刻大点，刻好点。又找到印刷能手乔振基，向他交代，反正咱们只有红、黑两种油墨，尽量搞成套色，要搞得既大方又美观。

我们就这样费了九牛二虎之力，印出了比巴掌大一些的立功证，因为纸张缺乏不敢印大了。1954年康藏公路西线筑路指挥部给藏族民工发的就是这种立功证。说实在的很不起眼。

这件事对我来说是过去了，再也没有想过它。1959年山南地区平叛刚结束，我以西藏军区政治部《高原战士》报社记者的身份到山南地区拉加里（即现在的曲松县）采访。当时这里的驻军是五十四军一三四师四〇一团。团部的同志们热情地接待了我。他们告诉我，这个村有个当年修筑康藏公路的积极分子，立过功，很有点水平，很不错，被指定为代理村长，负责这个村的工作。一听他立过功，我忙问他有什么证，团里负责报道的同志说他有立功证，这引起我很大兴趣。我们马上找到了这位代理村长（可惜名字不记得了），他拿出证来一看，果然是当年油印的立功证。立功证已经很旧了，更加不起眼了，但是代理村长仍然像宝贝似的用红布包着，拿出来的时候很仔细，唯恐丢了。为了保存这个立功证，代理村长是冒过很大风险的。山南地区曾是叛匪的老巢，叛匪规定凡是在筑路中领过立功证的人必须交出来烧掉，不然一经查出就杀头。但他始终不交，一口咬定丢了。叛匪威逼他参加叛乱，他也不干。他硬是拼着老命，顶住了那股妖风。

当我了解这些以后，再看看这张陈旧的、不起眼的立功证，真是思绪万千，感动得说不出话来。过了半天，我只问了一句话：

“保存这个，你不怕杀头吗？”

他毫不犹豫地说了一句话：“共产党、解放军把我当人看，真心为我好，我死也要对得起他们。”

以实际行动影响藏族民工

康藏公路西线筑路工程是1952年开工的，要求到1954年年底完成拉萨通至朗嘎段，结果超额完成了任务。1954年，我们从拉萨修到巴河桥，与后方筑路部队会师，康藏公路全线贯通。

参加西线筑路的主要施工力量：步兵一五五团、军区炮兵营、藏族民工（有时多达万人）。

为了按时修好这段公路，当时在中共西藏工委领导下，由西藏工委、噶厦政府、西藏军区三方面联合组成了筑路委员会。筑路委员会主任为西藏工委副书记、西藏军区政委谭冠三，副主任为噶厦政府首席噶伦索康·旺清格勒、军区参谋长李觉、军区政治部主任刘振国等。筑路委员会下设筑路指挥部，指挥长先后由丁青军分区副司令员田宝湖、一五五团团长苏桐卿等担任，副指挥长由噶厦政府派出的官员吞巴堪穷担任；政委先后由军区政治部组织部长杨军、一五五团政委李传恩、第一施工局局长程培兆等担任。筑路指挥部下设三个工段：工段长由解放军筑路部队的领导同志担任，副工段长由政府派出的官员担任；每个工段都有部队和民工参加施工，民工是由西藏各宗（即县）派来的；民工组织以宗为单位，由宗代表（均由各宗宗本派出）负责领导；下设甲本（相当于连的单位）、觉本（相当于班的单位），甲本、觉本就是他们的领导人。为了加强筑路工作，当时上级决定每个觉本均由解放军派一名战士任副班长，协助觉本工作。藏族民工亲切称为：金珠玛米觉本（即解放军班长）。

从这个组织阵营可以看出，筑路是和统战、群众工作紧密结合的。在当时来说不这样也不行，这是康藏公路西线筑路的特点。当时统战工作的口号是："兵对兵，将对将。""将对将"的统战工作是怎样做的，我不知道，我这里只说说带民工的战士们在民工群众中是怎样做影响群众的工作的。

这些带民工的战士文化水平普遍不高，又不会说藏语，靠什么工作呢？靠实际行动，靠阶级感情。那时上级规定得很严，一切按"十七条协议"办事。根据这些规定，上级要求不准在藏族群众中宣传内地的土地改革和阶级斗争，连看电影《白毛女》都是保密的。在群众中只有用实际行动宣传党的政策。开始我对此不大理解，也不大相信。心想不说话，靠实际行动怎么宣传党的政策。但通过筑路的实践，我信服了。共产党员、解放军指战员的世界观、人生观、价值观，决定了他们的行动和作风与没有经过改造的封建农奴主有着根本的不同。这一点我们自己往往不觉得，而劳动人民则看得十分清楚。我在筑路指挥部主编一个小报，经常到指挥部向指挥长、政委请示工作，有时免不了还要争论几句，但过后上下级关系仍然很好。指挥长和政委对我仍然那样亲切关怀，彼此相处得无拘无束。当时副指挥长吞巴堪穷（此人1959年3月参加了西藏上层反动集团发动的武装叛乱）的仆人看在眼里，记在心里。他可能觉得，解放军上下级之间不像他们那样，见到自己的长官还得装出低三下四的样子，点头哈腰，只准说"是，是"，连个"不"字都不敢说，稍有不妥，不是打就是骂。而我们这样太幸福了。一天，他拦住我，偷偷地对我说："解放军本保（长官）牙古希扎都（很好的意思）！"然后他指指吞巴堪穷的房间说："牙古儿也门都（一点也不好）！"当时他能说出这样的话，有这样的看法，确实很了不起。

从这个意义上说，我们每个带民工的战士都是一颗小红星，必然在藏族民工群众中闪闪发光。每个战士都是一个小政委，必然会在民工中做大量无形或有形的思想政治工作，去影响群众。

我访问过一五五团带民工的战士华振和。1954年他带朗宗两个班的民工40多人。民工班有一个50来岁的民工叫扎西次仁，面孔又黑又瘦，颧骨突出，看样子足有60来岁。华振和第一次走进民工班时，想跟这位老人说几句话，拉他坐下来，不料扎西次仁吓得马上哈下腰，口中念着"拉苏，拉苏"，不敢坐。华振和对我说："看见这个老阿爸，不禁使我想起了自己的父亲。他们都是劳动人民，在旧社会一天到晚流血流汗，怕这怕那，吃过多少苦呀，到头来还是缺吃少穿。所不同的是，我的父亲现在解放了，过上了好日子，而他还没有。"从此，他对这个老阿爸特别好，经常帮他烧茶做饭，干这干那的。人都是有感情的，扎西次仁觉得这位解放军班长和藏官不同，慢慢和他也就熟悉起来。一天华振和在工地上看到扎西次仁用铁锹挖土时，脚一踏上铁锹就皱一下眉头。他觉得奇怪，跑过去拉住扎西次仁的脚一看，原来是鞋底破了，老人的脚底已磨得红肿起来。他马上脱下自己的鞋子让老人穿，老人坚决不肯，说："你是本保（长官），要领导我们几十个人修路，没有鞋子怎么行。再说没有鞋子的也不是我一个人呀！"华振和一了解，全班有三个人的鞋子都烂了。由于当时又买不到鞋，他跑回连队向领导作了汇报，领导允许他拿出连里的牛皮给民工缝了三双鞋子。鞋子虽然缝得样式不怎么样，但确是穿上顶用。

扎西次仁穿上这双鞋，很是感动。一天晚上，他把华振和拉到一旁，流着眼泪，用夹杂着汉语的藏语，再加上手势比画着说，他只有一个儿子，叫索朗，是他的唯一靠山，可是他在家经常没有鞋子穿，索朗也没有给他做过一双鞋。解放军真是对我太好了。华振和热爱民工、关心民工的故事传开了，他在民工中的威信也越来越高。民工们唱着这样一首自编的歌来颂扬他：

筐子破了柳条编，
鞋子破了玛米连。

解放军呀，解放军，
个个都有菩萨一样的心田。

就是这个华振和，你别看他文化水平不高，政策水平还不低呢。1954年下半年上级号召在民工中开展“工程民主”活动，他和宗代表谈了几次，每当谈到“民主”二字时，宗代表总流露出一种不快甚至不安的神情，老推脱说，西藏群众没有这个习惯，这个活动难以开展。他发现了这个问题，就改口说：“这样吧，咱们不开展‘工程民主’，就在工地上开展‘人人出主意，个个想办法’活动。”宗代表采纳了。结果“工程民主”同样开展得轰轰烈烈，很有成效。

看，他在统战工作中执行政策的灵活性不是掌握得挺好嘛！

带民工筑路和干其他工作一样，免不了也会遇到一些意想不到的怪事。但不管遇到什么事，战士们总是把藏族民工的利益放在第一位。1954年初夏，曲水宗两个民工班在太昭附近的尼洋河畔施工，为了工作方便，他们住在靠近河岸的一个河中小岛上。当时河水不大，搭一个便桥即可通过。一天早上，带民工的两个战士阴正元和殷相尧来上工，到河边一看，哎呀，不好！只见河水暴涨，正吞噬着小岛，通向小岛的便桥早已被冲得无影无踪了。岛上的民工乱作一团，有的哭叫，有的祷告，有的把帐篷、衣物往岛上唯一的一块小高地搬运。他们一看到带领他们的两个解放军战士来了，连连呼喊着“救命，救命！”这两个战士心里很清楚，民工们生长在高寒的西藏高原，会游泳的极少，必须把他们马上救出来。但怎么救呢？战士虽会游泳，但40多个民工，要靠他们两人一个一个从岛上救过河来，时间不允许，再说民工们还有一些东西呢。正在这时，他俩突然发现河边有一棵大树，河对岸岛上也有一棵。于是他俩急中生智，让民工投过来一把利斧，立即砍起树来。岛上的民工也会意地砍了起来。不大一会儿，树被砍倒了。两棵树正好交叉在一起，在十来米宽的河流上架起了一座“便桥”。阴正元、殷相尧站在“便桥”的两头扶民工过河。两棵树倒交在一起是一个“便桥”，当然与桥不同。树干并不太粗，还有些枝枝丫丫，洪水在树下不停地奔腾咆哮，走在上边摇摇晃晃，免不了有些心惊胆战。一个叫扎西朗杰的小民工，大概十七八岁，他可能受惊过度，突然眼一黑，脚一滑，跌进了激流，两岸的民工惊慌地喊起来。阴正元、殷相尧此时二话没说，毫不犹豫地跳入河中，奋力救出扎西朗杰。扎西朗杰得救了，但这两个战士下水时被树枝一挂，都负了伤，身上不时向外渗血。这两个战士没有管这些，照样继续救人。他俩接受刚才扎西朗杰的教训，就干脆站在激流中间的树干上保护民工过河。他俩就这样一直战斗了几个小时，民工们都安全地上了岸，东西也都运了过来。这时，小岛已全部淹没在激流之中了。阴正元、殷相尧上岸后，因劳累过度，头晕眼黑，体力不支昏倒在地。宗代表马上把他俩背进自己的帐篷，安置在自己的床铺上，精心照料。过了片刻，两个战士苏醒了，扎西朗杰跑过来，趴在地上就向他们磕头，说："我是死过的人了，是你们俩又给我一条命。今后我要永远听共产党和解放军的话。"

从此，曲水宗晚上的篝火旁又唱起了这样一首民歌：

我们生在西藏长在西藏，
从没见过解放军这样的好心肠。
毛主席像太阳，
他派的兵和佛爷一样，
会看病会修路，
还把我们救出可怕的汪洋。

再来说说评功。在藏族民工中评功，有集体功，有个人功。当时筑路指挥部成立了评功委员会，各工段有分会，各宗有评功小组。各级评功组织中都有解放军领导干部、政府官员和头人、带民工的解放军战士。评集体功还好办些，评个人功，也就是说为普通农奴特别是朗生（奴隶）评功就难了。因为那时还没有进行民主改革，没有经过改造的西藏地方政府官员和头人，在心理上对农奴、朗生立功戴大红花，开会时和他们一起坐在主席台上总感到不舒服，不自在。因此，在评功会上，那些官员、头人们对农奴、朗生立功总是百般阻挠，而农奴、朗生这些劳动者在工作中又偏偏是最积极、最肯干，同解放军战士又最合得来，战士们又喜欢他们。所以评功中经常产生矛盾和争执。官员和头人们虽然不愿意看到农奴和朗生立功，但又不好明说，而找碴子又找不具体。带民工的战士则不同，他们每日和民工工作在一起、生活在一起，很了解情况，遇到争论，往往是战士们有理，官员和头人们只好放弃己见。当然有时出于统战考虑，我们也有让步，但只是少数情况。

藏族民工得到大洋（当时发工资都发大洋，即银元）固然高兴，但得到立功证和红旗时更高兴。他们把立功作为一种政治待遇，而且似乎从中看到了什么。难怪民工经常唱这样的民歌：

红旗轻，大洋重。
红旗比大洋更光荣。

我访问过一个立了功的小民工，他叫才巴旺杰。他对我说过几句话，我印象很深。我认为他通过修路确实悟出了一些道理，尽管还不十分明确。我问他为什么修路那样卖力，他说："毛主席是世界上最好的好人，他在北京就知道我们没有糌粑吃，没有衣服穿，叫你们来解放我们。只要我们修通公路，往后的日子会更好的！"

听，说得多好呀！

说到这个孩子，他还有个故事呢。当时修路上级有规定，年纪太大的、太小的或身体太弱不能进行体力劳动的，应发路费，动员回乡。按照这个规定，当时我们曾动员14岁的才巴旺杰回去，但他说什么也不走。最后一位40多岁的女民工突然站出来哭着说，这是她的儿子。她的丈夫早已死了，他们娘儿俩相依为命，要是才巴旺杰一人回去，非饿死不可。既然这样，我们就把才巴旺杰留下来了。带民工的战士很同情他，工作上也很照顾他，总让他干些轻活。可世上的事就那么怪，你越照顾他，他越积极肯干，干得不比大人少。评功时全班上下一致同意这个小家伙立功。这不，就出现了这么一个有头脑的小功臣。

发工资的学问

发工资还有学问？有。

修筑康藏公路的时候，西藏还没有进行民主改革，在地方上不论干什么事都得通过旧政权，即噶厦政府那一套机构。当时噶厦召集民工修路用的还是老办法——征派乌拉差役。而服乌拉差役是只有劳动的义务，没有要报酬的权利。那时我们不了解这一切，第一次发工资，就把钱按单位发给头人，由他们转发各个民工。谁知不少头人都把这些钱占为己有了，有的给民工发一些也是微乎其微的。民工们不了解内情，还得感谢头人的恩德。真是把事情都搞颠倒了。

筑路指挥部知道了这件事，决定发工资时，由工程会计部门会同带民工的头人和解放军战士，根据每个民工的劳动表现，把工资落实到每个人，然后开大会，亲自把工资一个个发到民工手中。

按说这样做，问题该解决了吧？不，冰冻三尺非一日之寒。民工迫于头人的淫威，领到工资不敢要，往往是白天把大洋领到手，晚上又交给头人。有些头人还出面收缴，民工真正得到的很少。筑路指挥部知道了这个情况以后，一面在头人和民工中大讲谁劳动谁所得的道理；另一方面，决定发工资与发实物相结合。筑路指挥部供应部门专门从拉萨购回大量物资，发工资时根据民工的需要，拿出一部分工资折合成实物发到民工手中，吃的穿的用的都有。或者发工资时供应部门就在旁边搭起帐篷，摆出各种各样的日用品，民工们那边拿到钱，马上就跑到这边买东西。东西买到手，该吃的吃，该用的用，头人想收也收不走。

就是用这些办法，再加上其他一些统战工作，虽然这时仍然有头人侵吞民工工资的现象，但毕竟减少了，民工们得到不少实惠。第一工段施工结束时，欢送部分民工还乡，军区文工团还来演戏，搞得非常隆重热闹。在欢送会上我采访过一位女民工。我问她近一年来得了多少钱，她高兴地说，除了吃穿用以外，得了399个大洋。这在现在看来算不了什么，但是在封建农奴制度还没废除的年月就很不简单了。我问她这些钱准备回去怎样花，她笑了笑说："我们一家几代人，从来没见过这么多钱，这是共产党、毛主席给的。回去后先让父母和丈夫看看，让他们也高兴高兴，然后再说怎么花。"从她的谈话和表情中，看出她无限的愉快和自豪。

写到这里，我不禁深深地怀念起当年和我们一同筑路的藏族民工同志们来。他们是那样的勤劳俭朴，忠实厚道，爱党爱国。他们的高尚品质令人敬仰，令人难忘！

在西藏平叛斗争中的三次采访

有些事情，今天做过，明天就忘了；而有些事情，做过以后几十年也忘不了，常常萦绕于怀，回味无穷。1959年在西藏平叛斗争中我有过三次采访，就属于后一种情况。

第一次采访

1959年3月10日，西藏上层反动集团恶毒地宣布“西藏独立”，使西藏本来就很严峻的分裂与反分裂的斗争形势一下子变得更加严峻起来，看来军事较量不可避免。当时我在西藏军区政治部《高原战士》报社任编辑，一天，领导要我和另一位编辑到拉萨西郊步兵一五五团采访，说是采访，实际上是检查这个团的战备情况。

我们乘坐小吉普车，驾驶员姓张，大家都亲热地称他老张同志。临行前老张同志拿出传昭治安联合指挥部的旗帜插向车头。为什么要拿出这面旗帜？这里需要交代几句。西藏和平解放后，为了维护传昭期间的社会秩序，保护人民群众生命财产安全，经过协商，西藏军区和噶厦政府成立联合指挥部，负责拉萨市传昭期间的治安工作。这时拉萨正在传昭，我们出门还是要打联合指挥部这面旗帜。

我们乘车出门，来到大街上，只见街上行人极少，大都来去匆匆。但有一些荷枪实弹的康巴装束的人却大摇大摆，走来走去。这些人实际上就是叛匪，只是战斗还没有打响，他们不敢动手罢了。我们的车子刚刚开到布达拉宫后边，突然冲出一群武装人员，把我们拦住，不让前进。我忙向他们指指车前的旗帜说：“我们是联合指挥部的。”他们说：“指挥部的也不行，不能通过。”

"为什么？"我问。

"达赖喇嘛要到大昭寺讲经，这里禁止通行！"

"我们联合指挥部就是负责治安的，当然也负责达赖喇嘛的安全！"我继续反驳道。

我这样一反驳不要紧，对方一个头目把手一挥："不行！"20来个人马上端起步枪，推弹上膛，相距不过两三米。我和另一位编辑也赶紧拔出"五四"手枪，子弹上膛，迎着对方。老张同志身旁有一支冲锋枪，但手握方向盘，不能拿枪。两支手枪对着20来条步枪，我们在车内，人家在车外，显然形势对我们不利。对峙了片刻，我觉得这样下去不是办法，万一双方有一个脑子一热，一扣扳机，后果不堪设想。我说："算了，不让过算了，我们走。"我们让老张把车倒过来，绕道北郊到西郊。

到北郊过一条小河，到了河中间车子熄火了。老张急得满头大汗，直踩油门，也没办法。大战前夕，时间就是生命，我们在此耽误，完不成任务怎么得了。这时老张毫不犹豫地跳下汽车，踏入结着薄冰的河水，用摇把把汽车发动起来。我们顺利地到了西郊一五五团，采访了那里的战备情况，传达了政治部领导的意图，圆满地完成了任务。

第二次采访

1959年3月，拉萨的平叛是20日打响的，打了两天两夜，22日早晨叛匪宣布投降，战斗停了下来。早饭后，上级要我到北郊步兵一五九团进行采访，了解部队作战情况。这时街上一些地方仍然有叛匪在顽抗，冷枪不断。特别是政治部对面楼上的叛匪还未投降，对我们威胁很大。我们在政治部后院紧靠后勤部的一片树林里卸车时，对面楼上突然打来一梭子机枪子弹，打得我们头上的树枝噼里啪啦落了下来。这时外出采访当然不能走正门。我坐着吉普车从政治部后院出去，绕到拉萨桥头，然后顺环城公路到了北郊。下了汽车，一五九团团首长已经派来一位参谋来接我。我们顺着小街小巷，弯着腰急匆匆地向前走，有时还要钻墙洞。周围一个人也没有，空中不断有流弹飞过。

带路的参谋不住地催我："快走，快走。"

我们来到一个小巷，进入一家民房，上了二楼，团长邸计合同志热情地出来迎接我。邸团长是我的老首长、老熟人。进了屋，没有客套，我坐在窗前一张桌子旁就请他谈情况。他却一把把我从窗前拉开：“你不要命了啦，刚才窗外还飞进一颗流弹。”

我和邸团长靠在墙角谈情况，忽然一名参谋进来报告说，一名排长在打扫战场时中弹牺牲了。

在一五九团的采访结束后，我在一名参谋护送下，又来到了一五五团二营。这个营昨日迅速干脆地歼灭了盘踞在小昭寺的叛匪，得到上级嘉奖。

小昭寺位于拉萨八廓街北侧，坐西面东，门前有一条巷子，巷子南北两侧全是居民。叛匪窃踞小昭寺后也占领了这里的民房。二营首先对小昭寺形成包围，然后由巷北侧的居民点向寺内猛冲。当时四连一个战士冲在最前边，以迅雷不及掩耳之势冲进庙门，然后顺着楼梯冲向楼顶，打了一梭子冲锋枪，随即喊话要叛匪投降。叛匪一看四周都是解放军，楼顶上又响起解放军的枪声，自知大势已去，只好缴械投降。寺内的佛像、经书和其他一切文物都得到了保护，安然无恙。战后这位战士立了二等功，我曾写报道宣传过他的事迹。

战斗快要结束时，二营营长张凤臣带着一名姓刘的参谋和通讯员来打扫战场。他刚走到巷子北侧的居民点，只见对面楼上一个顽固的叛匪伸出了枪口，正对着张营长。说时迟，那时快，刘参谋一步上前，推开营长：“让开，注意！”就在这时，枪声响了，一发子弹正中刘参谋咽喉，他当场牺牲。周围的部队发现这里还有敌人，很快冲上去，抓住了这个罪恶的叛匪。当场有人就想干掉他，为刘参谋报仇。张凤臣同志噙着眼泪说：“算了。他已经缴械投降，我们按俘虏政策办事。”没有杀他，把他交给了俘虏营。

第三次采访

1959年4月，西藏山南地区的平叛战斗刚结束，我和杨星火、兰志贵一起到山南地区首府泽当进行采访。这里的驻军是五十四军一三四师，我们在师部住了几天，在附近进行了一些集体采访。因为杨星火是女诗人，兰志贵是摄影记者，我除了做一些文字采访外，还要组织部队写稿，三人任务不同，我们就分开活动了。这时我决定到达隆宗的四〇二团去一趟，师领导也很支持。一天，师部给四〇二团送给养，派了两部汽车。一部车装大米，把米包放在车厢内，平平整整放一层，人坐在上边既不颠簸也比较柔软。这在当时就是很理想的“包车”了；另一车装了满满一车青菜，当然不能坐人。当时同行的有一三四师后勤部的干部十多人，我们坐在装有米包的车上觉得很惬意。

车出发时大概是上午十一点钟，有人提议干脆吃过午饭再走。驾驶员说，为了赶路早点走好，午饭晚饭到四〇二团一块儿吃吧。我们觉得这样也好，就匆匆启程了。

车在泽当平原上行驶还算顺利，过琼结宗就开始爬山，道路越来越坏。驾驶员说：“到山上路更坏，大家要做好准备，推车！”我们说：“可以，不成问题。”都以为这是驾驶员说着玩的，谁知道雪山上果然道路不佳。认真说来有些地方根本不是路，也没有修，只是两边放些石头作标志，中间走车。到下午两三点钟的样子，我们的车在雪地上打起滑来。车轮不停地转，就是开不出来。地上摩擦出很大一个坑，而且越陷越深，推车也不起作用。拉菜的车看到这种情形，主动拿出链条，掉转车头，来拉我们这部车。拉了半天，不但我们的车未被拉出，连累拉菜车也陷进了泥坑。

真是糟糕，两部车面对面停着，都不能动弹了。怎么办呢？没有办法，只有等过路车帮助了。过了一会儿，过路车没有等到，天却飘起雪花来。雪越下越大，我们被雪花包围，视线受阻，几米外什么也看不到。

天已黑下来，雪还没有停，地上的积雪已深及脚脖。雪山上除了雪，什么也没有。没有村庄，没有树木，连一棵小草也找不到。我们到哪里过夜呢？只有靠我们乘坐的这部车了。到什么地方吃饭呢？这里没有锅，没有灶，没有柴，吃什么饭呀，饿着吧。

入夜，我们十几个人躺在车厢的米包上，把皮大衣盖在身上，仍然冷得不行。当时我带有一条毛毯，盖在身上，仍然觉得到处钻风。大家又冷又饿，谁也睡不着。这个说：“真是怪事，睡在大米包上饿肚子。”那个说：“拉菜的车不救我们，直接开往山下，还可以找部队来救我们。这下可好，哥俩一般高，一块儿吃苦吧。”

前半夜还好些，到后半夜可就更糟了。车外的山风刮个不停，虽有车篷阻挡，但四周都在透风，风像刀子一样，刺得你不仅皮肤冷，骨头缝里都感到冷疼不止。这时，一位同志说：“同志们，我们不能老是坐着不动，这样会冻坏脚的。我们何不下车活动活动？”

“对！”大家都应声，纷纷跳下车。

下了车，山风刮得人东倒西歪，所幸的是这时雪停了。我们在山风中不停地跳动。有位同志说：“民歌中说，这座山是仙女山，我看不像，哪有仙女这样暴虐的？”

说到仙女，引起了我的好奇心。看前边的山峦，在夜色苍茫中绰绰约约，时隐时现，确像一个少女，她的头上眼睛、鼻子、嘴巴依稀可见，头上还有发髻呢。再看看身后两条远去的山脊，玉肌雪肤，闪闪发光，还真像仙女的两条玉腿呢。而我们正处在仙女的腹部。

我说到这里，另一位同志不以为然，马上阻止住我的话头说：“够了，够了。照你这样说，我们不成了仙女肚皮上的跳蚤？”

“管他呢，跳蚤就跳蚤，你不跳行吗？不跳会冻掉脚的！”另一位同志反驳说。

我们就这样进入车厢坐一会儿，又下来跳一会儿，一直坚持到第二天早晨。

说来也怪，第二天早晨，天晴得万里无云，一片蔚蓝，晶莹欲滴。但太阳照到雪山上也不见得有多少温暖，只是比夜晚好一丁点儿。

一直坚持到早上9点钟，仍不见一辆汽车到来。这是平叛战斗中临时用的军用公路，许多人还不知道。再说现在刚打完仗，哪有多少汽车在这里跑呢。想到这里，我失望了。我问驾驶员：“这里距山下部队有多远？”

“下山20里，再走60里，就有四〇二团的一个前卫连驻防。”驾驶员说。

“那我们下山找部队去，不能在这里死等。”我表了这样的决心。

驾驶员听我这样一说，也来了精神。他大概是为了鼓励我，忙解释说：“下山这20里指的是公路说的，人行，走小路没有20里。”

我更有精神了，说：“可以，我去。”马上又有两个副驾驶员说：“我们同记者一起去。”

我们当即同车上的同志说好：我们先走，若半路碰上汽车，就乘车返回来救大家；若山上的同志碰上了汽车，并救出了自己的车，就乘车来追我们。

我和两个副驾驶员顺小路下山，路很不好走，其中有一段一二里长的冰雪板路，很滑。一个副驾驶员穿的胶鞋底磨光了，老是跌跤，他干脆脱下鞋子，打赤脚走。他的脚走在冰雪板上，冻得红彤彤的。我说："这样会冻坏的，还是穿上鞋子，慢慢走。"他坚决不肯，硬是赤脚走完了那段冰雪板路。

下得山来，便是一片不很茂盛的小草原。在草原靠近山脚处有一簇帐篷，可能是牧民的居所。这时，我们都一天没有吃饭了，又在雪山上冻了一夜，确实饿得饥肠辘辘。看见了牧民，仿佛看见了希望。我对两个副驾驶员说："走，我们到牧民那里要点吃的，好继续赶路。"接着我又说："这不是违反群众纪律，回头，我们可以给他们一些大米加以补偿。"

我们马上向牧民的帐篷走去。待我们快接近帐篷时，帐篷里突然冒出两人，匆匆忙忙向山上走去。我立刻停住了脚步。这是怎么一回事？一三四师领导对我讲过，这一带没有驻军，是个空白点，时不时还有个别漏网的叛匪在此活动，要多加注意。莫非这里有叛匪？我马上拔出"五四"式手枪，两个副驾驶员也取下肩上的冲锋枪。"怎么啦，记者同志？"二人也感到情势不对。

这里距公路这样近，有叛匪能藏到这里来？若没有叛匪那两个人为什么往山上跑呢？若这里真有叛匪，他们看我们人少，随后扑来怎么办？一不做，二不休，干脆向帐篷靠近，看个究竟再说。若真有叛匪，只要枪一响，山上的人会来支援我们的。

我和两个副驾驶员把子弹都上了膛。我走中间，他们二人走两边，成三角形，猫着腰向帐篷走去。

走到帐篷跟前才看清，这里共有三顶小帐篷，小帐篷上架有一顶大帐篷。大帐篷是白色的，四周和中间缀着蓝色图案，很是好看。看来，这里住的不是一般的牧民，我更可警觉了。

我示意一个副驾驶员留在帐篷外巡视，我和另一个副驾驶员进入帐篷。我们一进去，当面迎上来一男一女，岁数大约30岁上下，白白净净，颀长的身躯，深蓝色的藏袍垂至脚面，女的腰前还围着一条半旧的花围裙。他们嘴里不住地说："欢迎，欢迎！"他们会说汉语，我更加不解，忙问："你们是牧民吗？"男子回答："不是，我们是拉萨的小贵族。拉萨平叛时，害怕打仗跑到这里来的。"

他这样一说，更引起我许多怀疑。拉萨平叛我是知道的，当时进步的贵族大都主动跑到工委、筹委或军区大院，和我们站在一起，讨伐叛乱。他怎么跑到山南来了呢？当时山南还是叛匪的老巢啊！虽有这些疑问，我亦无心盘问，也没有时间盘问，但又放心不下。我只好说："参观一下你的帐篷如何？"他们夫妇二人忙说："可以，可以。"

三个帐篷，一个是卧室，有简单的卧具和一口皮箱。一个是做会客用的，放有卡垫，帐篷中间有一盆火，火上炖着一壶酥油茶，飘着醉人的清香。另一个帐篷里拴着一头奶牛，放着一个打酥油茶的筒子，很明显这是专供主人用的。

看了这一切，没有发现异常现象，我也没有问刚才跑上山的两个人是干什么的，我想问了他们也不会说的，我们的首要任务是吃饭。我说："山上有我们的大队人马，我们是下山侦察情况的。现在肚子饿了，请给点东西吃，我们过后拿大米酬谢。"

主人一听是这么一回事，心情马上安定了许多，忙说："不谢，不谢。可以，可以。"随即斟上酥油茶，拿出糌粑，请我们食用。

我们吃过饭，很快告别了帐篷的主人，继续进发。大概到了下午三四点钟才来到四〇二团的前卫连。这个连一听说师部给他们送给养的车困在雪山上，我又是军区报社的记者，极为热情地接待了我们。并马上派出一个骑兵班，带着救援工具和锅灶、烧柴、大米向雪山进发。我对他们说："大米不要带了，车上有的是米。只要带上锅灶和烧柴就足够了。"同时又嘱咐他们一定要给山下那家贵族一些大米，作为我们吃饭的报酬。

一直到当晚后半夜，山上的汽车才来到我们的驻地。次日我们顺利地到达四〇二团团部驻地达隆宗，我立即投入紧张的采访活动中。

畅游峨眉山

游山第一站

峨眉山向有震旦第一山之称。它源出昆仑绵延数千里来到四川盆地，突然平地拔起，群峰簇翠，山泉飞瀑，巍峨秀丽，且有许多神奇的景色和传说，十分诱人。

5月，在一个风和日丽的日子里，我们从峨眉县城乘车出发，向西南行约十四华里，就到了峨眉山下。这里有个寺院叫报国寺，据介绍，这是游山第一站。

报国寺坐落在凤凰坪上，后有凤凰岭，前有凤凰包，相传是凤凰展翅的地方，是一块宝地。报国寺建于明万历年间，原名会宗堂。据传，清初一个聪明的僧人提出："三教（儒、佛、道）一家，同归报国。"很得当朝赏识，从此改名为报国寺。现在寺院山门外匾额上的"报国寺"三字，为康熙皇帝所题。由此再往前走，有个牌坊，上书"天下名山"，是郭沫若的手迹，字迹苍劲有力，使峨眉山增色不少，游人常常在此拍照留念。

报国寺分四重大殿，各层大殿依山而建，布局得当，形态壮观。庙内常有佛教徒在此顶礼膜拜。庙内保存有峨眉山地区出土的文物和名人字画、动植物标本等。游人到此，常为这些罕见的珍品赞叹不已。这里有新近出土的战国时代的兵器、工具和生活用品，有宋徽宗画的《鹦鹉》、明代海瑞画的《山水》。还有明万历年间铸造的华严铜塔，塔高6米，14层，塔身有4700余尊佛像和华严经全文。一座铜塔上居然能铸造出如此繁多的文字，实在太不容易了，若不是亲眼所见，谁又能相信呢？

在七佛殿背后，我们还看到了明永乐十三年（公元1415年）景德镇烧制的瓷佛像，像高2.47米，人物形态生动，活像一个出家人在那里瞑目默坐。

真可谓古代陶瓷工艺罕见的珍品。

白蛇的故乡

你看过京剧《白蛇传》吗？你可知道白蛇的故乡在什么地方？相传就在峨眉山上。据说白蛇和青蛇都是在峨眉山修仙的。她们修成神仙之后，才到西湖巧遇许仙，闹出了许多有趣的“乱子”。

我们一行人一边谈着这脍炙人口的神话传说，一边顺着一条山间小路，向幽山深谷走去。我兴致勃勃地说：“今天要拜访白蛇仙子的故乡了！”有些四川同事也风趣地说：“喂，不要忘了，我们都是白蛇的同乡啊！”没过多久，白蛇的故乡——清音阁到了。

清音阁，顾名思义，既清秀又知音。它悠闲地坐落在一座翠绿的山峰之下，有两股山溪，一左一右，滔滔而下。右边的一条，因山谷开阔，日照充足，加上谷底白沙相互辉映，水呈白色，人们叫它白龙江，也称白水。逆白龙江而上，有一山洞曰白龙洞，传说就是白蛇修仙的地方了。寺内僧人说，洞子早已没有了，可能是过去修庙的时候把山洞平了。现在的白龙洞实际上是一个庙宇。左边的一条水，由于山谷狭窄，日照不足，加之两岸黑色的峭壁映入江中，水显黑色，人们则叫它黑龙江，也称黑水。逆黑水而上，据说有个黑龙潭，水深莫测，碧波荡漾，是青蛇修仙的地方。

黑白二水，从远远的山谷中冲撞而出，一黑一白，欢腾飞跃，至清音阁前，二水相汇，直泻而下，欢流片刻，又被一个形似牛心的巨大顽石挡住，只见浪花飞溅，白练腾空，惊心动魄，十分壮观。这里有接皇、牛心两个亭子，亭的两侧有双拱桥横跨江上。坐在这里，不仅可以观赏黑白二水飞舞跳跃，而且可以聆听水声清音，空谷四荡，实在雅致。昔人曾以“双桥清音”来形容这里的景色。清朝有一文人，曾书“双飞两虹影，万古一牛心”，加以赞誉。

我站在牛心亭上，看着滚滚来去的黑白二水，方才明白了白蛇、青蛇的故事。你看，洁白如玉、悠悠而来的白水，是多么的温柔而善良啊！这不正是白蛇仙子性格的化身吗！碧中透蓝、蓝而呈青的黑水，以峡谷中一跃而出，豪迈爽直，这不正是青蛇仙子的性格的再现吗！黑白相交，汩汩而去，是那样的威武雄壮，恰似当年青白二蛇山前比剑的壮丽场面。白水源长水大，黑水源短水小，这正如白蛇道行深，青蛇道行浅，一为千年，一为八百啊！常言说，触景生情，此时此刻，我禁不住高声赞叹祖国山河的壮丽，也更加钦佩我国古代劳动人民丰富多彩的想象力：他们以山水风光演化出神话，又以神话表达自己的爱憎。这是多么美妙的诗情画意呀！

千岁洪椿

告别白蛇的故乡，我们顺着黑水向上。正行间，突然一条高大的陡壁挡住了去路，使人感到无路可行了。我正在怀疑，一转眼，不料人到谷开，面前出现一条极窄的峡谷。呵，这就是峨眉山中有名的“一线天”。我走在上边，往下看，溪水晶莹，清澈见底；往上看，峭壁凌空，天光一线。人们来到这里，顿觉浓荫蔽日，微风扑面，宛如进入了一个童话世界。然而，这景色并没有吸引住我，我一心想的是：今天就要到达洪椿坪了。关于洪椿坪，我听到过许多传说，什么“洪椿古树八千岁”呀，什么“老僧敲出锡杖泉”呀，等等，不一而足。我多么渴望快些解开这些神奇之谜啊。

路越走越高，白云从头顶落到了身边，有时它还会拂着你的衣袖，仿佛要挽扶你上山似的。山回路转，越往上走，雾也越来越多，漫山遍野白茫茫的一片，青翠的山冈也看不见了，脚下的山溪在不断地轰鸣，却看不到一点水的影子。我们只是在雾中间行走。感到疲惫了，我们爬上一个山冈，正要坐下来喘口气、小憩一下，忽然看见一座古刹在云雾缥缈中高高耸立着。我们走上去一看，只见寺前不大的石坪上，有一群青年男女，有的在画画，有的在照相，红衣绿裙点缀在白云之中、青石之上，使这里的一切更有诗情画意。我心中不禁赞叹道：“朋友们！你们照啥，画啥，其实，你们自己不就是身在画中吗！”

这里就是洪椿坪。

在寺庙门前左侧，有一株枯死的树干，上边钉着一块牌子，写道：“洪椿老树，禁止乱砍。”原来这个寺庙最初创建于宋朝，名曰千佛庵，明朝中叶重新修建，才以洪椿古树为名，改为“洪椿坪”。清朝乾隆四十三年（公元1778年），不幸失火，庙宇被焚，紧靠寺院的这棵古洪椿也被烧死了。虽然树死，但人们怀念这棵树与寺庙的特殊因缘，所以一直保留至今，不忍砍去。关于洪椿坪的传说，一打听，就更多了。什么洪椿树是“五百年开花，五百年结果”呀，洪椿树是“八千年为春，八千岁为秋”呀……这些自然都无从考究，不过这种树世上稀有倒是真的。它生长很慢，木质坚韧，说是洪椿，春芽又不能吃，确有独特之处。这个寺前的山谷里，至今还有一棵古洪椿，经专家初步鉴定，已有1500年的历史了。我站在崖上向下望去，只见它枝叶茂盛，树皮细腻，树干大概两个人才能合围。

晚饭后，我们与寺内老僧漫谈，知道了更多的神话传说。比如：“锡杖泉”，据说古时候，这里僧人很多，吃水成了问题。寺中一位老僧拿起锡杖，在后山古崖上敲了三下，山泉就一涌而来。另外一个传说更为神奇，说晋朝时有个和尚叫宝掌，住在洪椿坪，另外一个采药老人叫蒲公，住在距此不远的地方，这两个人是好朋友。一天蒲公出去采药，忽然听到谷中鼓乐齐鸣，他抬头一看，天上有一队僧人缓缓而行，其中一人身披袈裟，头戴五佛冠，骑在一头白色长鼻的怪兽身上。他在地上追着看，一直追到洗象池，只见那队人马从天上下来，给那头怪兽在池子里洗了又洗，然后骑上，腾空而去。这位蒲公老人继续追逐，一直追到金顶，只见那个骑白色怪兽的僧人一挥手，就跳进舍身崖下的云海之中，云海上马上显出五彩光环。蒲公老人见了，又惊又喜。回来后，把这段见闻讲给宝掌和尚听。宝掌和尚惊曰：“那是普贤菩萨呀，他骑的那个白色怪兽就是他的坐骑六牙白象！”从此以后，峨眉山成了佛教圣地，而且有了佛光和洗象池。另说，蒲公原系道人，从此也削发为僧，落入空门了。我想用这样的神话来解释佛光和洗象池，自然是可笑的。不过，这个神话也给我们绘出了一幅到达金顶的路线图，更增加了我们继续攀登的兴趣。

翠绿之路

我们沿着神话中所说蒲公追普贤的路线向前走。这里风光优美，有人说“峨眉天下秀”主要就指这一段。你看，山脉曲折，道路蜿蜒，峰青峦翠，飞泉走溪，确实秀丽清雅。这里，看不到奔驰的汽车，听不到闹市的嘈杂，更没有工业区的种种污染，只有赏心悦目的青山，淙淙的山泉，清新的空气。人们行走在这里，犹如进入一个翠绿透明的世界。连道路也是那样碧绿恬静。

在这样的环境中走着，走着，谁也不愿走快了，都在贪婪地欣赏着，呼吸着。突然奇迹出现了：一座高山耸立面前，道路全是石板铺成，弯弯曲曲，直穿云霄。啊，这就是有名的“九十九道拐”。据说当初确有99个拐，以后经过不断改修，现在大概有70多道拐了。哎呀，70多道拐也不少呀。

休息片刻后，我们又继续向上攀登。在这里登山太饶有风趣了：向上看，走在你前边的人绕来绕去，好像在你头上行走；向下看，后边的人埋头追赶，又好像在你脚下蠕动。忽儿云雾涌来，搞得整个山峦白茫茫的，什么也看不见了。有时，只见红衣绿衫星星点点，忽隐忽现。有时，和你说话的人，一拐弯不见了，但声音却在耳边回响。触景生情，我顺口哼了一首小诗：“翠岗红衣飘，白云依山行；共语不见人，满山谈笑声。”

美人树下

登上“九十九道拐”，就到了九老洞。相传这里是九位老仙人修仙的地方。我们小憩片刻，进了午餐，又踏着翠绿的山路向前走去。途中又经过了“仙来石”“龙桥沟”“遇仙寺”……每到一地，都会有人给你介绍许多神话传说。

行了10多里，一桩趣事又出现了。这里有两种树木，互相掺杂，交相生长在一起。同行的行家说：“这是冷杉和热杉的交界处。这里海拔大概两千米左右，热杉到此渐渐稀少，再往上走便是冷杉的天下。”冷杉是一种美丽的乔木。它的每个枝叶都像一只凤凰，呈椭圆形；每株树又像一座宝塔，下大上尖。枝叶疏密匀称，深绿耀眼，宛如一群美丽的姑娘，亭亭玉立于路旁。热杉则不同，它有些枝叶横生，树皮也比较粗糙，再加上苔藓、古藤挂满全身，活像一群披挂齐全，待命出征的武士。这两种树交相生长在一起，互相连理，拉拉扯扯，颇有美人爱英雄之感。或曰：妻子送郎上战场。

一个同事介绍说：“这里叫钻天坡。”我顺着他指的方向一看，哎呀，“钻天坡”真是名副其实。只见一座高山直插云霄，和“九十九道拐”差不多，只是更加陡峭险峻而已。我们顺着山路向上攀登，好像挂在山崖上。一边是幽幽深谷，只有白云在那里翻滚跌宕，谁也不知它有多深；一边是悬崖绝壁，云雾遮住了它的头顶，谁也不知道它有多高。人走在这里，真有一步一重天之感。大概登了1000多个台阶，才算到了山顶。

调皮的猴群

山顶处有“洗象池”，就是普贤菩萨洗象的地方。我原来以为它一定是个碧绿的湖泊。其实不然，洗象池不过是一个宽大的水井。井口呈六角形，直径约四米左右。井下泉水碧绿，有几只青蛙在那里游来游去。我问寺中僧人：“这样的水井怎么能洗象呢？”僧人道：“原来这里有一个比较大的天然湖泊，水碧如玉，以后建寺庙时把湖泊填了，权修此井，以应传说。”

我们正在闲话聊天，忽然有人说道：“猴子来了！”我回头一看，果然一群猴子从庙后的古树上爬了上来，跳上房顶，然后又顺着房檐溜下来，东张西望，毫不怯生，好像这里是它们的地盘。这群猴子有大的，有小的，煞是可爱。据寺内工作人员讲，它们每天都要来的。我看到两只猴子，肚子下边有个奇怪的东西，一晃一晃的，不知为何物。待它们走近一看，原来是两只小猴子。它们用前爪紧紧抓住妈妈的腹部，母猴就这样带着幼子，攀枝抓藤，飞檐走壁。怪不得猴子都那样轻捷灵敏，原来它们早在妈妈怀抱里时就接受这样的特殊训练了。

这群不速之客，大摇大摆地来到寺庙前，见人就伸手要食。有一位游客拿出一个馒头，递了过去。猴子看了，一下把它打落在地。原来这些调皮的猴子口味越来越刁，馒头它们早已吃腻了，要吃饼干、花生和水果才行。你若拿出这些东西，它们就会愉快地接受。

下午，雨越下越大，我们难以成行。我正在室内睡觉，忽然一只猴子从开着的窗子跳了进来，伸手要东西吃。遗憾得很，给它们准备的东西早已打发完了，我们只好劝它出去。嘿，这样一来，我们的“客人”不高兴了，跳过来就抓一位同志手里的报纸。他一闪身，未抓到。于是猴子一跃，抓住另一位同志洗后晾在铁丝上的衣裳就跑，恰好被另一位同志抢了回来。这时我也慌了，忙喊到：“注意，桌子上有我的眼镜，不要让猴子拿跑了。”因为寺内工作人员给我们讲过许多这类趣事，你不给猴子东西吃，这些调皮的家伙会把你的帽子、衣服什么的抓去，挂在高高的树枝上，使你哭笑不得。除非你给它一些食物，才能物归原主。我的眼镜若被抢去，别说赏景了，恐怕连下山也困难了。

据说，这一带丛山密林中，不光有猴群，还有岩鸽、白鹇鸡、小熊猫等稀有动物，遗憾的是，我们没有更多的时间去拜访它们了。

金顶奇观

金顶，是峨眉山的最高峰。人们常说："游峨眉山不登金顶，不算成游。"我们今天就要登上金顶了。

走了约十多华里，来到一座寺院前，这里叫接引殿。按照神话传说，就是接引你成仙成佛的意思。我们自然不求成仙成佛，只想登金顶一览天下。

吃了茶点，我们又向前攀登了。

从接引殿出来就是登金顶的重要一关——七里坡。这里山势险峻，道路崎岖，坡度很陡，几乎步步膝盖顶心，所以又称齐心坡。来到这里的人，不论男女老少，上山下山，大都与手杖结伴。我们每人也从山林中找来临时手杖一根，向山顶艰难地爬去。

七里坡的一座山崖上，有苔藓自然长成"第一山"三字。民间传说，这三个字很难长全，若全显示出来就将全川丰收。我们来到这里，特地观赏了这一奇景，山崖的石岩上果然有三个字。"第"字上半部清楚，呈青色，可能是青苔长成的；"一"字只显示出半截，有些牵强；"山"字则十分明显，呈红色，可能是红苔藓长成的。

再往前走十余华里，来到一座小木桥，桥宽不过一米左右，桥下山泉潺潺，两岸芳草覆盖，这就是"七天桥"。相传七位仙女下凡，首先须在这里集合，然后才能奔赴人间。不过令人担心的是，桥面太小，七位仙女如何站得下呢？

大家正在议论，一位同志高喊道："金顶到了。"我举目望去，再有一华里的样子，就到金顶了。

于是，我们先到卧云庵安顿好住处。庵中工作人员关心地对我们说："你们穿得太单薄，要不要借件皮大衣披上？"

我禁不住觉得好笑。现在正是五月天，山下早已单衣单衫了，虽说这里海拔高些，毛衣毛裤穿上也算可以了。不料，坐了半小时，身上的汗水一落，果然凉了起来，我们只好披上皮大衣。

茶毕，我们一行人来到金顶。站在金刚岩上，我向下看。啊，只见刀削一般的石崖直插谷底。崖下乱云翻滚，茫茫然如海浪一般，不住向上涌来。谷深莫测，投一块碗口大的石头下去，等半天不见回声。这就是峨眉山金顶的舍身崖。崖边有20根铁柱，系有铁网，形成坚固的栏杆，大概是为了保护游人的人身安全。

西边的太阳从云层里探出头来，不知谁喊了一声："看佛光，看佛光！"寺中的工作人员出来解释说：今天的天气不适宜看佛光，看不到了。看佛光需要下午2点至5点钟左右，西边的太阳与舍身崖上的人成三十五度斜角，舍身崖下的云海不高不低，恰好落在山崖半腰，这时人面东而立，太阳从背后射过来，在远方的云海上会出现一个五光十色的光环。光环直径约2米左右。观赏者的人影此时恰恰投射在光环之内。如你举手，环中的人影也随之举手；你跳跃，环中的人影也随之跳跃。不论观赏者的人再多，每个人只能看到一个光环，光环中也只有自己的影子。

我们没有看到佛光，自然不肯离去。总幻想着天气突然好转，能亲眼看一看其中的奥妙。我们披着皮衣，静坐在金刚岩上，任凭云雾从身旁飞来飞去。这时，崖下的云雾忽儿稍收，露出各种形状的绿峰翠峦，如海中小岛；忽儿又吞噬了它们，实在美妙壮观。空中的云雾也不是平淡无奇的：时而像万马奔腾，呼啸而去；时而形成朵朵奇云，你上我下，交替跳跃，如万龙嬉戏云海。转眼间，除了白茫茫的一片之外，这一切的一切又都统统化为乌有了。真是瞬息万变的金顶奇观。

入夜，我们拖着疲惫不堪的身子，在卧云庵下榻了。一觉醒来，只听外边大声吼叫："快来呀，快来看日出！"我像小孩子一样，一骨碌爬起来，披上皮衣就往外跑。来到舍身崖前，这里早已人群济济了。

我站在崖前，置身群山之上，极目远眺，无遮无挡，只见茫茫云海的东边，泛起一绺鱼肚白色，而且越来越宽，接着白色变成了粉红色，粉红变成了血红。少顷，整个云海的极东的天边，都变成了一片红色的海洋，映得脚下的云海也在慢慢变红了。忽儿半轮红日从红海之中冉冉升起，然而不时又被云遮雾挡，忽隐忽现。但是什么东西能够挡住火红的太阳呢！陡然间，一轮红日一跃而起，周围的云雾散开了，整个天空洒满了红霞。

"啊，太阳出来了！"人们不禁高呼起来。

这时，我环顾四周，只见苍翠的山峦在云海中时隐时现，仿佛正在阳光照耀下奋勇奔驰。此时此刻，我似乎觉得，脚下的金顶也在腾起了。它如同一艘巨大的战舰，载着我们在海上飞驰。

尴尬后的欣慰

吃过早饭，见天气不错，我决心执行昨日制定的计划——交电费。我拿出交费卡，心想：上月电费交60来元，这个月开空调肯定费用要高些，估计增加一倍差不多了。于是拿出130元装入皮夹，继而又想还得拿点零钱，免得让服务员找钱时惹麻烦，上个月就遇到这种烦恼。我在抽屉里伸手抓了一把硬币，元币、角币、分币都有，心里得意地说：这一回电业局的姑娘们一定会表扬我想得周到。

走了几条街，气喘吁吁到了芳草西一街成都电业局高新客户服务中心。还好，人不多，我排起了队。前面有几个人都因为没带零钱，惹得服务员很不高兴，嘴里嘟嘟囔囔地说：现在零钱太少，太难办，希望你们今后带点零钱来。我心里暗自高兴。轮到我，我一定给服务员小姐一个惊喜。

轮到我了。我马上递过交费卡，服务员小姐顺手接过去，迅速按了几下电脑键盘，报曰：

“144.20元！”

我的心马上紧了，怎么这么多？我忙打开皮夹一看，连所有的硬币都算上也不够，大概还差10元的样子，我暗自高兴的心情立刻消失殆尽，再也不敢企望人家表扬了，心想不批评就不错了。服务员小姐没有批评我，相反态度很和气地说：“大爷，不要紧。我把单子放在这里，你回去取钱来，我马上给你办。上午来，下午我不上班。”

我既羞愧又伤心。怎么不多带几个钱呢？多带几个钱用不完还是自己的嘛。这下可好，差10元钱还得多跑一趟。虽然路不远，也还有几条街呢，特别是还有一个街口子，我拄着拐杖行动不便，最怕过街口子——那里汽车太多，躲不急。这时太阳从云隙中露出脸，散发出巨大的热量，我不禁浑身冒汗。说句实话，我真不想走这段冤枉路了。可不走又有什么办法呢？看看街上一个熟人也没有，想借钱也无处可借。

正在这时我突然想到，我老伴前几年在蓓蕾街居委会当党支部书记时，她们支部有个党员在这条街开杂货店，我们到她店子来过，见过面。但是她叫什么名字却忘了，我只知道她是个女同志，30多岁，丈夫原来在部队工作，转业后在这条街一家农业银行工作，叫什么名字更不知道，也没见过面。这种熟人能找到吗？即便找到了人家肯借钱给我吗？为了不跑冤枉路，不管行与不行我也得硬着头皮去找。我一辈子还没干过这种丢人现眼的事，别提心里多难受了。

在芳草西一街，我从东往西一家一家问。人家都说：你连名字都不知道，只知道是一个女党员开的店，我们不晓得。我仍不死心地一家家问，一直问到第五家店，一位60多岁的老太婆说："知道。那是我儿媳妇，叫张道群。"我忙说："她到哪里去了？"老太婆说："她回重庆看她妈去了，我在帮她看店子。"

我想坏了。张道群不在，她婆婆娘根本不认识我，她能借钱给我？但事已至此，我毫无办法，只有试一试。我不抱多大希望地介绍了我的情况，并提到借钱一事。老太婆一听毫不犹豫地说："可以，可以。借多少？"我说："10元，下午就给你送还来。"她马上拿过挎在身上的钱包，唰地一下打开，拿出一张崭新的10元钱交给我，亲切地说："天这么热，你下午不要来。你什么时候散步顺便带来就行了。"说得我心里热乎乎的。奇怪的是她根本不问我的姓名和住址，好像对我多了解似的。我觉得她太相信我了，心里十分感动。

我兴高采烈地又来到电业局客户服务中心，也没有排队，直接到柜台前就把钱交给服务员小姐，我想她一定会高兴的，因为我有整有零，不需她找钱。谁知她一数钱却说："老大爷，你这是144元零2分，不对，应该是零2角。"

我接过来仔细一看，果然是我把2分硬币当成2角硬币了。真是人老了，不中用了，怎么分和角都分不清了。我又懊丧起来，无可奈何地对服务员小姐说："对不起，是我弄错了，我只有出去再借。"2角钱还得去借，我真是哭笑不得。

"算了。2角钱没来头。"服务员小姐一边笑眯眯地，一边很快就给我办完了手续，对我没有一点厌烦和不快。在我身后排队的人有老有少、有男有女，也没有人因为我未排队又耽误时间而发怨言。相反，还有人和蔼而真诚地向我建言说："老大爷，你把钱存入银行，多存点，让他们按月扣，你不要月月来交。"也有的说："你来交也可以，事前给抄表咨询台来个电话，问清楚本月是多少钱，再带钱来交。"

我一一表示了感谢。

交完电费回到家中，几天心里不平静。我想：我向人家借钱，人家不问我的姓名和住址，要多少，给多少；交电费，迷迷糊糊，错把分币当角币，给人家添了麻烦，还少给2角钱，人家既不批评也不埋怨，还对我和和气气，非常亲切；我第二次去交钱没有排队，耽误身后那么多人的时间，却没有一个人指责我，相反，还给我今后怎样交电费出谋划策……他们为什么都这样好呢？这都是一种什么精神在支持的呢？我想：这就是社会主义精神，这就是社会主义社会人和人关系的典型体现，这就是中华民族尊老爱幼传统美德在社会主义社会的继承和发展。想到这里我觉得革命几十年没有白干。我们的党太好了，我们的社会主义太好了，我们的人民太好了。我过去为社会主义干的事情太少，有些遗憾，现在虽然离休了，但思想不能离休，现在、今后以至永远还应为社会主义而奋斗，为社会主义做点力所能及的工作，这是我们的理想和现实生活所要求的，千万不能忘记。

一段对话引起的遐思

把五十年来发表过的文章收集起来出了一本小书，日前到邮局寄赠友人，办理邮寄业务的是一位小姑娘，天真可爱，着装入时。她把书大体翻阅了一下。看了看书上作者近照，然后看看我，以崇敬和奇异的目光问道：

“大爷，这书是你写的？”

“是的。”我答。

“你打了一辈子仗，不害怕吗？不后悔吗？”

“打仗，就是打敌人，打坏人，怕什么？后悔什么？”我觉得这个问话有点莫名其妙。

“那你们总得有个目的。你们为什么打敌人，打坏人？”她问得更加具体了。

“我们当时的目的很简单，那就是：打倒蒋介石，建立新中国。”

“那你们的新中国建立起来没有？”

这个话问得我实在哭笑不得。我忙说：“现在我们这个国家就是新中国，已经五十多年了，你还不晓得？”

“啊！”她若有所悟地答道。接着她聪明的眼珠一转又向我挑衅似的问道：“那你说，是毛泽东伟大，还是邓小平伟大？”

这个问题听起来好像可笑，其实是她对过去的战争年代和现在的建设年代的关系搞不清楚。我说：“都伟大。过去毛泽东领导我们打倒旧中国，建立新中国，使我们站起来。现在邓小平领导我们改革开放，建设有中国特色的社会主义，使我们富起来，都伟大。”

姑娘笑了笑，忙起了手上的业务。看来她好像言犹未尽，若让她继续说下去，她一定还会提出一大堆问题叫你回答，甚至同你辩论。可惜她工作太忙，对话只好到此打住。

办完手续，回家后，心情一直很沉重，或者还有点不安。我们的年轻一代，为什么对过去知道的这样少呢？少到令人可怕的程度。

对于战争，他们似乎缺乏一些基本认识。战争有正义、非正义之分。对于非正义战争，我们向来是反对的。对于正义战争，我们向来是同情、支持的，必要时甚至直接参与。我们过去进行的战争，都是敌人强加在我们头上的。为了祖国和人民的利益，我们以正义战争打败了敌人发动的非正义战争。这是历史。对于过去我们进行的正义战争，尽管我们付出了很大的代价，但是我们从不后悔，从不害怕，相反引以为荣。对于敌人强加于人民的战争，过去、现在和将来我们都是那句老话：第一反对，第二不怕。“自古知兵非好战”，“敢战方能言和”。为了社会主义祖国的安宁和建设，为了世界和平，我们必须加强国防观念。对于敢于来犯之敌，我们决不客气。“朋友来了有好酒，豺狼来了迎接它的有猎枪。”

有些青年人生活在新中国，享受着新中国的幸福，却不知道新中国在哪里，这是缺乏学习所致。半封建、半殖民地的旧中国是个什么样子他们不知道，缺乏新旧对比，缺乏深切的感受。我认为青年人应该学点历史，老年人也可以向他们讲一点，不然会闹笑话，甚至闹乱子。

青年朋友们，要努力学习呀！既要知道现在，也要知道过去，预见未来，只有如此，才能更好地与时俱进，创造更加美好的明天。

盼 归

今年69岁，明年即古稀之年。按照成都人男祝九不祝十的规矩，老伴和孩子们要给我祝70大寿。盛情难却，祝就祝吧。

说干就干，选了一个吉日，老伴自告奋勇主厨，决定搞个小家宴，一家人聚聚，祝贺一番。具体时间安排在晚上。这时孩子们都下班了，时间宽裕些。

夜幕将要降临，老伴把鸡鸭鱼肉、各种蔬菜早已准备好了。有条条、块块、丝丝，分门别类地放在厨房的案桌上。这时，小儿子和儿媳回来了，唯有大儿子还未归，老伴拟定好的各种菜不敢下锅。小儿子说："我给哥打个传呼，看他离家没有。"

传呼刚打出去，马上就回话说："已经离开家，'打的'而来。"

老伴听到这个信息，"啪"的一声，打开煤气炉，一股蓝色火焰骤然升起，开始了她的操作。我独自一人站在阳台上等着儿子归来。看着临街脚下的出租车匆匆而来，匆匆而去，心情怎么也平静不了。

现在回家就"打的"，真是变化大呀！

20多年前，"文革"后期，我在乐山一家工厂工作，老伴在另一个单位工作。当时我们住在一间平房内，烧的是煤球加木柴，做一次饭生火不易。每到晚上，老伴独担生火做饭的任务，叫我在门外等儿子归来。天大概也是这个时候，擦黑，还未完全黑下来。我就在门外等，等他们兄弟二人归来。那时他们二人，一个上初中，一个上小学，也买不起自行车，完全靠两条腿。有时盼不回来，我还得出去接一段路程。一看到他们兄弟二人穿着我补了补丁的破军衣出现在地平线上，我就忙对老伴说，回来了，炒菜。那时也没有多少好吃的，反正每人每月一斤肉半斤油，什么都要票，想多买也买不到，也没钱。每天想的是：不管好坏，一家人吃个平安饭就得了，千万别叫“武斗”打着。

党的十一届三中全会后，我落实了政策，增加了工资，搬进了工厂新盖的楼房。兄弟二人，一人上高中，一人上初中，都有了自行车，上下学都方便。这时我家烧的是蜂窝煤，虽然比煤球好些，但使用起来仍很不方便。每晚老伴生火做饭，给我的任务仍是盼儿放学归来。于是我就站在阳台上等待他们兄弟二人“光临”。一旦看到他们骑着自行车出现在地平线上，我就忙对老伴说：回来了，炒菜。

以后，兄弟二人大学、中专毕业都分配在成都工作，我离休后，组织上也把我安置在成都。没想到，现在天擦黑时，我仍在盼望他们归来。但不同的是，他们既不步行，也不骑车，而是“打的”而归了。他们的妈妈用的也不是煤球炉、蜂窝煤炉，而是煤气炉了。市场上什么都买得到，应有尽有，也不用票，一家人过上了不愁吃不愁穿、平安幸福的好日子。我们居然还有今天，真像是在做梦。

我正在胡思乱想，儿子敲门而入，老伴的菜也做得差不多了。大家拉开桌子，摆盘上碗，拿酒置杯，宴会就开始了。

当全家举杯向我祝福时，我却掉下了眼泪，是悲还是喜，我说不清楚。

偶思三章

偶思之一

闲暇无事，爱独坐遐想，有时还免不了提笔记上几句，久之，遂成此篇。不求育人，但求自乐。

一

不能光顾嘴，不顾脸；也不能光顾脸，不顾嘴。

嘴，五官之一，居于脸部。脸之不存，嘴将安在？

嘴为全身进取食物，没有嘴，脸亦不存。

二者的关系是，既要顾脸，又要顾嘴，二者不可偏废也。

二

生活如同蓝天。它深邃无比，永远也找不到边；它美妙无比，永远也描写不全。

生活如同流水。它能冲破一切，又常常被一切所阻拦。

生活如同天上的乌云。它飘然而来，飘然而去，有时还会洒下倾盆大雨，江河四溢；有时还会悱恻缠绵，迷住人眼。

生活如同山间竹笋。每日每时都在向上成长，但又常常被人砍伐。然而，砍伐以后，竹又会生长出来，它永远也砍伐不完。

三

困难是对友谊的考验，富贵是对意志的考验。

跟你直言友谊的人，不一定有友谊。

处处夸耀意志的人，不一定有意志。

四

真正的朋友，很可能不是你顺利时常和你来往的人，有可能是你不顺利时仍和你来往的人。

五

工作就是付出，工作就象征着牺牲。没有奉献精神，是搞不好工作的。

六

写文章只拿出材料，不拿出感情是不行的。

七

权力越大，越要讲政治，不然会胡作非为；
财富越多，越要讲政治，不然会为富不仁。

八

对于突然降临的恩赐，要加倍提高警惕。
有志者缺乏时间，无志者缺乏金钱。

九

人都想成就一番事业。事业的成就有物质和精神两种，不能只要物质不要精神。物质生活丰富了，还要注意高尚的情操。让物质转化为精神，精神转化为物质。

十

老鼠过街，人人喊打；
盲人过街，人人让道。

十一

读书要读名著，只有读名著才能受到大的启迪。

写作要写精品，只有写精品才能教育后人。

十二

从封面上看，花花绿绿的书不一定是好书。好书往往是朴实无华的。

从文字上看，越读越不懂的书不一定是好书。好书是越读越深刻。

十三

当你感到自己没有缺点的时候则是最可怕的时候，当你感到没有什么东西可学的时候则是最空虚的时候。要知道世上永远没有万能和全知的人。

十四

有人说，我们这一代人是苦难的童年，艰苦的中年，清贫的晚年。我认为，这话有道理。但，我无恨无憾。我认为，我们这一代人生活得很有意义，我们无愧人生。

十五

对于老年人来说：

健康就是幸福，

健康就是财富，

健康就是神仙，

健康就是活佛。

偶思之二

一

人生的任务就是读两本书，有字书和无字的社会书，把二者很好地结合起来加以运用，为人民服务，这就是真正的英雄，真正的贤者。

二

追求真理，坚持真理，就要付出代价，就要有献身精神。不然，只有望理兴叹，甚至悖逆真理。

三

老年人喜欢谈过去，青年人喜欢谈未来，把二者很好结合起来，并认真面对现实，岂不更好。

四

人在情在，曰人情。人不在情还在，曰真情。人情来自面子，真情来自内心。

五

计划经济是先甜后苦，越来越苦；市场经济是先苦后甜，越来越甜。

六

事情越不顺心时越要注意客观分析，心情越烦躁时越要注意冷静对待。

七

学做官，首先要学会做人。不会做人，就不会做官。

不论官有多大，一旦跌入腐败的泥坑，就不配做人，更不配做官。

八

“有钱能使鬼推磨”，是对鬼说的。不愿当鬼的人就不会推那个磨。鬼，也有好坏之分，好鬼也不会推那个磨。

九

让别人为他出卖灵魂的人，首先是他自己已经出卖了灵魂。

十

越是活佛越知道自己不是活佛，但他总对人说他是活佛。

越是乞丐越知道自己是乞丐，但他从来不隐瞒自己不愿当乞丐。

十一

不要光看到办丧事的，还要看到娶媳妇的。

不要光看到王宝森，还要看到孔繁森。

十二

人生充满喜、怒、哀、乐。喜、怒、哀、乐都有经验可以总结。喜、怒、哀、乐也是财富。

十三

对于青年人来说：

靠父母安排前途的人就不会有真正的前途。

脚长在自己身上，路靠自己走。

偶思之三

人生篇

人生对于每个人只有一次，既没有前世，也没有来世。我们必须珍惜人生。

有人说，一个人18岁前不能工作，60岁又要退休，工作时间不过四十来年，太短暂，太可怜，太渺小。

我说，不然。短暂的一生看你怎么过。若能按照辩证唯物主义、历史唯物主义的观点，积极为人民服务，努力为社会工作，为人民做出一番贡献，你的生命和业绩就会永留人间。董存瑞、黄继光、邱少云活的时间并不长，不过20多岁，刘胡兰更短，只有十几岁，但他们的英名却与世长存。雷锋在一生中全心全意为人民服务，他永远活在人民心上，虽死犹生。何谓人生短暂、可怜、渺小？

一个人若一生只为自己，不为人民，甚至贪污盗窃，作奸犯科，虽活百岁，还不是与草木同朽，有谁怀念他呢？这种人生才真叫短暂、可怜、渺小。

要为人民服务，有两点必须做到。一曰学习，二曰实践。学习以增长知识，实践以增长才干。

怎样才能使自己的一生光辉灿烂？

简言之：一个中心——为人民服务，两个基本点——学习与实践。

规律篇

规律无色无味，看不见，摸不着。但它制约着每一个人，谁也离不开它。

我国古代大哲学家李耳说过："人法地，地法天，天法道，道法自然。"意即天、地、人都得按一定规律办事。规律乃自然形成，非人为之物。

人只能认识规律，适应规律，日出日落，冬去春来，一枯一荣，此者何？规律也。人只能认识规律，适应规律，应用规律，推动社会前进。但不能制造规律。

骄傲自大，我行我素，不能顺应规律，必败；萎靡不振，不求进取，不能适应规律，亦必败；图谋不轨，胡说八道，不讲科学，违反规律，更必败。

规律只有靠学习和实践得来，别无捷径。

有中国特色的社会主义道路，社会主义初级阶段的理论，是我们党和邓小平同志在几十年的实践斗争中探索到的社会发展规律，是实实在在客观存在的真理。我们只有好好学习，认真掌握，才能真正认清形势、把握社会发展趋势。

公私篇

公者，众人之事也。私者，个人之事也。公私，乃个人与公众之关系。一个人离不开集体，离开集体不可能存在。集体也离不开个人，无个人则无集体。

个人必须有集体观念。要先公后私，公而忘私，大公无私。

集体必须照顾个人，发挥个人的才干。做好了这些就壮大了集体，利益了个人。有时为照顾和保全大集体，也有牺牲小集体和个人的可能，若遇此情况，小集体和个人则应义无反顾，视死如归，千万不能为一己之利益而失之全体。失之全体也即失之自己。皮之不存，毛将焉附？为了集体利益，不怕牺牲，甚至甘愿牺牲自己者，我国历史上、我党历史上可说是层出不穷，至今他们仍名扬四海，功照千秋。

然而，近几年来，我党内部却有少数人利欲熏心，自私自利，只知为己，不知为党为国为民，动辄侵吞国家财富百万千万甚至上亿，罪大恶极，令人发指，此大腐败也。伏法丧命者屡见报端。另有小腐败者，虽金额不大，但每日浑浑噩噩，灯红酒绿，不认真为民效力，能吞则吞，能占则占，能乐则乐，完全视人民为鱼肉，也实在令人愤恨。群众常呼之曰：严惩不贷。

古人曰："有私者无私，无私者有私。"我劝党内同志，我劝世人，摒弃私心，一心为公，大公无私。一时做不到这个要求者，起码也应公私分明，先公后私，该公则公，该私则私，决不能公私不分，假公济私，以私侵公。是至要也。

写在国际老年人节第一天

老年人包含着童年的天真，青年的豪放，壮年的成熟，进入人生的辉煌。

这辉煌并非一般的辉煌，它是人生的顶峰，人生的夕阳。

夕阳的光辉同样是光辉。它是晨曦和骄阳的结合，既温柔又刚强，既光明又迷茫，是人生历史上最值得骄傲的一章。

世上所有的人都会变成老年。老年离不开人人，人人离不开老年。

尊老和爱幼一脉相连。没有童年就没有老年。今日童年的未来正是未来童年的老年，这里包含着一切爱的内涵，我们不可忽视任何一端。光辉的昨天盼来了光辉的今天，光辉的今天又企盼着光辉的明天，这正是一代代老人的心愿。

青年、壮年和老年互相依存，取长补短，这是社会发展的动力，不可缺少任何一环。

世上不可没有老年。没有老年就会感到不成熟，不全面，日月也会黯淡。

今年是共和国五十华诞。新中国成立前，我们为她流过血；新中国成立后，我们为她出过汗，因此我们步入了老年。回顾过去，一往情深；看看现在，幸福美满；展望未来，霞光满天。

什么是老年？

这就是我们的老年。

我们的旗帜上写着：马列主义、毛泽东思想、邓小平理论。“一个中心，两个基本点”是我们的行动路线。

我们的旗帜不会老，我们的路线不会老，它会指引我们一代一代永远向前、向前！

辞旧迎新抒心声

20世纪带着太多的记忆进入了历史的画卷，21世纪带着飞舞的雪花来到了我们的面前。我——一个平凡的跨世纪老人，心潮澎湃，思绪万千，在一支秃笔搀扶下说了一大堆话，什么话？难以理断。姑且就叫：迎新辞旧抒心声吧。

作者自语

一、生活

生活是什么？生活就是竞争对手。你能战胜它，你就能在竞争中高人一筹。

生活是什么？生活是无情的法官。你能按照法规办事，它不但不伤害你，还能保护你奋勇向前。

生活是什么？生活是真正的诤友。它每日每时伴随着你，关爱着你，鞭策着你，没有生活就不能生活。

生活是世界上最伟大的母亲。她不允许任何龌龊玷辱她的衣裙。她热爱每一个子女，决不允许任何一个人走向沉沦。

我们要在现实中生活，不要在幻想中生活。现实中的生活才是真实的生活。现实能捧起你的理想和生命。幻想不能帮你解决任何问题，只能留给你一个遗憾的黑洞。

面对现实吧。现实中有你需要的一切，关键是看你怎样去认同、去奋争。

现实不是梦，它就在你身边，就在你面前，你只要给它以真诚，它就是你的朋友。它能帮助你取得种种丰收。

现实也是无情的。你欺骗了它，它也会给你以惩罚。

现实不是敌意，敌意往往来源于你自己——贪心、虚伪、懒惰和种种恶习。

世上所有的人都离不开现实，而现实热爱的则是忠于现实的人。

头顶青天，脚踏实地，实实在在地生活吧，现实永远不会辜负你。现实是很现实的。

二、奉献

社会是奉献者的社会。人无奉献则无社会。

一个人一生奉献大于消费——光荣；消费大于奉献——可耻；二者相当——平庸。

奉献不应表现在口头上，应该表现在行动上，落实在效果上。

奉献有了效果就有了一切，不应再有什么回报。奉献就是奉献。

世界上的财富有两种，一曰物质，一曰精神，缺一不可。

一个人生在世上，既享受前人和别人创造的财富，也应为别人和后人创造财富。

一个人创造财富只供个人享受，那是渺小的创造，甚至可以说不是创造。

一切财富归根结底属于社会，属于人民，只有这样的财富才是伟大的财富。

市场首先是无私者的天下，有了无私者的伟大奉献——发明创造、舍己为人、一心为公，它则显得安定繁荣、力量无穷。

三、修养

别人看不起自己不可怕，可怕的是自己看不起自己。

人老了并不可怕，可怕的是思想衰老，万事冷漠，不求所以。

老年人难以了解青年人如同青年人难以了解老年人一样，其实双方都有长处和短处，需要互相了解。只有了解了，才能互相学习，取长补短。了解的钥匙是一颗虚心学习、善解对方的心。

人生最重要的是不要忘掉一个“正”字，正，乃百业之本。

人生最重要的是不要沾上一个“贪”字，贪，乃万恶之源。

老百姓不看官帽，看业绩；不尊大官，尊清官。

家风，常常为这个家庭的长者之风，为家长者应注意之。

人生为希望而奔波，为希望而奋斗。没有希望的人生是悲哀的人生，而悲哀的人生是不能促进社会前进的。但希望的灵魂是理想，没有理想的希望等于没有希望，甚至不如没有希望。我们不仅希望有希望，更希望有伟大理想的希望。

三立四知

人生需三立。

立德。一生的言行符合一定的道德规范。无德则无信。德立则人兴。

立功。为人民为社会建功立业。

立言。著书立说遗留后人，或述而不作以行遗后。

欲三立必四知。

知时。知所处时代的特征及其发展规律，以此确立人生目的及奋斗方向。

知人。知人包括知己，己亦人也。什么是社会？社会即人和人关系的总合。不知人难以立足社会。知人者智，自知者明，明智者立，昏愚者倾。对上而言，知之者善随。对同级而言，知之者善处。对下级而言，知之者善任。对事而言，知己知彼，百战不殆。知人的根本目的不是杀人，而是为人类创造幸福。

知业。人无业务或不熟悉自己的业务就难以为人。业务和众多的学科是主从关系，可相辅相成。但业务是中心，不可本末倒置。一专多能，主带从，从促主，无往而不胜。

知学。学是立人和立业之本，不学则万事难成。学有二，既学书本，又学实践。学为了用，学以致用。学中用，用中学，永无止境。

试论怎样贯彻执行党的政策

什么是政策？国家、政党为实现一定历史时期的路线和任务而规定的行动准则就是政策。政策是主观见之于客观的理性认识，属于精神范畴。主观正确地反映客观事物及其规律，以此而制定出来的政策就是正确的。党的三中全会以来，我党制定了正确的思想路线、政治路线和组织路线，在正确路线指导下又制定了一系列政策。实践证明，这些政策在贯彻执行中收到了明显的效果，得到了广大群众的热烈拥护。

然而，有少数同志对贯彻执行党的现行政策不是品头论足，说三道四，就是顾虑重重，左顾右盼。其表现有三：

一疑惑。中央的政策一下来，他们就摇头摆脑说："哎呀，历史的经验值得注意啊！这样搞法行吗？不慌，看看再说。"这些同志的意思很清楚，无非是说，我们党过去三十年间犯过这样那样的错误，今天的政策还可靠吗？

二抵触。中央的政策一下来，有些人就说："这都是过去批判过的，这样搞行吗？这样下去不产生两极分化吗？"这些同志的意思也很清楚，无非是说，过去搞的是社会主义，今天搞的是资本主义，或者说，可能导致资本主义复辟。

三照转。还有一些同志在过去动乱的岁月里，今天受批判，明天挨斗争，今天说他右了，明天说他左了，到底咋个是对的，他也拿不稳。于是，他对贯彻执行党的政策就来个照抄照转。美其名曰："原原本本地贯彻。"

这三种倾向都是错误的。

第一种疑惑论，实际上是形而上学的倾向。我们党过去三十年间是犯过一些错误，但绝不能说过去犯过错误今天的政策就不可靠。检验政策的标准同检验真理的标准一样，只有一个，那就是实践。决不能以过去是否犯过错误来判定政策是否正确。用实践检验政策是否正确具体说有三条：一看政策是否促进了生产力；二看政策是否给群众首先是工人农民带来了利益；三看政策是否调动了广大群众的积极性，得到广大群众的内心拥护。事实早已证明，三中全会以来党的政策符合这三条要求，这还有什么可疑惑的呢？同时还必须指出，任何一个政党如同一个人一样，不可能终生不犯一点错误，关键是知错必改。三中全会以来，我们党总结了过去正反两方面的经验，纠正了过去的错误，应该说今天的政策是比较符合客观实际的，这与过去犯错误时相比已经起了质的变化，否定客观事实，用形而上学观点看问题，这是疑惑论者的错误所在。

第二种抵触情绪。说什么“辛辛苦苦三十年，一夜退到解放前”。对党中央不信任，对现行政策品头论足，横加指责，乱扣“修”“资”“倒退”“复辟”的帽子。这种人在理论上确实不懂得什么是科学社会主义，划不清社会主义与资本主义的原则界限；在实践上固守“大公平穷”那一套“左”的东西；在行动上撒手不管，一出问题就挑剔。这样一些同志，主要是“左”的流毒影响在作怪，思想路线不端正。而有的从个人的好恶出发。“旧的一套不行，新的一套又不会”，而怨气十足，少数的人则从个人利害关系出发，好像现在群众的自主权多了，个人的权小了，“利”也少了，泄点私愤。

第三种人受过迫害。一朝被蛇咬，草绳也惧怕。这种怕挨整的心理状态是可以理解的。但是我们不能说，政策是上级制定的，咋个说都有理。这样来衡量政策正确与否的标准就不是实践了，政策就变为不可知的东西了。用这种不可知论的观点来对待党的政策是非常有害的，这是违背唯物论的观点的。有的同志对待党的政策，不置可否，照抄照转，不结合本地区、本系统、本单位的实际提出具体实施细则，大概与此思想状况多少有点联系。

以上三种思想倾向从认识论上说都属于主观主义，他们都不是从实际出发，来研究政策、贯彻政策的，而是根据自己的主观想象或个人好恶来对待党的政策，以这样的思想方法，这样的理论观点来贯彻执行党的政策是无论如何也搞不好的。难怪党的政策在贯彻执行过程中，有些地区、有些单位是磕磕绊绊的，不左就右。还是群众说得好：“经是好经，就是歪嘴和尚念拐了。”为什么嘴巴歪了呢？就是认识论上发生了偏差，思想路线不端正。

那么，怎样才能贯彻好党的政策呢？

首先，要学习好党的政策，这是贯彻执行党的政策的前提。所谓学习党的政策，当然是要用马列主义、毛泽东思想的基本原理，对照党的政策，分析党的政策，理解党的政策，力争在理论上把党的政策融会贯通，这是必不可少的。然而更重要的，是从实际出发来研究政策，理解政策，以往我们常常忽视这个问题。党的政策是在全国实践的基础上形成的理论。这就要好好研究。不仅要结合自己的实际认真研究，还要尽可能地结合全国的实际进行研究。这个问题研究透了，我们对中央的政策就可以不仅知道它是什么，而且还知道它为什么？只有如此，我们才能打下贯彻执行政策的坚实的思想基础。

其次，贯彻执行党的政策必须结合自己工作范围内的实际，制定规划，明确重点，分出轻重缓急，有步骤有计划地贯彻实施。这里特别值得一提的是从实际出发，突出重点。过去常说，我们要全面贯彻中央指示，原原本本地执行党的政策。这个话，作为落实政策的精神来说是对的，作为抓重点来说就要具体分析了。因此自己必须根据自己的实际确定自己的工作重点，那种为了应付上级，平分兵力，撒胡椒面的做法实在要不得。它不符合辩证唯物主义的重点论的观点。我们说抓重点并不是不要一般，我们是以重点带动一般，以一般保证重点。

在政策的贯彻过程中，会出现各种各样的情况，产生各种各样的矛盾，一定要保持冷静头脑，事先有预见，遇事有分析，切不可出现一点矛盾，就大惊小怪，手忙脚乱，甚至怪到政策本身上去，对政策产生疑惑。比如，政策贯彻执行以后，正确的政策与落后的习惯势力之间会产生矛盾，正确的政策贯彻以后促进了生产力的发展，与不适应生产力发展的那部分生产关系、上层建筑之间会产生矛盾；政策贯彻得好的快的单位与政策贯彻得差的慢的单位之间也会发生矛盾；由于缺乏经验，贯彻执行政策在具体做法上出了问题，也会带来一些矛盾，等等。所有这些都不能说是政策本身的问题，不能人云亦云，随便疑惑甚至抵制党的政策的贯彻执行。当然出现这些问题也要认真解决，不然也会影响政策的顺利贯彻。

第三，我们是不断革命论与革命发展阶段论的统一论者，作为不断革命论者来说，任何政策都不可能永远不变，随着时间、地点、条件的变化政策也是变的。变是绝对的。在一定的阶段内政策又是不变的，这是相对的。我们一定要尊重客观规律，承认事物相对静止的量变状态，不能任意变动党的政策。假若我们在实际生活中，确实感到某个革命阶段已经结束，原来的政策已不适应生产力发展的需要，可以向上级党组织以至党中央反映，但未得到上级党组织的明确指示前，也不能随便改变党的政策，过去我们吃亏，大多吃在不切实际的主观急躁上，这个教训值得记取。

然而，在相对的不变中也要注意不显著的量变。在一个革命阶段内，在政策相对不变的情况下，我们要根据实际，不断注意变化了的局部情况，通过研究，提出具体措施，来充实和完善政策的具体内容，这样的变是量变，其中包含部分质变，但是这不是从质上改变政策，只是完善和充实政策，有利于深入地贯彻执行党的政策。

我们的结论是：立足当前，放眼未来，从实际出发，扎扎实实地做好当前工作，使党的各项政策一一贯彻落实。

作者自注：1978年12月党的十一届三中全会揭开了中国历史的新篇章，新政策不断出现。但由于认识上的种种原因，有些地方贯彻执行起来并不得力。总是磕磕绊绊，矛盾重重。因此1982年我在乐山地委党校学习时写了这篇文章，发表于同年9月1日该校出版的《教学参观》总第29期。从当时的实际反应看效果还不错。现在看来却显得不深不透，幼稚可笑。本不准备收入此书，但又一想，反正这是自己做过的事情，不论优劣，还是收入以作存念吧。望读者朋友们指正。

丽文佳作　雪山情深

原西藏军区文工团舞蹈演员赵邦玲同志写了一本书《在触摸太阳的地方》（解放军文艺出版社2003年4月第一次印刷出版）。这是一本回忆性纪实文学作品，写她在西藏几十年的经历。这位同志我并不认识，但她的情况我略知一二。开始我对这本书很不以为然，我想这个1950年进军西藏时才14岁的小丫头，进藏后又一直在文工团当舞蹈演员，她能知道什么，能写出多少有价值的东西？我在不经意间打开了这本书。

嘿！一打开就被吸引住了。看来作者是在写她自己在西藏几十年的经历，其实从某个角度说写的是整个文工团的经历。通过这个经历我们从一个侧面了解了整个解放军进军西藏的历程。这个“小丫头”实在太不简单了，起码说比我强。进军西藏时我们走的是同一条路线，而且她一直在十八军的最前边。她把每座雪山、每条冰河都写活了。这其间还穿插了许多故事，有些故事虽然我也听说过，但不详尽，经她一写，如同她跳舞一样，搞得你眼花缭乱，宛如进入一个神话世界，太美了，太感人了。有些地方叫你哭，有些地方叫你笑；有些地方让你悲愤异常，有些地方让你又轻松愉快。我认为，这是反映进军西藏、解放西藏、建设西藏的相当优美的文学纪实著作，具有很高的史学和文学价值。她把进军西藏、平叛改革、1962年的中印边境自卫反击作战、我国运动员第一次从北坡胜利登上珠穆朗玛峰等大事都反映出来了。可以说是我们在西藏几十年来一部五光十色的精彩纪录片，充满动人的艺术性和故事性。

提起西藏，我禁不住要多说几句。我们当年进军西藏一直到拉萨以后的一段时间内西藏是个什么情况呢？旧西藏是个政教合一的、僧俗上层联合专政的封建农奴社会，有它一套从上到下的政权机构，有它自己的军队、警察、监狱和货币等等。我们1951年进入拉萨时只有张国华、谭冠三带领的十八军军部的一部分机关干部和两个步兵团，一个团在亚东一带守卫国防，一个团在拉萨附近保卫中共西藏工委（即以后的西藏自治区党委）和军部（后为西藏军区），远离后方几千公里，不要说没有公路，就是马车路也没有。我们的武器装备、给养供应全靠牦牛驮运。这时西藏的分裂主义分子在国外反华势力支持下经常破坏运输，搞得我们供应时断时续，吃饭都十分困难。当时我们面临的除了潜在敌人和高山缺氧以外还有饥饿。日子实在不好过，处境也十分危险。许多专家都说这在军事上是一着险棋，古今中外少有。但我们在上级党委和首长领导下，严格执行中央制定的民族政策、宗教政策、统战政策和外事政策，认真团结西藏上层爱国力量和广大西藏人民，取得了一个又一个胜利，在西藏站稳了脚跟，为建设团结、富裕、文明的社会主义新西藏打下了坚实的基础。那一段历史不论从政治上、军事上、经济上、外交活动上说都是奇迹，可惜反映得太少了。赵邦玲同志以一个文工团员的身份居然从一个侧面作出了一定的反映，不能说这不是一个奇迹。这也是这本书最为可贵的地方。

这本书除了以上的含金量以外，在写作上我认为还有以下特点。

融入西藏。作者1950年进藏，1970年离开西藏，在西藏工作了20年。这20年是西藏革命和建设道路上极为关键的20年，也是最为艰苦的20年。这期间的重大历史变革和斗争她都参加了。这20年也是作者一生中最为宝贵的青春年华阶段。因此她对西藏的一山一水、一草一木爱之颇深。正如作者所说，西藏是她生命的一部分，西藏是她的第二故乡，她早把自己融入了西藏，她是以西藏人民中的一员来写西藏的，所以读起她的作品是那样的亲密无间。不像有些人总是喜欢站在西藏之外甚至西藏之上，以救世主自居来写西藏，说三道四，品头论足，令人不快。要说作者完全是融入西藏之中来写西藏好像又不十分确切。作者是既融入西藏又跳出西藏，以现代的视角——也就是通过几十年来的人生实践而提高了的辩证唯物主义、历史唯物主义水平来认真审视过去所走过的道路来写西藏的，因此写得极为深刻。这样说来作者是否会用现代的视角扭曲了过去的历史材料呢？我说不会，而且也没有。如同我们用现代先进的科学技术来研究文物一样，只能是更好地认识文物，而绝不是相反，赵邦玲也是这样做的。她不仅没有扭曲历史，相反把我们过去在西藏那段历史写得更深入、更细致、更合情理，入木三分，令人钦佩。不仅当年进藏的“老西藏”愿意看，青年后生也愿意看。这里有这样一个道理：她挖出了一个“真”字。她把过去那段历史凡是她所知道的都真实地、全面地奉献给读者了。

走进灵魂。这一点我感触尤深。作者写自己时，敢于打开自己的心扉，让读者走进自己的灵魂，把自己看得清清楚楚。写别人时，她善于走进别人的灵魂，把人物的性格特征、思想底蕴与历史事件紧密结合，写得活灵活现，深刻感人。有时慷慨悲歌，有时情意缠绵，使你觉得这不是在看回忆录性质的纪实文学而是看小说，其实她写的全是真人真事。

抓住特点。作者除了紧紧抓住西藏几十年来社会变革的特点以外，对西藏其他地方的特点她也抓得很好。比如西藏的雪山、冰河、森林、湖泊、草地等，她都非常注意观察和体味。这些地理地貌也是千变万化，神秘莫测，妙不可言的。就说雪山吧，各山有各山的特点，同一座山，春夏秋冬又各有不同，山上山下也有不同。对于这些作者在写作时都把握得相当好，再加与奇妙的历史故事相结合，读起来就感觉情趣横生，爱不释手了。

文字优美。作者有几十年的舞蹈生涯，系中国舞蹈家协会会员，在舞蹈领域有很高的造诣，曾接受过朱德总司令、尼泊尔国王和王后的接见。可以这样说，作者一生追求艺术，追求形态美、肢体美、意境美、心灵美、音乐美，浑身上下充满文艺细胞。一旦人老了，跳不动了，决心把自己一生追求的美，人生历程变成文字，著书立说，不可能没有舞蹈演员美的特征。这大概是艺术家变成文学家的共有规律吧！总之，文字优美是这本书又一特点，读起来令人心旷神怡，美不胜收。

这本书不能说没一点不足之处。由于作者长期处于基层，对当时上层决策机关的情况了解得不多，对有些重大历史事件的背景交代上欠缺一些，有些更为重大的事情尚未写上，有点遗憾。但这并不影响这本书成功的本质。瑕不掩瑜是也。这是一本好书，我读后激动不已，难以自已，曾不计工拙，胡乱涂鸦，草成顺口溜一首，以赠作者，也是表达我的感想。

潜心拜读君巨著，
如梦如痴又高原。
雪山冰河天地惊，
赤胆忠心国门悬。
丝竹劲舞破阴霾，
农奴翻身新纪元。
一字一血英雄泪，
多谢巾帼笔如椽。

难得的启迪

——读《改造存心赶向前》有感

我的青年友人金科同志写了一篇追思他祖父金笑侬的散文，题为《改造存心赶向前》，长达25000余字，发表在《江淮文史》2004年第一期和第二期上，拜读之后，心情久久不能平静。鄙人虽才疏学浅，年老体弱，视力下降，握笔极为困难，禁不住也要发些感慨了。

金笑侬先生是安徽无为县人，1898年生，抗日战争前为美国美孚石油公司在中国开办的“襄安中孚石油公司”总经理，可谓买办资产阶级的一位大老板。就是这样一位富商，抗日战争开始后在中国共产党的感召之下，居然丢家舍口，参加革命，投身抗日。接着又献出了自己的全部家产，直至加入了中国共产党，走上了革命的道路。

这是一位既了不起也显得不可思议的传奇人物。金笑侬先生是从买办资产阶级兼地主的大富豪转变为民族主义者，最后转变为共产主义者的奇人。他一生跨越的这三大步，每一步都付出了常人难以企及的艰辛，远比一个穷苦出身的人跨越这三大步所付出的要多得多。从“简”到“奢”易，从“奢”到“简”难啊。正如他自己所言：“是一种脱胎换骨的改造。”参加革命后，生活上，特别是思想上的磨炼是难以用语言形容的，但是他都走过来了。虽然在一些问题上他也曾有过一些困惑和迷惘，对党施行过的极“左”路线也有过一些不满（这是难免的、必然的，也是应该的），但他对自己所追求的远大理想和对党的信仰却没有动摇过，而且是越来越坚定。他母亲去世时，因为工作忙他没有返乡送终。1962年他患肺癌在上海住院，病危时儿子带着孙儿前来看他，他居然大发雷霆，说这样往返奔波，会增加公家的负担，当场让儿子把一切票证拿出，撕得粉碎，一分钱也不准报销。他还规定不准家人前来看望他，以致他虽子孙满堂，离世时却无一人在场……这些情节，读来令人落泪，好像不近人情。我说，这正是共产党人的伟大之处。共产党人本来就不是一般人，又怎么能用一般人的标准来要求呢！

金笑依先生为什么能转变得这样好呢？他原本还是位国民党党员，为什么不跟着国民党抗日，而偏偏跟着共产党抗日，而后又加入共产党呢？这里面固然有着党的伟大统战政策的原因，除此以外，我认为还有更为重要的一条，那就是共产党、八路军、新四军当时从上到下都是一条心、一股劲，坚决抗战到底的。生活上艰苦奋斗，行动上步调一致，不怕苦，不怕死，为了人民和民族的利益，肝脑涂地，在所不惜。金笑依先生是聪明人，他看得清、想得透。他知道要想真正抗战到底，拯救自己的民族于水火之中，唯有跟着共产党走。不难想象，当时若没有广大共产党员和干部战士的共同努力，做出了光辉榜样，像金笑依先生这样的人能不顾一切地跟着共产党干吗？

现今，我们的国家正处于改革开放时期，外国的资本也进来了。不光资本进来了，人也跟着进来了。人来了，各种各样的生活习惯、思想文化、意识形态都来了。当然不可否认这里面有许多好的东西，值得我们学习和借鉴，但肯定也有不好甚至很不好的东西。这怎么办呢？我们只能被动地让别人来影响我们吗？那不是真的要“和平演变”了吗？我想，我们还是应该发扬抗日战争、解放战争时期的精神，每个党员、每个干部战士都是一个革命火种，不管在什么地方、干什么工作，都要注意自己的形象和影响。要用自己的好形象、好思想去影响别人，而不让别人的坏形象、坏思想来影响我们。长期的实践证明，统战工作绝不是统战部门一家的事情。

读过金科同志这篇文章的人都说好，我也认为这确实是一篇好文章。好就好在金科不但写出了爷爷好的一面，同时也写出了爷爷不好的一面。而不同于时今的许多传记文章，隐恶扬善，为尊者讳。真可谓颇有司马迁写《史记》之遗风。金科采取历史唯物主义的观点，将一位充满复杂思想和经历的人物，栩栩如生而又真实可信地展现于读者面前。大量史料的合理运用，生动情节的灵活穿插，作者自身的认识和思考，爷爷循序渐进式自我改造的曲折历程，使得整篇文章不仅具有了厚重的历史感，而且读来也引人入胜，发人深省。

可以看出，作者在写自己爷爷反面的东西时是充满着一种无奈的心态的，但他还是合情合理地作了客观的描述。每每读到这些，我总感到极大的震动。真可谓历史是无情的，后代子孙是无情的，也是最公正的。前人做过的好事坏事是瞒不过他们的。该表扬的他们自然会表扬，该批评的他们自然会批评，否则就谈不上实事求是了。我已是快80岁的人了，写到这里也禁不住暗暗警告自己：一个人一生要对历史负责，要对自己负责，要对后代子孙负责，决不能待我们谢世后让子孙后代含着眼泪来鞭挞我们。

中国北方民间有句俗话：头上三尺有神灵。我想这种灵不是别的什么怪物，正是人民群众和后代子孙。应该说，这个道理对每个人都是起作用的。

雪山深处的向导

老战友冀文正送我一本书——《雅鲁藏布大峡谷国土旅游资源》，我如获至宝，拿到手就如饥似渴地读了起来。粗读了一遍，自觉很过瘾，圆了我几十年地梦想。

我1950年进藏，在西藏工作了整整20年，西藏许多地方都去了，就是没有到过雅鲁藏布大峡谷和墨脱县，我常常为此而遗憾。在藏时我也常常听到关于那里的许多传说，有些还说得十分神奇，百思不得其解。看了这本书，以往的许多谜都解开了。虽不能说看了这本书就等于到了雅鲁藏布大峡谷和墨脱县，但可以说确实得到知识不少，为有机会前往旅游创造了极好的条件。

这本书从地质学、气象学的角度，对雅鲁藏布大峡谷的来源及发展作了科学地、全面地介绍，有些地方说得极其生动而优美，引人入胜，但却又是实事求是的。它介绍的旅游雅鲁藏布大峡谷进入墨脱的几条路线就够你神往不已了。这几条路线我在西藏时就听说过，但没有这样具体详细，而且还附了地图，真是一本绝妙的旅游导游书。难怪我的一位老战友把此书借去进行了复印。他说，此书太有用了。

这本书还比较详细系统地介绍了当地门巴族、珞巴族的民族风情。这两个民族是西藏地区少数民族中的少数民族，民主改革前不少地方还处于原始社会末期奴隶社会初期，有极大的特殊性。这里的民风民俗极具研究价值。这本书在这方面都作了详细的介绍是难能可贵的。这要感谢我的老战友冀文正，他是这本书的作者之一，他在这个地区工作过16年，这一部分材料是他写的，他提供的这一部分材料毫无疑问是准确可靠的。因为这些材料都是他以往日常生活中的所见所闻，既无夸张也无虚假。以这些材料为依据来研究这两个民族毫无疑惑可言的，尽管它可能还有不足之处。

这本书对雅鲁藏布大峡谷的旅游资源作了一番评价，对这里今后的开发利用和生态保护也提了一些建议，都是很值得借鉴的，希望能引起有关部门重视。

吟往昔

忆将军（古风）

今年为谭冠三将军百岁诞辰。回忆我们当年进军西藏初到拉萨时，将军带领我们修公路、办农场、插垂柳、种苹果，决心改变西藏面貌之情景，再看今日之拉萨，真是感慨万千，遂成此篇，以念将军之功德。

高原苹果映山红，雪域柳荫带露浓。
细雨微风润肺腑，小河劲浪伴晨钟。
经声隐约高楼里，故居难觅记忆中。
铁龙破雾千家喜，商品如潮万民丰。
追昔抚今两重天，情怀纵泪念谭公。

团庆感言

参加四四六团建团70周年大庆，感慨万千，情不自已，遂成此篇。诗不工，志在抒怀耳。

杖藜扶我回军营，
旌旗猎猎白发红。
世纪半余伴烽火，

祖国一统忆征程。
泰山珠峰铁血路，
黄河雅江共歌声。
吴钩高悬育后人，
展望未来情更浓。
至觉有愧众亲人。
但愿亲里多和谐，
携手共摘幸福辰。

万里通

世事沧桑难预料，
人间不变是真情。
守住仁义两个字，
走遍天下万里通。

必相见

虽然体老步履艰，
拉萨来客必相见。
不论功过是与非，
但叙友谊话高原。

感亲谣

我幼年丧母，大姐常为我而忧心，不久亦殁。此时我大概十一二岁，大姐20多岁。大姐去后，姐夫续弦，对我家依然亲密无间，关爱有加，因我家成分不好，他顶着各种政治压力和指责，每年清明节照样到我母亲墓前祭祀。续弦大姐对我们亦好。上世纪末续弦大姐亡。姐夫带领两个女儿女婿躬耕田间，抚育子孙十分不易，但他淡泊为乐，从无怨言，人格高尚，令人敬仰。今年11月23日姐夫90岁无病而终，在女儿女婿和亲友村人的帮助下，26日姐夫和两位大姐三口棺木同时入葬。葬礼隆重肃穆而热烈。我因年老多病未能亲往致哀，三位堂弟——东轩、东明、东安三家人主动代表我置礼前往，痛悼三位亲人。东海慨之，遂作此歌谣，以示谢意，并抒心怀耳。

遥望中原应垂泪，
人间最是骨肉亲。
多谢三东三赴礼，
深慰三亲三爱心。
亲人老者历历去，
亲人后者代代亲。
东海多病未移步，
榻中勿忘寄我情。

致友人

近日阴雨连绵，足不出户，闲坐寒舍，常思友人，遂成此诗，以资遥念。

窗外雨霏霏，室内空籁寂。
深思遥念君，不知话何起。
中原挥干戈，雪域催铁骑。
万里南疆地，无处不君迹。
功勋泣鬼神，谦逊严自律。
至今忆往事，依然振心扉。
为民民心在，无人能遗弃。
望君多保重，耄耋逾期颐。

焦君东海赐书读后（新声韵）

张　忠

难忘常山沐早阳，儒装脱却换戎装。
奔腾湘赣乌蒙雨，奇秀峨眉横断苍。
雪域半生劳夙夜，阳关三唱味炎凉。
老来濡笔锦江水，一赋《采撷》动四方。

作者自注：我与焦东海同志都是河南开封高级工业学校的学生。1949年5月于浙江省常山县参军。昌都战役后又同住一院。1951年春节后一别57年。今春几经辗转又得请教。近日蒙赐大作《彩霞东来》一书，读后忆及当年一同背着背包、粮袋，趋行于浙、赣、湘、黔、滇、川、康、藏的山山水水的日子以及人间沧桑、世情变化等等，草拟数句以志。祝老同学老当益壮，著作等身。

他在默默地散步，
他在默默地散步，
精神矍铄，步履蹒跚。
他知道——
他不可能
永远占有这个空间。
但他决心捍卫这片蓝天。

他在默默地散步，
闪光的肩章，
早已告别双肩。
他没有悲怆和忧伤，
想到的只是明天——
为社会主义再干点什么，
才不辜负烈士的鲜血，
入党的誓言。

他在默默地散步，
晚霞映红白发。
不停的脚步丈量着大地，
脚下的种子正在萌芽。
大地为有这样的儿子而赞叹：
好啊！
老一辈无产阶级革命家。

精彩人生熠熠生辉

——读焦东海的《彩霞东来》有感

雷新乾

2011年9月6日，西藏岁月文学艺术工作者协会成都分会，在成都西藏自治区人民政府办事处设的一间茶房里举行成立会议，受友人的邀请，我作为四川省老年诗词创作研究会的常务副会长出席了这次会议，并代表本学会向西藏成都分会的成立表示祝贺，同时表达了今后期望两会能够多交流和伺机开展合作的意愿。

在会上，经朋友介绍认识了一位河南老乡，也是一位转战南北在西藏工作过二十多年的老战士、后又转业地方在四川工作多年的老同志、年已84岁的老革命焦东海同志。经他自我介绍，方知他是河南省郾师县人，而我是和偃师县毗邻的巩县（今为巩义市）人，听着他那一口不变的地道的河南乡音，我感到特别的舒服，虽然我们彼此是第一次见面，但却一见如故非常亲切。大家简单地交谈都表达出相见恨晚和希望以后能够多交流的心情。

在这次会后不久，焦老（因为焦东海同志长我近20岁，我称他焦老丝毫不过分）寄赠了一本他的大作《彩霞东来》给我。我怀着对焦老的崇敬和急于求知的心情，在短短的几天时间将这本载有数十万字的书阅读一遍。掩卷以后，心情久久不能平静，书中令人感动的地方实在太多，也使我情不自禁地生发出源自肺腑的诸多感动。

一是焦老在书中为我们展现了三位将军在极其困难的条件下为西藏的解放呕心沥血地工作情况，鞠躬尽瘁的奉献精神和十分高尚的革命情操。这三位将军就是先后担任过十八军军长、西藏工委书记兼西藏军区司令员的张国华，先后担任过十八军政委和西藏军区政委的谭冠三，先后担任过西藏军区和成都军区副司令员的陈明义。前两位将军我在有关的报刊资料上看到过他们的名字，但对他们的经历和事迹不是很熟悉，而对陈明义将军，由于工作加老乡的关系我有所接触，深感老人家平易近人，十分和蔼，但对他的革命经历也不甚了解。

看了焦老的书，知道了他们的革命事迹和他们那种不怕困难的大无畏精神真的太感人了。他们和战士们同甘共苦，爬雪山、蹚冰河、顶狂风、忍饥挨饿，克服高原缺氧、道路险峻、语言障碍以及野兽威胁进军西藏、扎根西藏、建设西藏。他们那种坚定的革命意志和对革命必定成功的执着信念以及认真贯彻党中央关于西藏工作的一系列方针政策，坚决同分裂势力、叛匪等国内外各种敌对力量勇敢果断地进行复杂斗争的情景不得不让人肃然起敬。看过这本书，使我对焦老和许许多多在西藏工作过和现在仍在西藏工作的同志非常敬重和钦佩，可以说除了党的坚强领导和对建设西藏制定的一系列正确的方针政策外，如果没有他们艰苦努力地付出的话，我想恐怕就没有西藏明丽灿烂的今天。我衷心地祝愿他们和其家属及子女们幸福安康。

二是作者通过一系列往事的回眸和一些亲历，向人们介绍了西藏进行民主改革的概况，歌颂了人民解放军和我党的干部为了解放西藏的农奴，建设新西藏所做出的可歌可泣的贡献和牺牲精神，歌颂了藏汉两个民族团结奋斗共同为西藏的发展与繁荣的同胞之情、互爱之谊，歌颂了西藏人民在获得解放以后对党的感激和对解放军的热爱之情。通过回忆作者在西藏工作的艰苦岁月，充分地抒发了作者对祖国的宝地、可以视为第二故乡的西藏的热爱和眷恋以及对战友的思念之情，使读者读后不胜感慨，钦赞有加。作者对老袁的怀念，可以说是把自己对战友的感情抒发得淋漓尽致，真是感天动地呀！读后让我不禁落泪，他俩那种纯洁的友谊真是情真意切，互爱至深，比金子都宝贵，虽然以后他们失去了联系，作者不知道老袁的生死，更不知道他身在何处，但作者对老袁的那种爱戴之情真是天可鉴、地可证，我想不论老袁身居何处，也不论他还在人间抑或他已长眠地下，假若他的灵魂有知的话，一定也会感激涕零的。

三是作者的随心流笔，道出了许多能够启迪人们智慧、鼓舞人们努力奋斗、磨砺人们意志的金玉良言，充满着哲理而又浅显易懂的道理，无疑能为诸多人生目标模糊者以及现今的许多年轻人指明奋斗的方向。

四是通过诗词的形式，自然而真实地抒发了作者自己的真情、多彩而永恒的人生，表达了作者的乐观、豁达的性格，勤奋好学的风格，乐于助人的品德，勤俭节约的作风，执着事业、热爱生活的高尚品质，热爱党、热爱祖国、热爱人民的宽阔的情怀。

总之，《彩霞东来》是一本不可多得的好书，书中涉及的不少革命前辈和许多曾为西藏的解放和建设做出贡献的人随着年代的久远和时间的推移都渐渐地隐去了，所以这本带有纪念意义和励志意义的书就更加弥足珍贵，它的纪实性、史料性、哲理性、收藏性、可读性、教育性都是非常鲜明的。这是一本历史教科书，也是一本人生教科书，我深信不论任何人只要能够得到这本书并认真地阅读它，一定能够获得难得的收益，并且都会对作者这位老战士、老革命致以由衷的敬意和诚挚的祝福的。我和焦老是第一次相识，此前对他丝毫不知，但是我读了《彩霞东来》这本书以后，便对焦老有了较为全面的了解了，他是一位老战士，他是一位老革命，他是一位大知识分子，他是一位人生不可多得的良师益友，他是一位好老乡，他更是一位令人不得不尊重和崇敬的长者，这便是我读了《彩霞东来》以后所得到的感悟。

2011年9月17日

后记（一）

原本不会写诗，离开部队后，工作环境、生活环境都起了变化，时间也相对多起来，遂偷偷摸摸学着写诗。时间弥久，越写越多，胆子也越来越大，有时见到老首长也哼哈几句，虽说不上是什么高雅之举，却也常常引起一片欢声笑语，颇为开心。

如《致李公》。

李传恩同志今年81岁，当年进藏时为步兵一五五团政委，我在其领导下工作。按规定当时他有战马可骑，但不管行军打仗，翻雪山，过冰河，他从不骑马，总是和我们一起步行，有说有笑，平易近人，可敬可亲。以后他调任西藏军区组织部长，我任军区报社编辑，仍不断得到他的帮助。后来，他又任五十三师政委、西藏军区副政委、西藏自治区政协副主席等职，对西藏的部队建设和地方建设都有很大贡献。他离休后家居西藏军区驻四川办事处干休所内，距我的住处不远，每年春节，我常邀几位战友去向他拜年。今年春节拜年时，我赠他小诗一首，以表心志：

一年一度拜李公，
深情厚谊岁月中。
雪山擎天同步越，
冰河刺骨并肩行。
建藏建军君真健，
同心同德得一统。
愿君天府多保重，
耄耋期颐不老松。

再如《致魏公》。

魏克同志今年90岁，进藏初期为步兵五十二师宣传科长，后历任西藏军区政治部文化部长、青年部长、四一九部队政治部主任、成都陆军学校副政委等职。我这位老首长最大的特点是热爱写作。1951年我军进抵西藏江孜，他就到处收集整理1904年江孜地区人民抗击英帝国主义入侵的事迹，在军内外许多报刊发表。西藏热振活佛是历史上有名的爱国人士，后被英帝国主义和西藏分裂主义分子杀害。前几年，魏克同志和另一位“老西藏”合写了一部二十多集的电视剧歌颂这位活佛，剧本虽尚未开拍，但精神可嘉，功不可没。此外，他还写过许多赞扬和记述翻身农奴和上层进步人士的文章，也拍过许多照片，史料价值极高。年过八旬，满头白发，仍笔耕不止，成果累累，令人叹服。因此，我也写了一首小诗赠他：

满头白发意非凡，
挥豪珠玑洒人间。
江孜抗英落笔下，
活佛爱国成巨篇。
农奴贵族均有著，
进军平叛老照片。
人生匆匆白驹过，
唯君浩气永无边。

老伴买菜去了，儿子上班去了。窗外的小雨仍然落个不停，玻璃窗显得朦朦胧胧。室内很静，我感到一片空寂，空寂中还带有几分悲哀与孤独。我这一辈子都干了些什么呢？对人民有什么贡献呢？好像内容很多，又好像什么也没有。看看墙壁上老首长、老书法家、云南大学原校长林亮同志给我题抄的条幅，字苍劲流畅，但又多少含有些悲古的氛围。它是一首唐诗：“秦时明月汉时关，万里长征人未还。”读后一股悲凉涌上心头。是啊，多少老战友血洒疆场，他们再也回不来了。“但使龙城飞将在，不教胡马度阴山。”唉，吾并非将军，更非飞将，不要说现在无“不教胡马度阴山”之力，过去也不曾有“不教胡马度阴山”之功啊。有那么大的本领与功勋就好了！

雨，还在窗外淅淅沥沥地下，室内静得可闻落针下地之声。我环顾室内，家徒四壁，一种莫名的失落感油然而生，自觉这一生太渺小，太悲怆，太不值。为什么现在就老了呢？我到底为人民、为子孙做过些什么？好像什么也没有做过，一片空白，愧对祖先，愧对子孙。

室内，仍然很静，很静。除我外，空无一人，当然也无人理我，连个电话也没有。我多么希望这时有人来问候我一声。“叮，叮。”突然电话铃响了。我如获至宝，赶忙拿起话筒。话筒里传来熟悉的声音，原来是我当年在西藏的老战友来的电话。我把我的不快心情向他诉说了一番。电话中立即传来哈哈大笑之声，笑得那样自然，那样亲切，那样真诚。他说："怎么能说你什么都没有干，怎么能说你一片空虚呢？你从东海之滨，行军打仗，边打边走，一直走到喜马拉雅山，横穿半个中国。进军西藏，解放西藏，平叛改革，中印边境自卫反击战，你都参加了。以后又为西藏编写党史十多年，少说也有200万字，岂能说无助于人民？岂能说无助于子孙？"

他这样一说，我明知是过誉，但内心却热乎乎的，简直要破涕为笑了，感觉生活的风帆又鼓得满满的，室内马上充满朝气，寂寞孤独荡然无存。壁上首长题的条幅，醒目耀眼，优美动人，充满诗情画意。我想："我虽然不是飞将军，但我却在飞将军的领导下，快步如飞，挥汗如雨，做过不少事情。飞将军的赫赫战功中确有我涓涓一滴。虽然这一滴很小，但毕竟有一滴。"

想到这里我愉快起来。我像小孩子似的在室内边舞边走，还低声地哼着当年常唱的军歌。只觉得浑身轻松，比练什么功都好。

我静坐下来，不禁悟出这样一条道理：

只有正确地肯定自己，才能愉快地安度晚年。

我们这些老同志，革命几十年，不能说没有一点缺点错误（或者叫失误），但细想起来，我们的贡献还是主要的，功大于过。一个人骄傲自大，不可一世不对；但妄自菲薄，不能正确肯定自己，把自己弄得灰溜溜的，也不对，也与实际情况不符。至于说过去挨过整，受到过不公正待遇，那并不是我们的过错，那是历史的过错造成的。不能因此否定我们自己，只能否定那段历史。也不能影响我们正确地肯定自己。"知己知彼，百战不殆"，打仗如此，安度晚年也如此。只有正确地肯定自己，内心才会有真正的愉快，生活才能真正幸福。有人会说："这样会不会使你们这些老家伙——老头儿、老太婆骄傲自满、胡作非为呢？"我说："不会！只要我们确实做到正确地肯定自我，不会'扯拐'的，请放心。"

这本书已经写完，就要出版了。对于我说是悲、是喜？实在难以分辨。

这并非一本惊世骇俗之作，这只是我对社会的一个交代。我的老首长、老战友和亲朋们看到以后，能翻一翻，笑一笑，既不批评，也不表扬，知道有这回事，我就心满意足了。子孙后代看到这本书，能从我的作品中，能从我所处的时代中，吸取一些经验教训，嘲笑我，批判我，并大大超过我，我将含笑于九泉。超过得越多，我越高兴。出书的目的也正在于此。

人物篇，是我半个世纪以来采撷的人物特写，有的也可以叫人物通讯或报告文学，其中有元帅，有将军，也有普通的干部战士和工人农民，不论职位高低，他们伟大的风范、高尚的品质和动人的事迹都深深感动过我，都是我崇敬的人，尽管我笔下乏力，没能把他们写好，但我永远热爱他们。他们是值得永远学习的。有些材料很单薄，只有几个镜头、几个片断，原不准备收入书中，但我看过以后仍激动不已。一滴水可以反映出太阳的光辉。材料虽少却反映出他们高贵的品质，我想这也是人们所需要的，也是值得歌颂的，所以还是把它们收了进来。现在看这些材料，我有三个遗憾：一、写得太少。根据我过去所处的环境，若再刻苦些、再顶住一些压力，本可以多写一些，但没能做到这一点，实在惭愧。对不起我知道的英模和先烈们。二、从现有的材料看还不够丰满深刻，不够理想。若当时再深入些、再刻苦些，可能写得更好些。三、有些资料找不到了，虽然那些英模人物的名字和事迹的内容还模模糊糊记得一点，但是写不出来了。有的同志也早已离开了我们，忆及此，我更感内疚。看吧，今后若能找到这些材料，我还是要设法加以弥补的。

回忆篇，是我90年代在搞西藏党史工作时写的回忆材料。材料的真实性没有问题，缺点是毕竟事情过去几十年了，现在来写则缺乏当年的生活气息，有些细节也记不清了。这是令人遗憾的，但也没有办法。

书中的材料均记录于60年来各个历史时期的军旅生涯中，因为写作的历史时期不同，文章中的有些观点和对某些问题的看法也不尽相同，现在读来有些不好理解甚至好笑，为了保持历史的本来面貌，我未作任何改动。我认为这样更好些。

尽管这本书不够理想，还是受到了各方面的重视和支持。

首先，我要感谢我的老首长：阴法唐、乔学亭、陈子植、李传恩、夏川、魏克。

感谢老战友王富荣为本书作序。

感谢老战友萧蒂岩为之作序。

感谢老战友王涛、冀文正、曹树清、陈光裕、吴中奇诸文友为本书校对把关。

感谢李红兵、刘体富各位青年同志的热心帮助。

感谢西藏岁月文学艺术工作者协会，《西藏岁月系列丛书》编委会全体老师的关心和冰融女士的悉心编辑。

最后，还要感谢我的夫人汪壮女士。若没有她几十年来对我的关爱和支持，我也不可能写出这样多的作品，当然也出不了书。

书写完，最后我又看了一遍，总的感觉是我这一生为党为人民做的事情太少，贡献太少，有些惭愧与无奈。若人真有来世，我愿来世再做共产党员和解放军战士，为人民的伟大事业再奋斗一生。若真能如此，我将会做得更好些。可惜办不到了，但愿后代子孙共勉。

这本书不敢说是书，是因为它是我的个人资料，我读书少，阅历浅，写作能力很差，再加年老体弱，视力极度减退，书中文稿也未能再阅读校正一遍，不当之处一定不少。恭请各位领导和朋友们，多加指正。

作　者

2010年10月于成都

后记（二）

近年来，以反映社会主义新西藏为主旋律的文学作品，一直深受海内外读者的青睐与关注。向世人宣传西藏，介绍西藏，正确定位西藏在中华民族大家庭中的成长历程，是我们每一个西藏人的责任。

《西藏岁月系列丛书》以“老西藏”们的亲身经历，真实地记录了西藏解放和建设进程中那些不寻常的峥嵘岁月。有进藏路上的艰苦卓绝，有解放西藏的悲惨壮烈，有建设西藏的忠诚无畏，有守卫西藏的执着奉献……那些真实的故事，虽已成为历史，但仍感人肺腑，耐人寻味。

这套丛书作为历史发展的载体，无处不体现着党中央和全国各族人民对西藏物质文明和精神文明建设的关怀与支持，无处不彰显着“一不怕苦，二不怕死”，“特别能吃苦，特别能战斗，特别能忍耐，特别能团结，特别能奉献”的“老西藏精神”。这些，雄鹰可以见证，雪山可以见证。

此套丛书组稿及筹备出版几经周折，历时三年，工作千头万绪。西藏岁月文学艺术工作者协会的策划与主创人员，用“老西藏精神”宣传“老西藏”，记录为西藏和平解放牺牲的英烈和健在的昔日英雄。他们用身体铺就了进军西藏的“天路”，把鲜血滴洒在建设西藏的白雪中，把生命镌刻在维护祖国统一和民族大团结的史册上。书中的每一段故事都在向我们昭示：他们与西藏人民手挽手、心连心，团结一致，努力奋斗、拼搏，以鲜血和正义铸就了整个人生轨迹！

为了那些逝去的英灵和活着的英雄，丛书编辑委员会困难再大也要坚持！在藏工作多年的洋滔、张彦丽、冰融、李敏、闫振中等同志，分别联系离退休老作家，十八军老干部、老战士，向他们征集进藏、建藏的回忆录，组织编写那段感人肺腑、催人奋进的历史篇章。

在拉萨、成都、北京三地组稿座谈会上，与会的116名离退休老干部，谈起当年的经历仍是热泪盈眶，激情满怀。他们对出版系列丛书的现实意义给予肯定，纷纷表示要积极参与，热情支持。老干部们的行动使大家倍受鼓舞，深感自己肩上的担子分量很重。

做书如做人。我们不知道其他编辑是怎么做到最好和完美的，但我们编辑的工作过程，却让人读懂了什么是最好和完美。

由于年代关系，一些书稿的原创人已是八九十岁高龄，提供的全部是手写稿。整理这部分书稿的难度，远远超出当初的想象。尤其是当年十八军分三路进藏，整个过程既有共性又有个性，待书稿集中后，内容冲突和史实矛盾等问题凸显出来。即便如此，这些都是老人们的亲身经历之作，弥足珍贵。工作人员视稿如金，没有一丝马虎和大意，生怕丢掉一字一页，对不住那些颤抖着的手写下的一笔一画。因为他们懂得，这些书稿对于高龄老人来说，其意义不是简单几句话就能说清楚的，这是他们一生中最珍贵的东西。

大量组稿，靠正常的工作时间是无法完成的，编辑们吃住在办公室，抢时间、赶任务；制订好的工作计划不得不打破，确定的工作方案随时要更改。为了确保史料翔实，协会同志除了对手中的初稿进行整理和比对外，还要随时处理意想不到的新问题。他们与原创作者不定时、不间断地联系与沟通，有的老人需要辗转几次才能找到，一些老人只言片语的表述需要几经询问，同志们都表现出极大的耐力和爱心。通过无数次的核对、甄别、印证，这些基础资料得到最后的确认。先遣连勇士和十八军将士绝境坚守、极地永生的气概，鼓舞着丛书编辑人员为这项有别于正常写作、具有特殊意义的工作竭尽全力。

现代都市生活浪漫而多彩。但《西藏岁月系列丛书》的编辑过程，让那些编辑远离了这个多彩而喧嚣的世界。三年的编辑工作，人脑变成了电脑，离开书稿后的大脑，几乎是一片空白，连正常生活也变得丢三落四。大家多是在夜以继日、废寝忘食中度过了三个春秋。特别是在最后统稿期间，春节、藏历年都是在电脑前度过的。什么"三十饺子初一面，初二出门去拜年"等风俗，全然忘记。直到一个清晨，清脆的爆竹声催醒一位编辑的记忆，猛然想起藏历年该到了，于是，临时决定放假一小时，给远在拉萨的朋友发短信拜年。没想到刚给两位朋友发完拜年的信息，回复的铃声便接连不断。她索性先暂停拜年，打开信息想一睹为快，没想到一看却把自己惊住了：

"你是喝醉了还是睡迷糊了？藏历年都过去一个月了，还拜年呀？"

"难道，你真的忘记哪天过年了？"

……

藏族朋友的反问，令我们的编辑从机械思维中清醒过来，跑去翻日历，2013年过去三个月了！这一天是二月初二，民俗中“龙抬头”的日子。她无奈地摇摇头，苦笑。

还有一种难耐，也是对我们编辑的考验。为了这套丛书，有的同志一年内要进出西藏两三次。严重的高山缺氧反应，试炼的不仅是身体，还有毅力。长期在藏的人，到了内地因醉氧而多眠，昏眊难耐，头晕腿软；常人日进三餐足矣，而他们则要饱受饥肠辘辘的折磨。返回高原的情景与内地醉氧相比，可谓有过之而无不及，头痛耳鸣，夜不能寐，腿脚发软，食欲全无。三周时间过去，人仍头如灌铅，四肢麻木，身体如腾云驾雾，提不起精神。尽管这样，他们仍坚持工作，无一退却，三年的付出可想而知。

确实，将一部自己没有亲身感受的、他人的作品做到最好，是一件难事。尤其是这套丛书，面对工作量大、组编困难、经费难筹等问题的困扰，编辑部人员曾产生过动摇。但“老西藏”们对丛书的渴望和期待之情，始终萦绕在他们心头，挥之不去：84岁高龄的十八军老前辈赵先前先生，骑着自行车到处寻找资料，不厌其烦地向自己的孙子学习电脑打字；党史专家焦东海先生患病期间也不忘电话询问丛书进展情况，帮忙联系在京的十八军前辈；著名诗人、作家杨从彪、闫振中两位老师的热忱可与重庆的高温相提并论，而且从来“报喜不报忧”；西藏第一位女作家、优秀的藏族领导干部、西藏自治区党委原常委、西藏自治区政协副主席，德高望重的德吉措姆女士，为了筹措出版经费煞费苦心，辗转奔波，多方求援，如一尊秉烛女神，让大家在黯淡中又见光明，她身上的正能量时刻感染着每一个人；还有因心脏病住院的“老西藏”刘源老师，在病榻上笔耕不辍……他们这种发自内心、视如生命般热爱西藏的情结令人惊叹，令读到与见到的每个人的心灵不止一次地受到震撼和洗礼！

雪莲花绽放的地方本没有路，英雄先遣连壮士用他们的生命，蹚出一条“天路”；十八军将士们踏着他们非凡的足迹，向着雪山顶上的五星红旗奔去……那些让人想起就肃然起敬、长期在藏工作的各民族干部、人民子弟兵，默默无闻、坚韧不拔的品格和意志，铸就了祖国西南边陲的钢铁长城，让民族大团结之花在雪域高原绽放，让富强民主的新西藏在珠穆朗玛崛起！

上世纪70年代那令人抹不去记忆的岁月，知识青年炽烈的激情燃烧在雅鲁藏布江畔，他们背负那个特殊年代民族的希望，辗转半个中国，聚集在世界最高点。如今，这些“老西藏精神”的继承人也已两鬓霜花，他们付出的是热血，收获的是意志；逝去的是青春，留住的是品格。还有一批批援藏干部，承受思乡之苦，忍耐高原之寒，以只争朝夕的干劲实践着“老西藏精神”，为民族富强搭建人才之梯。那些远去的和这些现在的他们，都以不同方式谱写着对西藏的热爱，对祖国的忠诚，对“老西藏精神”的崇尚。

面对莽莽高原，生命显得那般脆弱渺小，如一滴水、一粒沙。也正是这一水一沙，把青春、时光、血汗凝聚成“老西藏精神”，积淀成荡气回肠的西藏岁月，没有半点虚伪和空洞。

三年来，丛书编辑部的同志们，就是在这种精神的感召和激励下，一次次直面困难，一步步在艰难中前行……垫付的数万元编辑费，至今还不知由谁偿还，但从未有人提起。想想这些，算不算是做书和做人的一种境界呢？

在西藏生活和工作，是大自然与人格和意志的较量；为西藏做事，是战胜自我、提升境界、净化灵魂的历程。一代又一代“老西藏”和西藏各族人民，抱着这种理想信念和政治情感，以鲜血和生命及子孙后代的幸福为代价，在得与失、荣与辱、生与死、苦与乐的考验面前，不改初衷，默默奉献，在世界屋脊上构筑了一个英雄群体。应该说，“老西藏精神”同“井冈山精神”“长征精神”“延安精神”“西柏坡精神”一样，都是中国革命精神的重要组成部分，是中华民族精神的具体体现。

掩卷深思，作为一名读者、作者、编者，除了对“老西藏精神”的种种感慨，还有更多的感动无法忘怀。

《西藏岁月系列丛书》欣然面世，首先应感谢西藏自治区原党委书记阴法唐和夫人李国柱（首批进藏女兵之一）一直以来的关心，感谢在北京七月的酷暑下，老书记为丛书题写序言；感谢丛书编委会顾问、西藏自治区原党委常务副书记、自治区人大常委会主任、党组书记、第十一届全国人大常委会民族委员会副主任委员列确一直以来的关心；感谢西藏自治区党委常委、拉萨市委书记齐扎拉的支持；感谢1976年进藏大学生、时任西藏自治区人大常委会副主任张跃平给予我们的热情鼓励；感谢中国文联副主席丁荫楠、中国少数民族文物保护协会秘书长杨华山、中国音像出版社常务副社长丁涛等领导同志的大力支持与指导，他们同是这套丛书的奠基者，也是西藏人民的好朋友。

这套丛书的完成，离不开北京市对口支援和经济合作工作领导小组西藏拉萨指挥部领导在经费协调方面给予的大力帮助；离不开西藏自治区党委直属机关工委常务副书记林清海、原常务副书记高文庭、副书记彭宏（中央国家机关工委第五批援藏干部）等领导的厚爱和关怀；离不开时任工委宣传部部长唐荣科在方案策划、工作实施、人力安排等方面给予的全力支持与帮助。

中共大连市委组织部、宣传部的领导甘为西藏办好事，成为丛书编辑工作的精神后盾。第五批援藏干部、现大连市旅顺口区教育局副局长马殿文同志虔诚的西藏情愫令人感动，他为丛书后期制作排忧解难，为丛书出版起到了重要的助推作用。

还有丛书的合作伙伴——大连出版社的领导、同志们，表现出孜孜不倦、爱岗敬业的职业精神，是我们永远学习的榜样！

在此，丛书编辑部及丛书作者、广大读者对所有给予丛书以关注、支持、帮助的各位领导、各位同仁，表示衷心的感谢！

西藏，神圣的世界屋脊，离太阳最近的地方，我们的西藏岁月记载着沧桑，刻录着风华。西藏岁月，是无数西藏人环境与精神、磨砺与意志互相较量的历程。但西藏岁月的与众不同，不只是环境的恶劣、磨砺的艰难，更是一种人心向善的精神信仰。任云卷云舒，花开花落，“老西藏精神”同美丽的高原一样，将永远成为人们向往的香巴拉。

编　者

2013年5月